महात्मा की जीवनगाथा

डॉ. एस. एन. सुब्बाराव

"Connect the Vision"™
Nexus Stories Publication
Bhārata

NEXUS STORIES PUBLICATION®

Surat, Gujarat, India.

Title – महात्मा की जीवनगाथा

First Published by Nexus Stories Publication 2023

ISBN # 978-93-94059-50-4

Publication

Nexus Stories Publication™, Surat (Gujarat), Bhārata

https://nexus-stories. com # +91 87800 80718

निवेदन

जीवन उनका निष्कलंक था। तभी तो कबीर की चुनौती को स्वीकार किया। जिस चादर को सुर-नर-मुनि भी ओढ़कर मैली कर देते हैं, उसी चादर को ज्यों की त्यों धरि दीनी चदरिया कहते हुए 27 अक्टूबर, 2021 को परम तत्व से एकाकार हो गये, वे हम सभी के पूज्य भाई जी (डा0 एस.एन. सुब्बाराव जी) थे।

वे चरैवेति, चरैवेति के साकार विग्रह थे, परन्तु बंगलौर में हुए भयंकर हृदयाघात ने उन्हें बहुत कमजोर कर दिया। उठने-बैठने में भी परेशानी होने लगी। इसी बीच वैश्विक महामारी "कोरोना" का प्रकोप बढ़ा और वे बंगलौर में ही ईश्वर भाई के घर में रहने को विवश हुए। लेकिन उस कमजोरी में भी उनका एक-एक पल समाज के लिए समर्पित था। वेबिनार के माध्यम से देश-दुनिया से जुड़े रहते थे। प्रिय संजय राय ने आभासी रूप से साप्ताहिक सर्वधर्म प्रार्थना का आयोजन भी वर्ष पर्यन्त किया, जिससे भाई जी को बहुत सन्तुष्टि मिली।

इस बीच घर पर जो भी खाली समय मिला, उसका उन्होंने भरपूर उपयोग किया। उन्होंने विविध विषयों पर खूब लिखा। वैसे वे स्थापित मान्यताओं के अनुसार कोई लेखक नहीं थे लेकिन जब उनके विचार शब्दरूप लेते थे तो बड़े-बड़े लेखकों की लेखनी भी नतमस्तक हो जाती थी।

92 वर्षीय अनवरत् यात्रा में रहने वाले भाई जी के पास पुस्तक लिखने का समय नहीं था। इसलिए प्रस्तुत पुस्तक उसी महामारी के दौर का समाज के लिए एक उपहार कही जा सकती है। सितम्बर, 2022 में इसे भाई जी लिख चुके थे। उनकी हार्दिक इच्छा थी कि यह किताब छपे। कागज और छपाई दोनों अच्छी हो। किताब के नाम के लिए सुझाया था कि कुछ टापिक के हिसाब से टाइटल दे सकें तो अच्छा रहेगा। जितनी फोटो लग सकें उतनी फोटो लगाने के लिए कहा था। उनके पास पैसे तो थे नहीं फिर भी इस पुस्तक के लिए 1-2 लाख खर्च करने के लिए भी तैयार थे। चीज अच्छी बने यह उनकी चाहत थी। अमेरिका आदि देशों में उनके चाहने वाले बहुत हैं। इसलिए भाई जी यह भी चाहते थे कि गांधी दीप को जलाये रखे हुए देश-विदेश के हजारों गांधी जनों को समर्पित लिखें। पुस्तक अच्छी बने इसलिए सुझाया भी था कि कुछ काटने लायक हो तो काट दें।

राष्ट्रीय युवा योजना के मैनेजिंग ट्रस्टी डा. जी.एस. सिद्दू जी, जिनकी 50 से अधिक पुस्तकें प्रकाशित हो चुकी हैं, की प्रेरणा से हम लोगों ने चम्बल घाटी में भाई जी द्वारा कराये गये डाकुओं के समर्पण को लेकर एक किताब तो प्रकाशित करवा ली थी लेकिन दु:ख इस बात का है कि इस किताब को प्रकाशित नहीं करा सके। इसके पीछे पहला कारण मेरा आलस्य और प्रमाद कहा जा सकता है। दूसरा कारण यह था कि मैं संकोच में था क्योंकि भाई जी ने इस किताब को छपवाने के लिए राजस्थान के भी

कुछ भाईयों को दायित्व सौंपा था।

24 सितम्बर, 2022 को हरिजन सेवक संघ का 90वाँ स्थापना दिवस मनाया गया। महामहिम उप राष्ट्रपति श्री जगदीप धनकड़ जी मुख्य अतिथि थे। तीन दिन का समारोह था। मैं भी सम्मिलित था। प्रिय अनुज संजय राय, जो अब हरिजन सेवक संघ के राष्ट्रीय सचिव भी हैं, ने भाई जी की पुण्यतिथि पर इस किताब को प्रकाशित कराकर विमोचन कराने का अनुरोध किया। प्रिय संजय का अनुरोध मेरे लिए निर्देश होता है। और मैं यह अनुभूति करके तैयारी करने लगा कि यह भाई जी की इच्छा है।

कार्यों का आधिक्य। पारिवारिक दायित्वों के निर्वहन की व्यस्तता। इसके बीच तैयारी करनी थी। एक बार पढ़ा। टंकण सम्बन्धी अशुद्धियां बहुत थीं। ठीक कीं। डर लगता था कि एक संत पुरूष द्वारा राष्ट्रपिता के बारे में लिखा गया है। कहीं चूक हो गयी तो अपने आपको माफ नहीं कर पाऊँगा। सतर्कता बरती। अब प्रश्न था कि किताब पुन: टंकित कैसे करवायी जाय। मेरे अभिन्न राजेश कुमार श्रीवास्तव जी कम्प्यूटर टाइपिंग में निष्णात हैं। वे भाई जी को जानते भी हैं। उन्होंने इस गुरूतर दायित्व का बखूबी निर्वहन किया।

समय बहुत कम मिला लेकिन प्रिय संजय की सक्रियता ने इसे मूर्तरूप प्रदान किया है। प्रबल संभावना है कि अभी भी तिथियों, घटनाओं एवं उससे जुड़ी हुयी विभूतियों के नामों में गलती रह गयी हो। इसके लिए पूर्णत: मैं जिम्मेदार हूँ। इसलिए सुधी पाठकों से निवेदन है कि वे नि:संकोच त्रुटियों के बारे में बतायें और परामर्श भी दें जिससे कि अगले संस्करण में उनका शोधन किया जा सके।

इस किताब में विचार भाई जी के हैं। उसे केवल छपवाने की जिम्मेदारी हम लोगों ने उठायी है। इसकी लेखन शैली भाई जी की अपनी मौलिक शैली है। उम्मीद करता हूँ कि आप सभी को किताब पसन्द आयेगी।

अजय कुमार पाण्डेय
78, जानकी नगर,
बजरडीहा, वाराणसी।
मो0-9450078575

गांधीजी का जीवनक्रम

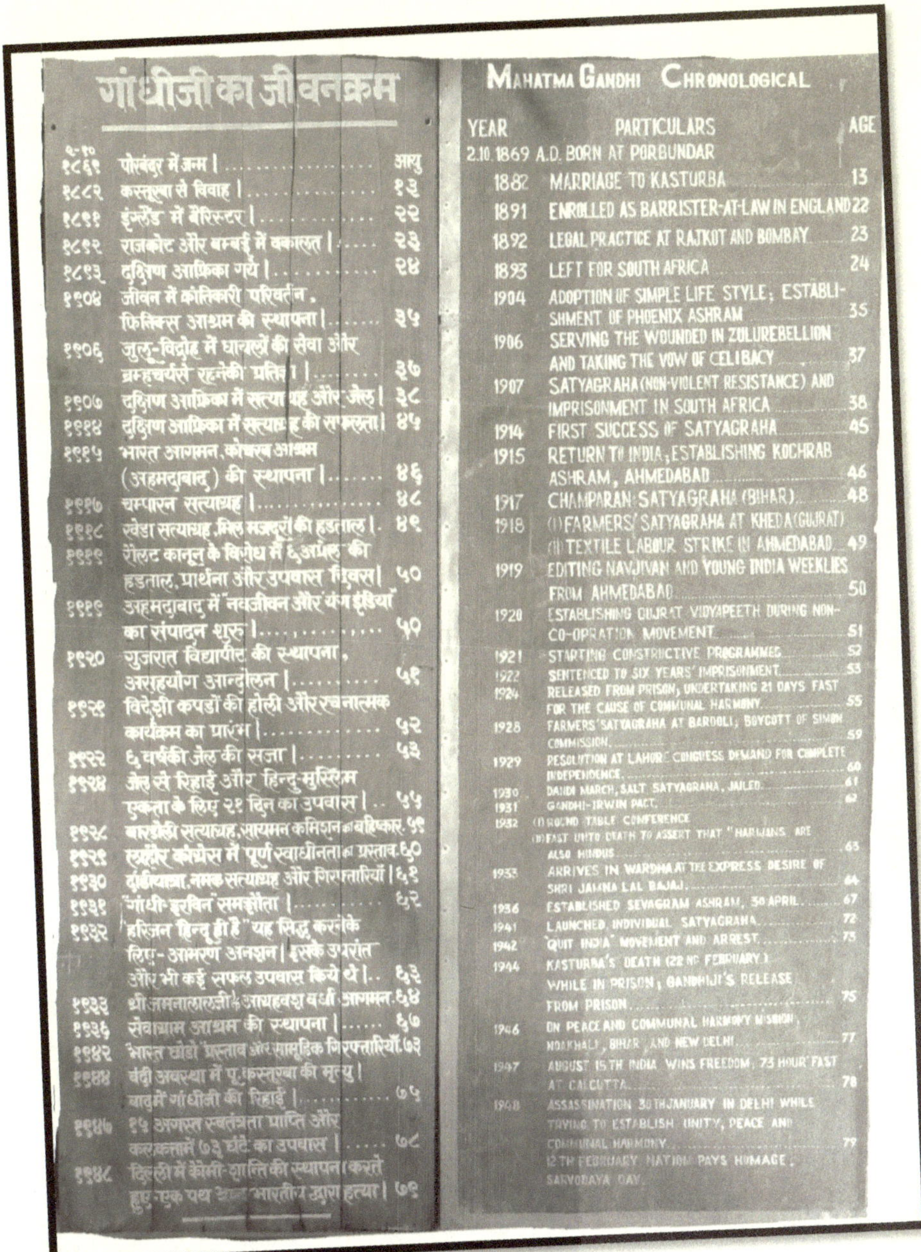

गांधीजी का जीवनक्रम

२-१० १८६९	पोरबंदर में जन्म ।	आयु
१८८२	कस्तूरबा से विवाह ।	१३
१८९१	इंग्लैंड में बैरिस्टर ।	२२
१८९२	राजकोट और बम्बई में वकालत ।	२३
१८९३	दक्षिण आफ्रिका गये ।	२४
१९०४	जीवन में क्रांतिकारी परिवर्तन, फिनिक्स आश्रम की स्थापना ।	३५
१९०६	जुलु-विद्रोह में घायलों की सेवा और ब्रम्हचर्यसे रहनेकी प्रतिज्ञा ।	३७
१९०७	दक्षिण आफ्रिका में सत्याग्रह और जेल ।	३८
१९१४	दक्षिण आफ्रिका में सत्याग्रह की सफलता ।	४५
१९१५	भारत आगमन, कोचरब आश्रम (अहमदाबाद) की स्थापना ।	४६
१९१७	चम्पारन सत्याग्रह ।	४८
१९१८	खेडा सत्याग्रह, मिल मजदूरों की हडताल ।	४९
१९१९	रौलट कानून के विरोध में ६ अप्रैल की हडताल, प्रार्थना और उपवास दिवस ।	५०
१९१९	अहमदाबाद में "नवजीवन और यंग इंडिया" का संपादन शुरु ।	५०
१९२०	गुजरात विद्यापीठ की स्थापना, असहयोग आन्दोलन ।	५१
१९२१	विदेशी कपडों की होली और रचनात्मक कार्यक्रम का प्रारंभ ।	५२
१९२२	६ वर्षकी जेल की सजा ।	५३
१९२४	जेल से रिहाई और हिन्दु-मुस्लिम एकता के लिए २१ दिन का उपवास ।	५५
१९२८	बारडोली सत्याग्रह, सायमन कमिशन का बहिष्कार.	५९
१९२९	लाहौर कांग्रेस में पूर्ण स्वाधीनता का प्रस्ताव.	६०
१९३०	दांडीयात्रा, नमक सत्याग्रह और गिरफ्तारियाँ ।	६१
१९३१	"गांधी-इरविन" समझौता ।	६२
१९३२	"हरिजन हिन्दु ही है" यह सिद्ध करनेके लिए-आमरण अनशन । इसके उपरांत और भी कई सफल उपवास किये थे ।	६३
१९३३	श्री जमनालालजी के आग्रहवश वर्धा आगमन.	६४
१९३६	सेवाग्राम आश्रम की स्थापना ।	६७
१९४२	"भारत छोडो" प्रस्ताव और सामूहिक गिरफ्तारियाँ.	७२
१९४४	बंदी अवस्था में पू. कस्तूरबा की मृत्यु । बादमें गांधीजी की रिहाई ।	७५
१९४७	१५ अगस्त स्वतंत्रता प्राप्ति और कलकत्तामें ७३ घंटे का उपवास ।	७८
१९४८	दिल्ली में कौमी-शान्ति की स्थापना करते हुए एक पथ भ्रष्ट भारतीय द्वारा हत्या ।	७९

MAHATMA GANDHI CHRONOLOGICAL

YEAR	PARTICULARS	AGE
2.10.1869	A.D. BORN AT PORBUNDAR	
1882	MARRIAGE TO KASTURBA	13
1891	ENROLLED AS BARRISTER-AT-LAW IN ENGLAND	22
1892	LEGAL PRACTICE AT RAJKOT AND BOMBAY	23
1893	LEFT FOR SOUTH AFRICA	24
1904	ADOPTION OF SIMPLE LIFE STYLE; ESTABLISHMENT OF PHOENIX ASHRAM	35
1906	SERVING THE WOUNDED IN ZULUREBELLION AND TAKING THE VOW OF CELIBACY	37
1907	SATYAGRAHA (NON-VIOLENT RESISTANCE) AND IMPRISONMENT IN SOUTH AFRICA	38
1914	FIRST SUCCESS OF SATYAGRAHA	45
1915	RETURN TO INDIA; ESTABLISHING KOCHRAB ASHRAM, AHMEDABAD	46
1917	CHAMPARAN SATYAGRAHA (BIHAR)	48
1918	(I) FARMERS' SATYAGRAHA AT KHEDA (GUJRAT) (II) TEXTILE LABOUR STRIKE IN AHMEDABAD	49
1919	EDITING NAVJIVAN AND YOUNG INDIA WEEKLIES FROM AHMEDABAD	50
1920	ESTABLISHING GUJRAT VIDYAPEETH DURING NON-CO-OPRATION MOVEMENT	51
1921	STARTING CONSTRUCTIVE PROGRAMMES	52
1922	SENTENCED TO SIX YEARS' IMPRISONMENT	53
1924	RELEASED FROM PRISON, UNDERTAKING 21 DAYS FAST FOR THE CAUSE OF COMMUNAL HARMONY	55
1928	FARMERS' SATYAGRAHA AT BARDOLI; BOYCOTT OF SIMON COMMISSION	59
1929	RESOLUTION AT LAHORE CONGRESS DEMAND FOR COMPLETE INDEPENDENCE	60
1930	DANDI MARCH, SALT SATYAGRAHA, JAILED	61
1931	GANDHI-IRWIN PACT	62
1932	(I) ROUND TABLE CONFERENCE (II) FAST UNTO DEATH TO ASSERT THAT "HARIJANS ARE ALSO HINDUS	63
1933	ARRIVES IN WARDHA AT THE EXPRESS DESIRE OF SHRI JAMNA LAL BAJAJ	64
1936	ESTABLISHED SEVAGRAM ASHRAM, 30 APRIL	67
1941	LAUNCHED INDIVIDUAL SATYAGRAHA	72
1942	"QUIT INDIA" MOVEMENT AND ARREST	73
1944	KASTURBA'S DEATH (22ND FEBRUARY) WHILE IN PRISON; GANDHIJI'S RELEASE FROM PRISON	75
1946	ON PEACE AND COMMUNAL HARMONY MISSION, NOAKHALI, BIHAR, AND NEW DELHI	77
1947	AUGUST 15TH INDIA WINS FREEDOM; 73 HOUR FAST AT CALCUTTA	78
1948	ASSASSINATION 30TH JANUARY IN DELHI WHILE TRYING TO ESTABLISH UNITY, PEACE AND COMMUNAL HARMONY	79
	12TH FEBRUARY NATION PAYS HOMAGE, SARVODAYA DAY.	

अनुक्रमणिका

mkgandhi

मोहनदास करमचंद गांधी

नाम : मोहनदास गांधी

घर का प्यार का नाम : मोनिया

पिता का नाम : करमचंद गांधी (कबा गांधी)

माता का नाम : पुतलीबाई

घर सेविका : रंभा बाई

जन्म स्थान : पोरबंदर (या सुदामापुरी) पश्चिम गुजरात अरबियन समुद्र तट

जन्म तारीख 2 अक्टूबर 1869 (भाद्रपद बहुल द्वादशी संवत 1925)

12 वर्ष के बालक मोहनदास हाईस्कूल में थे। राजकोट में। एक दिन शिक्षा विभाग के इन्स्पेक्टर विद्यालय निरीक्षण के लिए आये और छात्रों की परीक्षा ली। इन्स्पेक्टर ने अंग्रेजी का शब्द KETTLE लिखने को बोला। मोहनदास ने KATILE लिख दिया जोकि गलत था। अध्यापक ने सोचा कक्षा की गरिमा घटेगी तो अपने पैर से मोहन के पैर पर रखकर इशारा किया कि बगल के छात्र का लिखा देखकर (यानि नकल करके) अपना उत्तर सही कर ले। लेकिन मोहन ने नकल करने से इनकार कर दिया।

इन्स्पेक्टर की नजर में कक्षा की गरिमा तो घटी, अध्यापक ने मोहन को फटकारा लेकिन मोहन ने अपने नकल नहीं करने के कदम को ही सही ठहराया।

संगति दोष : अश्रु से पछतावा

14-15 वर्ष की आयु में मोहनदास को ऐसे कुछ मित्र मिले जिन्होंने सिगरेट पीने की आदत डाल दी। घर से छिप के, चोरी करके दूर जाकर सिगरेट पीने लगे।

एक दूसरी चिंता मोहन को सताती थी। अंग्रेज कैसा मजबूत है जो भारत पर राज्य कर रहा है। हम कैसे मजबूत बनें? मोहन को कुछ मित्रों ने बताया, "अंग्रेज मांस खाता है तो मजबूत है। तुम भी मांस खाओ, मजबूत बनोगे" | पहले दिन बकरी का मांस खाया तो रात पेट से बकरी की मैं-मैं चिल्लाहट सुनाई पड़ने के कारण घबराकर उठ बैठे। सिगरेट और मांस के लिए पैसे लगते थे। अपने पहने सोने का टुकड़ा बेचकर पैसे बनाये। अकेले बैठने पर मोहन को घर के संस्कार के विरूद्ध कर रहे अपने काम के प्रति घृणा महसूस हुई। रूका नहीं गया तो एक कागज पर सारी बातें लिख दी और बीमार होकर लेटे अपने पिता करमचंद के हाथ देकर खड़े हो गये। पत्र में यह भी लिखा था कि जो पाप किया है कोई भी सजा दे तो स्वीकार करूंगा और जिंदगी में फिर कभी भी ऐसी भूल नहीं करूंगा। पिताजी बैठे और पत्र को पढ़ा। पढ़ते-पढ़ते उनकी आखों से अश्रु बिंदु टपका, फिर बहने लगा। फिर उन्होंने पत्र को फाड़ डाला और लेट गए। मोहन को जो सजा मिलनी थी, सो मिल गयी थी। आंसू बहाते कमरे से बाहर निकला। फिर कभी चोरी नहीं की। मांस नहीं खाया। सिगरेट नहीं पी।

***

विवाह

मोहन दास की उम्र 13 वर्ष की थी तब उसी उम्र में पोरबंदर के व्यापारी गोकुल दास की पुत्री कस्तूरबा (जन्म 11.4.1869) के साथ उस समय के भारत की परम्परा के अनुसार विवाह हो गया। विवाह का मतलब नहीं जानने, उसकी जिम्मेदारी को नहीं समझने की उम्र में विवाह करने को बाद में गांधीजी ने एक क्रूर प्रथा कहा।

गांधी परिवार के तीन मंजिल के बड़े घर में बड़ी संख्या में परिवार के लोग रहते थे। उन सबके साथ मोहन और कस्तूरबा बच्चों के साथ बच्चे बनकर खेलते, झगड़ते, दौड़ते भागते रहते थे।

***

पिता की मुत्यु

अपने माता-पिता में जिस मोहन दास को तीव्र भक्ति भाव था उन्हीं गांधीजी ने अपनी आत्म कथा में अत्यंत दु:ख के साथ पिता करम चंद जी की मृत्यु की जानकारी लिखी है। पिता बीमारी की वेदना से लेटे रहते थे। मोहनदास बराबर उनकी सेवा में लगे रहते थे। कभी-कभी अपने बड़े भाई या चाचा को सेवा का काम सौंपकर पत्नी के साथ रहने चले जाते थे। एक बार ऐसे ही पत्नी के पास गए थे। थोड़े ही समय में घर का नौकर दरवाजा खट-खटाकर बोला कि पिताजी के प्राण चले गये। गांधी जी जीवन भर अपने आपको कोसते रहे कि जिस घड़ी पर उनको पिताजी के पास रहकर सेवा में लगे रहना था उसी समय पत्नी के साथ रहकर महा पाप किया। उसके बाद जन्मा उनका बच्चा मात्र तीन दिन बाद ही परलोक चला गया था।

***

इंग्लैड प्रयाण

हाई स्कूल परीक्षा के बाद मोहनदास क्या करें? वैद्यकीय पढ़ाई करके डाक्टर बनने की इच्छा थी। बड़े भाई को वह इसलिए मंजूर नही था कि उस पढ़ाई में प्राणियों की चीर-फाड़ करनी पड़ती है। उनके पिताजी की इच्छा रही और परिवार के मित्र ने सुझाव दिया कि तीन वर्ष इंग्लैड में पढ़ाई करके लौटो और राज्य के दीवान बन जाओ। भाई लक्ष्मीदास की मदद से पैसे की व्यवस्था हो गई लेकिन माता पुतलीबाई को डर था कि विदेश जाकर बहुत भारतीय युवक बिगड़ जाते हैं। पर मोहनदास का जाने का निर्णय द्दढ़ था और माताजी को वचन दिया कि जीवन में कभी मांस नही खाऊंगा, मद्य सेवन नहीं करूंगा तथा परस्त्री संग नहीं करूंगा। आखिर इच्छा न होते हुए भी इस वचन के बाद मां की अनुमति मिल गई।

4 सितम्बर, 1888 के दिन मोहन दास मुंबई से जहाज में बैठकर लंदन के लिए चल पड़े। कई लोगों ने मोहन दास को समझाया कि इंग्लैंड के ठंडे वायु मंडल में मांस खाना ही पड़ेगा। लेकिन मोहन दास ने माता को वचन दिया था। उसे न सिर्फ इंग्लैंड में बल्कि जीवन भर निभाया और उनको कभी समस्या भी नहीं बनी।

लंदन शहर में शाकाहार के लिए छात्र गांधी को बड़ी खोज करनी पड़ी। आखिर एक शाकाहारी होटल के दरवाजे पर बिक रही हेनरी साल्ट की लिखी छोटी किताब प्ली फार वेजिटेरियनिज्म (Plea for Vegetarianism by Herry Salt) मिली तो गांधी जी को विश्वास हो गया कि मनुष्य का वैज्ञानिक आहार शाकाहार ही है। वे अखिल इंग्लैंड शाकाहारी संघटन के सक्रिय सदस्य बने, बराबर शाकाहार पर लेख भी लिखने लगे। शाकाहार का होटल मिल गया।

***

गीता का परिचय

एक अंग्रेज मित्र ने युवक गांधी से पूछा, "आपके भारत में एक प्रसिद्ध पुस्तक भगवद् गीता है। आप उसके बारे में कुछ बताएंगे? युवक गांधी हैरान हो गए कि उन्होंने कई किताबें पढ़ी पर गीता का अध्ययन नहीं किया। तो पहले इंग्लैंड में एडविन अर्नाल्ड की लिखी गीता का अंग्रेजी अनुवाद, "दि सांग सेलेस्टियल" (स्वर्ग संगीत) (The song Selestial by Edwin Arnold) पढ़कर जाना कि भारत में ऐसे अद्भुत ग्रंथ हैं। उससे प्रेरित होकर कई अन्य धार्मिक ग्रंथ पढ़े। बाइबल के New Testament and Sermon on the Mount से गांधी जी बड़े प्रभावित रहे। ठंडे देश इंग्लैंड में गांधीजी ने मुश्किल से दिन काटे। 10 जून 1891 को बैरिस्टर परीक्षा की 72 भोजन बैठकों को पूरा करके ता.11 को बैरिस्टर पद प्राप्त किया। 11 जून 1891 के दिन गांधीजी बैरिस्टर बने उसके दूसरे ही दिन याने जून 12 को भारत के लिए जहाज में बैठ गए।

***

असफलताओं के दो वर्ष

बैरिस्टर बनकर भारत लौटे गांधी जी ने असफलताओं के जो दो वर्ष बिताए वह जीवन में कमजोर से कमजोर व्यक्तियों से भी वेदना मिलने जैसे अनुभव थे। गांधी जी ने जहां हाथ लगाया वहीं विफल रहे। उनके बड़े भाई, वकील लक्ष्मीदास ने मुश्किल से पैसे जुटाकर इंग्लैंड भेजा था। स्वाभाविक रूप से उन्होंने सोचा कि बैरिस्टर के लिए राजकोट शहर छोटा पड़ेगा। तो बैरिस्टर गांधी बंबई गए। बंबई कोर्ट में गए तो जिरह न करने के कारण उनके मुल्जिम को बुरा लगा और लोग हंस पड़े। फिर बंबई में एक शाला के प्राध्यापक के लिए मासिक रू0 75/- की नौकरी के लिए अर्जी भेजी। शाला वालों ने गांधी के साक्षात्कार (Interview) के बाद कह दिया कि वे उस काम के लिए योग्य नही। फिर राजकोट लौट आए।

***

दक्षिण अफ्रीका का निमंत्रण

जब परिस्थिति गांधीजी को ऐसा महसूस करने को विवश कर रही थी कि वे कहीं भी सफल नहीं हो सकेंगे तो एक अनपेक्षित मौका सामने आया। पोरबंदर के एक मुस्लिम व्यापारी दक्षिण अफ्रीका के व्यापार के लिए एक वकील को खोज रहे थे। क्योंकि उनकी लिखा पढ़ी सब गुजराती में थी तो वे एक गुजराती जानने वाला वकील खोज रहे थे तो लक्ष्मीदास गांधी की मदद मांगी। उन्होंने अपने छोटे भाई मोहनदास गांधी से चर्चा की। एक वर्ष का काम है सारा खर्चा भी देकर एक अच्छी रकम और देंगे। चारों ओर से निराश मोहनदास गांधी को इससे अच्छा क्या मिल सकता था। वे मुस्लिम व्यापारी उन सैकड़ों गुजराती व्यापारियों में थे जो गुजरात से अफ्रीका जाकर व्यापार से खूब पैसे कमाते थे पर अधिक पढ़े-लिखे नहीं थे।

दक्षिण अफ्रीका में नेटाल राज्य के डरबन शहर के दादा अब्दुल्ला सेठ की वकालत करने के लिए अप्रैल 1893 को गांधी जी डरबन पहुंचे। भारत से ठेके पर आए अधिकांश लोग श्रमिक होकर आये थे और बाकी लोग लेखन, हिसाब-किताब के लिए आए थे। वहां रहने वाले इन सभी लोगों को "कुली" या "सामी' करके संबोधित करते थे और भारतीय लोग ये अपमान सहते हुए ही रहने को विवश थे।

***

क्रांतिकारी गांधी का दृश्य

जिस काम के लिए गांधीजी अफ्रीका बुलाए गए थे वह था दादा अब्दुल्ला सेठ के पूर्व सहयोगी राज्य के राजधानी प्रिटोरिया वासी सेठ तैय्यबजी से चल रहे एक हिसाब-किताब का मुकदमा। उस संबंध में मई 1893 में रेल से डरबन के लिए रवाना हुए। उनके पास प्रथम दर्जा रेल का टिकट था और प्रथम दर्जे में ही बैठकर किताब पढ़ते हुए यात्रा कर रहे थे। रास्ते में एक स्टेशन मारिस पीटर्स बर्ग, जो नेटाल की राजधानी है, पर रेल रूकी। दो गोरे गांधीजी के डब्बे में घुसे और कहा कि प्रथम दर्जे में केवल गोरे लोग बैठ सकते हैं आप निम्न दर्जे वाले तीसरे दर्जे के डब्बे में जाइए। गांधीजी ने उन्हें समझाया कि वे बैरिस्टर हैं और उनके पास प्रथम दर्जे का टिकट है। गोरे यात्रियों ने कुछ रेल के अधिकारियों और कुछ पुलिस वालों के साथ आकर गांधीजी को रेल के डब्बे से बाहर धक्का दे दिया और उनके सामान को बाहर फेंक दिया। गाड़ी चली गई। गांधीजी ने रातभर भयंकर ठंड सहन करते हुए स्टेशन पर बैठे रात बिताई। उसी रात को ही गांधीजी ने सेठ अब्दुल्ला को अपने कड़वे अनुभवों का तार भेजा। उसी शहर में रहने वाले सेठ अब्दुल्ला के लोगों ने गांधीजी का आतिथ्य किया और आगे की यात्रा की व्यवस्था की। गांधीजी ने एक बात गौर की कि अफ्रीका के रहने वाले भारतीयों ने मान लिया था कि वे अफ्रीका में निम्न दर्जे के लोग हैं और अपमान को सहन करना ही उनका धर्म है। बाद में गांधीजी को घोड़ागाड़ी में जाना पड़ा उसमें भी गोरे-काले का कड़वा अनुभव हुआ।

प्रिटोरिया में सेठ तैय्यबजी और उनके वकीलों से मिले। शुरूआत में दोनों सेठों को गांधीजी के प्रस्ताव से विरोध रहा। लेकिन धीरे-धीरे गांधीजी की बातों को दोनों ने समझा और मुकदमे को कोर्ट से वापस लेकर आपसी समझौता कर लिया। कोर्ट व वकीलों को जा रही बड़ी रकम दोनों की बच गयी। दोनों ने गांधीजी को आभार व्यक्त किया।

***

एक वर्ष के बाद

दादा अब्दुल्ला सेठ के मुकदमे के लिए गांधीजी एक वर्ष के ठेके पर आए थे। मुकदमा पूरा होने का संतोष भी था और गांधीजी के पास पर्याप्त पैसे भी बच गए थे लेकिन उस एक वर्ष में गांधीजी ने वहां के भारतीय लोगों की दुर्दशा और उस बारे में उनकी असहायता को भी देखा था। जिससे मिलते थे, सब उनसे राजी होते थे कि यह स्थिति बदलनी चाहिए। सबकी राय से गांधीजी ने अगस्त 1894 में एक नेटाल इंडियन कांग्रेस की स्थापना की। नेटाल सरकार भारतीय लोगों के मताधिकार रद्द करने लगी तो गांधीजी ने साम्राज्य को तथा ब्रिटिश सरकार को भी तार भेजा कि भारत में ब्रिटिश सरकार की प्रजा के नाते उन लोगों को जो मताधिकार था वही यहां भी होना चाहिए। ऐसे अनेक कानून की सुविधाएं गांधीजी ने उन लोगों को उपलब्ध करायीं जैसे- उन पर लगाया सालाना 25 पौंड बाद में 3 पौंड का कर वापस करना, भारतीय विवाहों को मान्यता दिलाना आदि। लोगों को लगने लगा था कि गांधीजी के वहां रहने से उनको जीवन में गौरव प्राप्ति होगी तथा सुखी जीवन जी सकेंगे। क्योंकि गांधीजी के सब कार्यक्रम मानवाधिकार मूल्यों पर आधारित थे तो अनेक गोरे लोग भी उनका साथ देने लगे थे। एक तरफ डरपोक, निर्बल गांधी धीरज के साथ समाज को नेतृत्व देने लगे, अन्याय से लड़ने लगे तो दूसरी ओर मृतप्राय भारतीय समाज में बिजली का संचार जैसी नई चेतना आ गई।

सेठ अब्दुल्ला के घर में भारत के विभिन्न समुदायों से भरी हुई सभा में चारों ओर से मांग होने लगी कि गांधीजी अभी भारत नहीं लौटें। गांधीजी को भी लगा कि जब भारत के लोगों में इतना उत्साह जगा है तब छोड़ के जाना उचित नहीं। उन्होंने नेटाल के सर्वोच्च कोर्ट में नाम दर्ज करा दिया और भारत जाकर परिवार को साथ लाने का निर्णय ले लिया।

***

6 माह के लिए भारत

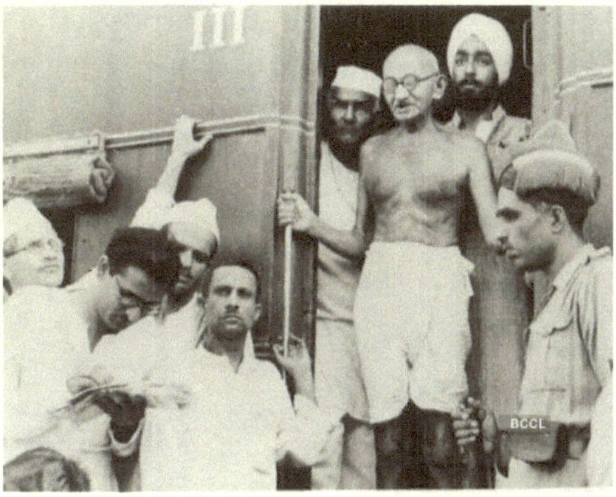

गांधीजी के अपनी भारत यात्रा रद्द करने से दक्षिण अफ्रीका के भारतीय लोगों में काम करने के लिए जान आ गई। गांधीजी के रूक जाने से, द. अफ्रीका में बसे भारतीय लोगों को अनेक लाभ हुए।

यद्यपि ब्रिटिश सरकार द. अफ्रीका के दो राज्यों में अधिकार चला रहे डच गणराज्य के बोचर सरकार से युद्ध लड़ी थी, अब दोनों ब्रिटिश व बोचर ने मिलकर चारो राज्यों को मिलाकर एक शासन बनाने का विचार शुरू किया था। उसका कारण एशिया के भारत, चीन देशों से आए लोगों से गोरे लोगों के और उनके अधिकारों की सुरक्षा तथा तभी ट्रान्सवाल में खोजा गया सोना व हीरों के खदानों से गोरे लोगों को फायदा उठाना था।

गांधीजी के प्रयासों से एशिया के लोगों को जो मताधिकार से वंचित कर रहे थे वह कानून टल गया। दूसरा भारतीयों पर जो विशेष कर लगाया जा रहा था उसे रद्द कर दिया गया। लेकिन सबसे बड़ा लाभ तो था भारतीय लोगों में जन्मा आत्म विश्वास, प्रेरणा तथा संगठन शक्ति।

गांधीजी 1893 में अब्दुल्ला सेठ के मुकदमे के माध्यम से कुछ पैसे कमाने के लिए एक वर्ष के ठेके पर गए थे। वहां के भारतीय लोगों की दयनीय स्थिति देखी तो वे परिस्थिति बदलने की प्रक्रिया में लग गए। उनको लगा उनके लिए दक्षिण अफ्रीका में करने के लिए बहुत काम है तो सोचा कि अब अपने परिवार को साथ लाकर और कुछ समय तक वही रूकेंगे। वकालत से पैसे कमाए थे तो जहां अंग्रेज लोग ही रहते थे ऐसे क्षेत्र में एक बड़ा घर लिया जिससे अपने परिवार के अलावा कार्यकर्ता लोग भी उसी घर में रह सके। परिवार को लाने के लिए 5 जून 1896 को कलकत्ता के जहाज से रवाना हो गए।

***

छोटी यात्रा भारत में

यद्यपि भारत आने का गांधीजी का उद्देश्य परिवार को दक्षिण अफ्रीका ले जाने का था। पर उस यात्रा का लाभ कुछ और अनुभव पाने के लिए भी हुआ। एक तो उन्होंने उस वर्ष हुआ कांग्रेस अधिवेशन कलकत्ता में देखा।

1857 के सिपाही आंदोलन के बाद ब्रिटिश शासन प्रयास में लगा था कि भारत के लोगों को ब्रिटिश शासन में विश्वास बने उसी दृष्टि से ब्रिटेन के प्रतिनिधि ए.ओ.हयूम (*A*.O.Hume) ने कुछ भारत के बुद्धिजीवियों के साथ मिलकर 1885 में भारतीय राष्ट्रीय कांग्रेस की स्थापना की थी।

कांग्रेस के अधिवेशन कलकत्ता में गांधीजी ने एक तरफ देखा अंग्रेजी विधि में बैठक, भाषण, व्यवस्था में तो आडंबर था, पर स्वच्छता का ध्यान नहीं था। वह सब देखकर गांधीजी को तो कांग्रेस से निराशा हुई।

इस भारत यात्रा से गांधीजी को मुख्य लाभ यह हुआ कि उस समय के भारत के प्रमुख व्यक्ति फिरोज शाह मेहता, गोपाल कृष्ण गोखले, लोकमान्य बाल गंगाधर तिलक से मिले और दक्षिण अफ्रीका के भारतीयों की दयनीय स्थिति के बारे में चर्चा की। इसी समय गांधीजी को डरबन से तार आया कि नेटाल शासन सभा अधिवेशन शुरू हो रहा है। तो वे तुरंत वहां पहुंचे। गांधीजी जल्दी में तैयार होकर राजकोट जाकर कस्तूरबा और तीनों बच्चों हरीलाल, मणिलाल तथा रामदास के साथ अफ्रीका के लिए रवाना हो गए। अबकी बार सेठ अब्दुल्ला ने जहाज में अच्छी व्यवस्था की थी।

***

प्लेग रोगियों की सेवा

ट्रान्सवाल सरकार जहां गरीब भारतीय लोग थे, उस क्षेत्र को खाली कराने लगी। गांधीजी ने कोर्ट के माध्यम से उन गरीबों के रहने का दूसरा प्रबंध किया और आर्थिक मदद भी दिलाई। उसी समय उस क्षेत्र में प्लेग की बीमारी फैल गई। रोगियों में गांधीजी ने काम करके सैकड़ों गरीबों को बचा लिया। उनके काम से प्रभावित होकर गोरे लोग भी गांधी के साथ हुए। गांधीजी द्वारा लिखा पत्रिका में एक पत्र पढ़कर पोलक भी उनके साथ हुए। क्योंकि पोलक भी शाकाहारी थे तो उनका गांधीजी के साथ संबंध और भी मजबूत हो गया।

वर्ष 1904 में गांधीजी द्वारा प्रकाशित की जा रही पत्रिका आर्थिक कठिनाई में पड़ गई। उसे देखने गांधीजी डरबन के लिए रवाना हुए। मित्र पोलक भी रेलवे स्टेशन तक साथ आए और रास्ते में पढ़ने के लिए एक किताब दी "अन टु दिस लास्ट' लेखक :जान रस्किन (Unto This Last by John Ruskin 1819-1890) रात भर रेल गाड़ी में गांधीजी सोए नहीं। पुस्तक पढ़ते रहे रस्किन की कुछ बातों ने गांधीजी के विचारों को पुष्ट किया। इंग्लैंड में मशहूर रस्किन इस विचार के थे कि मानव के सभी विकास प्रकृति के समरस होना जरूरी। अन टु दिस लास्ट की मुख्य तीन बातें जिन्होने गांधीजी को विशेष आकर्षित किया।

1. सभी की भलाई में ही अपनी भलाई शामिल है।
2. क्योंकि सभी लोगों को काम करके जीविका अर्जन करने का समान हक है तो एक वकील के काम का जो महत्व है वही महत्व एक नाई के काम को है।
3. श्रमाधारित किसान या श्रमिक का जीवन ही सबसे श्रेष्ठ प्रकार का जीवन है।

गांधीजी ने मात्र एक किताब नहीं पढ़ी थी, बल्कि अपनी जीवन शैली के लिए एक नई योजना प्राप्त कर ली थी। अब मात्र मुकदमों के जरिए पैसे कमाना उन्हें अनुचित लगने लगा। श्रम के माध्यम से पैसा अर्जन करना चाहिए, यह विचार उनके अंदर घर कर गया।

फीनिक्स आश्रम

गांधीजी की यही विशेषता थी। किताब की बात अच्छी लगी साथी पोलक को भी लगा कि न्याय बद्ध समाज का आधार वही है जहां लोग शारीरिक श्रम करके जीवन जियें। तो सिद्धांत को अपने जीवन में उतारना चाहिए। पोलक के साथ चर्चा हुई तो वे भी उत्साहित हुए और अपनी पत्रकारिता से त्यागपत्र देकर गांधी जी के साथ आश्रम में श्रमाधारित सरल जीवन जीने को तैयार हो गए।

पोलक गांधीजी के जीवन व विचारों से इतने प्रभावित थे कि एक तरफ जोहान्स बर्ग में उनकी वकीली वृत्ति को समाप्त करने में सहायक बने और दूसरी ओर फीनिक्स आश्रम की स्थापना में मदद की।

गांधीजी ने अब अन टु दिस लास्ट पढ़ने के एक सप्ताह के भीतर 1904 के दिसम्बर माह में फीनिक्स शहर के पास 20 एकड़ जमीन खरीद ली और शीघ्र ही 80 एकड़ और जोड़ा। जमीन लेकर आश्रम के सभी वासियों को तीन-तीन एकड़ जमीन देकर खेती एवं ग्रामोद्योग की प्रेरणा दी। सभी कार्यकर्ताओं को महीना 3 पौंड मिलने की व्यवस्था की। एक नये प्रयोग की शुरूआत हुई। 'इंडियन ओपीनीयन' पत्र की प्रेस को भी डरबन से फीनिक्स लाकर वहीं छापने लगे।

***

"सत्याग्रह"

कुछ ही समय पहले दक्षिण अफ्रीका के दो-दो राज्यों के अधिकारी ब्रिटिश और बोचर (डच) लड़ाई लड़े थे। अब मिलकर चारों राज्यों को जोड़कर एक राज्य बनाने की योजना में लगे। दोनों भले ही यूरोप के दो भिन्न राष्ट्रों के थे पर थे दोनों गोरे।

नया राज्य बनाते समय एक कानून ऐसा तैयार हो रहा था जो भारतीय, चीनी व अन्य एशिया देशों के लोगों के लिए अपमानजनक था और भविष्य में दक्षिण अफ्रीका में एशिया के लोग रह नही पाएंगे। इस काले कानून से गांधीजी को निराशा हुई और उसका विरोध करने का विचार किया। उस कानून के अनुसार सारे एशिया के लोगों को एक परमिट लेना पड़ता। उसके लिए प्रत्येक एशिया नागरिक को अपनी पाँचों उंगलियों के चिन्ह देकर 3 पौंड जमाकर के परमिट लेना पड़ता और उस परमिट को हमेशा साथ रखना पड़ता था आदि। गांधीजी ने इस कानून को भारतीय लोगों को समझाया। उस कानून का विरोध करने के लिए 11 सितम्बर 1906 के दिन जोहान्सबर्ग के यहूदी भवन इम्पायर बिल्डिंग में विशाल सभा की बैठक हुई। चीनी भी सम्मिलित थे। करीब 3000 लोगों की इस सभा में निर्णय हुआ कि सभी लोग इस काले कानून को तोड़ेंगे और जो भी सजा हो उसे सहर्ष स्वीकार करेंगे। कानून बनाने वालों के प्रति द्वेष-दुश्मनी नही रखेंगे। लड़ाई का नया प्रकार एक आध्यात्मिक प्रकार। इस प्रकिया के लिये मगनलाल भाई ने नाम "सदाग्रह" रखा जिसे गांधी जी ने सुधारकर "सत्याग्रह" बनाया। अन्याय से लड़ने के लिए दुनिया को एक नया शस्त्र मिल गया "सत्याग्रह" । अपने मन में विरोधी के प्रति थोड़ा भी द्वेष-दुर्भावना नहीं होगी। उनका नुकसान भी चाहेंगे नहीं। फिर भी गलत काम होने नहीं देंगे। अब तक शांति मंत्र में भी विरोधी के प्रति सद्भावना नहीं होती थी तो सत्याग्रह पूरा नया शस्त्र था। इस तरह 11 सितम्बर 1906 को जोहान्सबर्ग के यहूदी रंग मंदिर एंपैर बिल्डिंग में सत्याग्रह का उदय हुआ।

***

पहली जेल यात्रा

सभा में थोड़ी भी हिंसा की झलक होती तो उसको बुझाना सरकार के लिए आसान था। दुनिया में होता ही आया है-हिंसा हुई, तोड़-फोड़ हुई तो पुलिस आई, बंदूक चलाई, दो-चार लोग मरे, झगड़ा बंद हुआ। लेकिन यहां हिंसा का नाम ही नहीं। सभा अनुशासन व शांति से चली।

काला कानून जो एशिया के लोगों को परमिट लेने के लिए मजबूर करता था। उसका विरोध जरूर हो रहा था और लोग जो भी सजा मिले उसे सहर्ष स्वीकार करने को तैयार बैठे थे। सभा में एक अनुभवी बुजुर्ग ने कहा कि हम इस निर्णय को ईश्वर को साक्षी रखकर स्वीकार करते हैं तो इससे गांधी को विशेष प्रेरणा मिली कि लड़ाई में हम ईश्वर का साथ ले रहे हैं।

गांधी जी ने दूसरा प्रयास भी जारी रखा। क्योंकि कानून लागू होने के लिए ब्रिटिश शासन की अनुमति चाहिए तो एक आयोग ने लंदन जाकर संबंधित सभी लोगों से चर्चा की।

दक्षिण अफ्रीका की सरकार के अधिकारियों का एक ही राग, "हम भी भारतीय लोगों के हित चितंक हैं। पर कानून वापस लिया तो गोरे लोगों को असमाधान होगा तो मजबूरी में कानून लागू करना पड़ रहा है"।

कानून लागू हुआ। पर भारतीय लोगों ने सत्याग्रह को अपना लिया था। विशेष कर उंगली चिन्ह नहीं देंगे। परमिट नही लेंगे। हजारों भारतीय लोगों ने परमिट नहीं लिये तो हैरान सरकार ने गांधीजी को कोर्ट के सामने बुलाया। कोर्ट के सामने गांधीजी स्पष्ट भाषा में बोले 'हम कानून का विरोध करेंगे। जो भी सजा हो खुशी से स्वीकार करेंगे। जज के लिए ऐसा पहला अनुभव। क्या करें? निर्णय दे दिया कि "गांधी 48 घंटों के भीतर ट्रान्सवाल राज्य के बाहर चला जाए। गांधी जी ने इस निर्णय को मानने से साफ इनकार कर दिया। फिर कोर्ट ने परमिट न लाने के लिए जो सजा होनी थी 6 माह की जेल में कठिन सजा, उसके बदले में मात्र 2 माह की सादा जेल की सजा दी। गांधीजी प्रथम बार अफ्रीका में जेल गए। एक ही एशिया के कैदी होने से उस दिन काले कैदियों के साथ ही रख दिया। दूसरे दिन से ही कानून तोड़ कर समूहों में पुरूष, स्त्री, हिन्दू, मुसलमान, पारसी आदि सभी तरह के लोग जेल में भरने लगे तो तंबू डालने पड़े। गांधी के स्वेच्छा से जेल जाने की खबर, भारत, इग्लैंड और अन्य देशों में भी फैल गई।

भारत वापस

1893 में एक वर्ष के लिए दक्षिण अफ्रीका पैसे कमाने के लिए गए थे पर वहां के भारतीय लोगों को अन्याय व अपमान से मुक्त कराने के लिए 20 वर्ष इस देश में रह गए। काला कानून रदद् हो जाने से एक महा जीत हुई थी। सत्याग्रह की उपयोगिता साबित हुई थी।

आखिर में 18 जुलाई 1914 को केपटाउन से लंदन की ओर यात्रा करके भारत के लिए रवाना हो गए। कस्तूरबा, तीन बेटे मणिलाल, रामदास, देवदास, भान्जे मगनलाल और छगनलाल भी साथ चले। बड़ा बेटा हरी लाल भारत में ही था।

गांधी परिवार 9 जनवरी 1915 के दिन मुंबई आया। बड़ी भीड़ ने जयकारों के साथ गांधीजी का स्वागत किया। बड़े जुलूस में गांधीजी को सांताक्रूज स्थित उनके मित्र रेवती शंकर झवेरी के घर पहुंचाया। गांधी जी और कस्तूरबा को थोड़ा आराम मिलने से स्वास्थ्य लाभ हुआ।

***

भारत दर्शन

आश्रम के बाद लंदन में मिले मार्गदर्शक श्री गोपाल कृष्ण गोखले ने गांधीजी को भारत में काम करने के लिए स्वागत करते हुए उनको कहा था कि वे करीब 20 वर्ष के बाद भारत लौट रहे हैं तो उनके लिए अब भारत विदेश जैसा है, तो वे पहले आंख और कान खोलकर और मुंह बंद कर भारत में घूमें और भारत को समझें और अध्ययन करें। तो गांधीजी भारत. लौटने के बाद भारत भ्रमण करने लगे, बहुत जगह कस्तूरबा को भी साथ ले गए। अफ्रीका के पाश्चात्य शैली के सूट को छोड़कर काठियावड़ि शैली का धोती-कुर्ता व साफा उनका वस्त्र बन गया था।

गोखले जी ने अपनी अफ्रीका यात्रा के बाद गांधीजी के वहां के काम के बारे में भारत की पत्रिकाओं में लेख लिखा था और गांधीजी ने भी कुछ लेख लिखे थे जिससे उनके नाम को भारत में अनेक लोग जानते थे। गांधीजी के मुंबई रहते समय भारत के अनेक मुख्य लोग जैसे श्री गोपाल कृष्ण गोखले, लोकमान्य बाल गंगाधर तिलक, दादा भाई नौरोजी, फिरोज शाह मेहता आदि ब्रिटिश द्वारा दी गयी कठोर सजा काटकर लौटे थे। कई स्वागत समारोह भी हुए जहाँ समाज के गणमान्य लोग वकील, न्यायपालिका एवं डाक्टर से परिचय हुआ।

एक गुजराती समाज बैठक में मुख्य वक्ता मोहम्मद अली जिन्ना थे जो कठियावाड़ से लंदन जाकर बैरिस्टर बनकर आए थे। बैठक को जिन्ना ने अंग्रेजी में संबोधित किया। बाद में गांधीजी ने गुजराती में प्रशंसा की। जिन्ना ने गांधी के अफ्रीका के कार्यों की प्रशंसा करने के बाद विचार व्यक्त किया कि जैसे वे हिंदू-मुसलमान दोनों समुदायों को मिलाकर अफ्रीका में सफल हुए वैसे ही भारत में भी दोनों समुदायों को साथ मिलाकर काम किया तो अच्छा होगा। गांधी-जिन्ना की प्रथम मुलाकात सौहार्दपूर्ण रही।

भारत यात्रा के प्रथम चरण में गांधीजी व परिवार विश्व कवि रविन्द्र नाथ ठाकुर के द्वारा स्थापित शांति निकेतन गए, जहाँ उनका माला, नृत्य, फूलों से स्वागत किया गया। स्वागत तो बड़ा प्रेम व आदर्श भरा था। वहाँ गांधीजी ने कहा कि कला सौंदर्य के साथ श्रम सौंदर्य को जोड़ा जाए। टैगोर ने गांधी को 'महात्मा' नाम से संबोधन किया तो गांधीजी ने रविन्द्र नाथ टैगोर को जो उनसे बड़े थे गुरूदेव के रूप में संबोधित किया।

***

1916 की कांग्रेस

गांधीजी भारत के रास्ते में थे तभी प्रथम विश्व युद्ध छिड़ गया था जिसमें ब्रिटेन मुख्य पात्र था। भारत ब्रिटेन की एक कालोनी होने के कारण भारत भी युद्ध में ब्रिटेन के साथ होगा। कई जगह भारत के लोग ब्रिटेन को अपना समर्थन प्रदान करके सरकार से सम्मान प्राप्त करते थे। इसी समय मद्रास (आज का चेन्नई) में ब्रिटेन में जन्मी, लेकिन भारतीय बन चुकी एनी बेसंट के नेतृत्व में कांग्रेस का अधिवेशन हो रहा था। चमकती झूमती अंग्रेज अधिकारियों के चित्रों से भरी सभा में अधिवेशन हो रहा था। गांधी जी ने देखा कांग्रेस में ब्रिटिश समर्थक का वायुमंडल था और एनि बेंसेट, तिलक सबकी मांग थी "होम रूल" (भारत को ब्रिटिश साम्राज्य के भीतर स्वायत्तता का अधिकार)

***

सत्याग्रह आश्रम

गांधी का परिवार माने इनकी पत्नी, बच्चों के अलावा ढेर सारे कार्यकर्ता। फिनिक्स में तो उनके बड़े परिवार के अनुकूल बड़ा आश्रम काम करने लग गया था। भारत में गांधीजी को मानने वाले अनेक लोग थे और उनको आश्रम की स्थापना के लिए कई स्थानों से निमंत्रण आए थे। गांधीजी को लगता था कि भाषा की सुविधा से यदि आश्रम के लिए गुजरात में व्यवस्था मिल सके तो अच्छा। अहमदाबाद के उद्योगपति श्री मंगल दास गिरधर दास आश्रम के वार्षिक खर्च छह हजार देने को तैयार हो गए और शहर के बैरिस्टर जीवन लाल देसाई ने शहर के ही किनारे साबरमती नदी किनारे कोचरब में अपने उद्यान के भीतर स्थित 10-12 कमरे वाला मकान दिया। गांधीजी का परिवार उस कोचरब निवास पर रहने आ गया। बड़े लोग सहयोग में लगे और बच्चों की पढ़ाई शुरू हुई। चार माह से आश्रम सुचारू रूप से चल रहा था। उसी समय गांधीजी के पास साथी कार्यकर्ता श्री अमृत लाल ठक्कर से पत्र आया कि एक 'अस्पृश्य परिवार दूधा भाई, पत्नी धुनि बहन और बेटी लक्ष्मी आश्रम में शामिल होना चाहते हैं। गांधीजी ने आश्रम साथियों को बारंबार अस्पृश्यता निवारण की आवश्यकता को समझाया था तो मन में अस्पृश्य लोगों के लिए सदभावना तो थी पर साथ रहना, खाना-पीना? देश में सदियों से अस्पृश्यों के लिए घृणा फैलाई हुई थी। कस्तूरबा से लेकर कई कार्यकर्ता उनको स्वीकार करने को तैयार नहीं हुये। गांधीजी के लिए धर्म संकट पैदा हो गया।

अन्तत: गांधी जी ने निर्णय किया कि अस्पृश्य परिवार को लिया जाएगा। कुछ लोग आश्रम छोड़कर चले गए। शहर में भी विरोध शुरू हुआ और सालाना जो 6,000/- रूपए की सहायता मिलती थी वह भी बंद हो गयी।

आश्रम बंद होगा? लेकिन गांधीजी को ईश्वर में दृढ़ विश्वास था। शहर के उद्योगपति अंबालाल

साराभाई आश्रम आकर गांधीजी को एक थैली देकर चले गए। थैली में 13,000/- रूपए थे। आश्रम के दो वर्ष के खर्चे के लिए पर्याप्त था।

आश्रम वासियों की संख्या बढ़ती गई और गांधीजी आश्रम में खेती, गोपालन आदि कार्यक्रम भी जोड़ना चाहते थे तो 17 जून 1917 को अधिक विस्तार कर 36 एकड़ जमीन में स्थानांतिरत किया। आज साबरमती नदी तट पर सत्याग्रह आश्रम या हरिजन आश्रम उसी स्थान पर है। इसी आश्रम से 12 मार्च 1930 को गांधीजी ने अपने 78 यात्रियों के साथ 365 कि.मी. लंबी ऐतिहासिक दंडी यात्रा चालू की थी।

***

काशी में क्रांति

गांधी जी ने भारत लौटने के बाद देश भ्रमण किया लेकिन अधिक समय अध्ययन करते रहे। श्रीमति एनी बेसेंट ने लंदन में जन्म लिया था पर भारत के आध्यात्मिक संस्कार से बहुत प्रभावित थीं। गीता पर व्याख्या लिखी। संस्कृत और धर्म ग्रंथों पर आधारित शिक्षण देने के लिए पंडित मदन मोहन मालवीय के समर्थन से "काशी हिंदू कालेज" नाम से प्रसिद्ध संस्थान का निर्माण किया था। उसका विस्तार होकर अब 4,5 एवं 6 फरवरी 1916 को' बनारस हिंदू यूनिवर्सिटी नाम से विश्वविद्यालय का शिलान्यास हुआ। उसके बड़े उत्सव का आयोजन हुआ था।

फरवरी 4 को वायसराय लार्ड हार्डिंग ने विश्वविद्यालय का उद्घाटन किया। उसके बाद के दो दिनों के उत्सव में अनेक राजा महाराजा, ब्रिटिश अधिकारी और चुने हुई बुद्धिजीवियों से सभा भरी थी। उस गरिमामय सभा को संबोधित करने के लिए श्रीमति एनी बेसेंट ने गांधीजी को निमंत्रित किया था। अपने भाषण की शुरूआत में गांधीजी ने दुःख व्यक्त किया कि गंगा तट स्थित पवित्र काशी नगर के इतने सुंदर विश्व विद्यालय का शुभारम्भ करते हुए उनको विदेशी भाषा अंग्रेजी में बोलना पड़ रहा है क्योंकि भारत में लार्ड मैकाले ने अंग्रेजी को प्रतिदिन की भाषा कर दिया है। उनकी बात ब्रिटिश अतिथियों को कुछ अटपटी लगी लेकिन सभा में उपस्थित बड़ी संख्या में छात्रों ने खूब ताली बजाकर स्वागत किया। गांधी जी आगे बढ़कर बोले कि देश सेवा खाली भाषणों से नहीं बल्कि गरीबों के पास जाकर काम करने से होती है। दो दिनों से यहां गरीबों का कल्याण करने की बातें तो हुई पर यहां बैठे राजा महाराजा लोग जो सोना-हीरे आदि पहने हुए हैं उसे देखकर मुझे लगता है यही भारत की गरीबी का कारण हैं। इस कार्यक्रम के लिए इतनी सुरक्षा, इतनी पुलिस

इसका क्या मतलब? डर किसका? ऐसे डरकर जिंदा रहने से मर जाना ही अच्छा। इस शैली में भाषण चलता रहा तो छात्र ताली बजाते रहे और चिल्लाते रहे "और बोलिए" जब कि अधिकारी और अतिथि धीरे-धीरे सभा छोड़कर चले जाने लगे। आखिर धन्यवाद की औपचारिकता भी न रख कर सभा बर्खास्त हो गई।

गांधीजी के विचार तो देश भर में फैल गये। कांग्रेस के भीतर भी विचार-चिंतन होने लगे। बहुत विचारवान लोगों को गांधीजी ने अपनी तरफ आकर्षित किया और गांधीजी के साथ अच्छे-अच्छे कार्यकर्ता जुड़े जैसे काका साहब कालेलकर, किशोरी लाल मश्रुवाला, महादेव देसाई, ठक्कर बापा, प्यारे लाल, स्वामी आनंद । बंगाल के तरूण उद्योगपति घनश्यामदास बिरला भी।

महाराष्ट्र के तरूण आध्यात्मिक साधक विनोबा भावे बोले कि वे एक तरफ हिमालय की शांति से आकर्षित हो रहे थे तो दूसरी और बंगाल की क्रांति की ओर। गांधीजी से मुझे हिमालय की शांति और बंगाल की क्रांति दोनों एक साथ मिल गई। उधर दक्षिण भारत के बुद्धिजीवी श्री राजगोपालाचारी ने पत्रिकाओं में गांधीजी के विचारों के बारे मे लेख लिखे।

1916 में गांधीजी ने अहमदाबाद में एक गुजराती समाज सम्मेलन में भाग लिया। उसमें उनका संपर्क हुआ बैरिस्टर बल्लभ भाई पटेल और उनके बड़े भाई बैरिस्टर विठ्ठलभाई पटेल के साथ। उस वर्ष 1916 में एक और सभा में गांधीजी ने भाग लिया। वह था मोहम्मद अली जिन्ना की अध्यक्षता में लखनऊ में चल रहा कांगेस का अधिवेशन। कांग्रेस के दोनों नेता जिन्ना तथा तिलक 'होम रूल' (आंतरिक स्वायत्त शासन) और केन्द्र और राज्य शासन सभाओं में प्रतिनिधित्व मांग रहे थे और कुछ भारतीय प्रतिनिधित्व हासिल भी कर लिया था। उस अधिवेशन में गांधीजी ने (1) कार्य कलापों को भारतीय भाषाओं में संपन्न करना और (2) कांग्रेस के अंदर अधिक किसान व मजदूरों को लाने का प्रस्ताव लाया और कांग्रेस ने दोनों प्रस्तावों को स्वीकार कर लिया। इस अधिवेशन में गांधीजी के व्यक्तित्व से प्रभावित हुए इलाहाबाद के प्रसिद्ध वकील बैरिस्टर पंडित मोतीलाल नेहरू और तरूणों के प्रतिनिधि प्रगतिशील उनके पुत्र पंडित जवाहर लाल नेहरू।

***

चंपारण सत्याग्रह

लखनऊ कांग्रेस अधिवेशन में गांधी जी ने किसान-मजदूरों को जोड़ने की बात कही थी। अधिवेशन में अच्छी संख्या में बिहार के चंपारण जिले के किसान आए थे। उनके प्रतिनिधि राजकुमार शुक्ला कुछ कांग्रेस नेताओं से अपनी समस्या की बात करके निराश होकर गांधीजी के पास आए। गांधीजी ने उनसे प्यार से बातें की, पर उनके क्षेत्र चंपारण जाने के लिए गांधी जी के पास समय नहीं था। उनको कानपुर, अहमदाबाद आदि जाना था। गांधीजी कानपुर, अहमदाबाद जहां-जहां गए वहीं पर शुक्ला बार-बार मिले और अपने दुःख की बात दोहराई।

आखिर में 16 अप्रैल, 1917 को गांधीजी राजकुमार शुक्ला के साथ कलकत्ता से चंपारण की ओर चल पड़े। रास्ते में दो दिन क्षेत्र के प्रसिद्ध वकील डा. राजेन्द्र प्रसाद के घर रहे पर वे बाहर गए थे। वहां से शुक्ला व गांधीजी मुजफ्फरपुर गए। शांति निकेतन से परिचित जे.बी.कृपलानी मुजफ्फरपुर में कालेज में प्राध्यापक थे तो गांधीजी उनके ही घर रूके और किसानों की स्थिति का अधिक विवरण प्राप्त किया।

मुख्य समस्या थी कि इंग्लैंड से सरकारी पद व सेना से अवकाश प्राप्त कई लोगों ने चंपारण में बड़े आयाम की जमीन खरीद रखी थी और उनकी हितचितंक सरकार ने स्थानीय किसानों को मजबूर किया था कि वे अपनी जमीन के एक हिस्से में नील की खेती करें। उसे यूरोप के बाजारों में ऊंचे मूल्यों में बेचकर पैसे बनाकर वे धनवान हो रहे थे। विदेशी सरकारी अधिकारियों का आतंक था। किसान अपनी मर्जी की वस्तु पैदा नहीं कर सकते थे। भय का वातावरण था।

15 अप्रैल, 1917 को गांधीजी चंपारण के मुख्य स्थान मोतीहारी पहुंचे तो हजारों ग्रामीण उनके स्वागत के लिए एकत्र हो गये। अधिकारी व पुलिस भीड़ देख कर चिंतित हुई और गांधीजी को

चंपारण छोड़कर चले जाने को कहा। गांधीजी ने कहा यह मेरा देश है और मैं यहां के किसानों के काम के लिए आया हूं। बाहर जाने से इन्कार किया।

न्यायाधीश ने गांधीजी को आदेश दिया कि दूसरे दिन वे न्यायालय में उपस्थित हों। गांधीजी न्यायालय में 18 अप्रैल, 1917 को हाजिर होकर बोले, "मैं यहां पर किसानों के आहवान पर उनकी समस्या समझने के लिए आया हूं तो यहां से जाऊंगा नहीं क्योंकि मेरा मन बोलता है कि कर्तव्य पहले पूरा करो। आपकी आज्ञा का उल्लंघन करने के लिए जो भी दंड देंगे मुझे स्वीकार है। न्यायाधीश के सामने कभी ऐसा मुलजिम नहीं आया था। बोले सजा बाद में सुनाऊंगा आज रू0 100/- जमानत देकर जमानत पर जाइए। गांधीजी ने रू0 100/- देने से भी इनकार किया। फिर न्यायाधीश ने कह दिया आपको मुक्त किया, जाइये। न्यायालय के चारों ओर जमा हुए हजारों किसानों ने "गांधीजी की जय' नारों से स्वागत किया। डॉ. राजेन्द्र प्रसाद और अन्य वकीलों को गांधीजी ने सलाह दी कि समस्या कुछ किसानों की नहीं है बल्कि पूरे जिले में फैले अन्याय, शोषण और भय का विरोध करना जरूरी है और वकील लोग किसानों से पैसा न लेकर उनको निर्भय बनने में सहायता दें।

उधर गांधीजी ने वायसराय चेम्सफोर्ड को पत्र लिखकर स्थिति का वर्णन किया। 1917 के जून तक 7000-8000 किसानों की अर्जियां एकत्रित हो गयीं थीं। उन सबको लेकर गांधीजी रांची गए जहां गर्मी के दिनों में ले. गवर्नर का कार्यालय रहता था।

अधिकारियों ने गांधीजी की बातों में सत्य, स्थिति को समझा और शासन की ओर से 10 जून 1917 को एक जाँच समिति की घोषणा की जिसमें शासन के अधिकारी, भूमालिकों के एक प्रतिनिधि और किसानो के प्रतिनिधि के नाते गांधीजी नियुक्त हुए। सत्याग्रह की ये ही मांग थी।

गांधीजी को लगा कि किसानों को आरोग्य, स्वच्छता, तथा सामान्य ज्ञान की आवश्यकता है तो चम्पारण में शाला, अस्पतालों की स्थापना की जानी चाहिए। कस्तूरबा ने बालिकाओं के लिए शालाएं खोलीं।

देश भर में फैल चुके गांधी परिवार को अनेक लोगों ने मदद पहुंचाई।

***

गरीबी दर्शन

प्रवास के रास्ते में गांधी-बा एक गांव भीतिहरवा पहुंचे। महिलाओं की गंदी साड़ियां देखकर कस्तूरबा ने उनसे कहा "साड़ियों को धोया करो' । एक महिला बा को अपने घर ले गई। घर खाली था। न कोई सामान रखने की पेटी न कोई बर्तन । महिला ने बा को बताया देखिए ये मेरी दोनों लड़कियों के पास पहनने को साड़ी नही है। फटे कपड़े पहन कर बैठी है। हम तीनों के बीच एक साड़ी है। जो बाहर जाती है वह उसी साड़ी को पहनकर जाती है। साड़ी को कैसे धोए? बा ने गांधीजी को बताया। उनको तो गांधी जी ने 3 साड़ी दे दी लेकिन उस समय के भारत का उनको एक दर्शन मिला।

सरकारी नियुक्त जाँच समिति ने हजारों अर्जियों का अध्ययन करके, कई स्थानों का निरीक्षण कर परिस्थिति देखने के बाद सर्व सम्मति से निर्णय किया कि किसानों के साथ अन्याय हुआ है, तिन कठिया व्यवस्था का कोई आधार नहीं। सत्याग्रह सफल हुआ था और चंपारण के किसान और गरीबों के मनों में निर्भयता छाई कि यदि आप सत्य और न्याय मार्ग पर हो तो किसी अधिकारी या पुलिस से डरने की आवश्यकता नहीं है। 11 अक्टूबर 1917 को गांधीजी और परिवार मोतिहारी से अहमदाबाद की ओर रवाना हुए। फूलों की वर्षा हुई। हजारों किसान व गरीब लोगों ने बाजे-बजाते जयकारों के साथ अपने प्रिय नेता को विदाई दी।

जैसे ही चंपारण से गांधीजी फुरसत पाए। अहमदाबाद जाना पड़ा जहां प्लेग बीमारी फैलने लगी। उधर आश्रम को जो अंबालाल सारा भाई ने मदद दी थी अहमदाबाद के उनके कपड़े के कारखाने में मजदूरों की हड़ताल शुरू हो गयी थी। मजदूर वेतन में बढ़ोत्तरी मांग रहे थे। गांधीजी की मध्यस्थता से हड़ताल वापस हो गयी। गांधीजी को चार दिन का उपवास भी करना पड़ा था।

1917 के वर्षा काल में खेड़ा जिले में बारिश ने किसानों को बहुत अधिक नुकसान पहुंचा दिया

था। वे भूमिकर भी देने की स्थिति में नहीं थे। लेकिन शासन एक-एक पैसा वसूल करना चाहता था। गांधीजी ने अधिकारियों से बातें की और समझाया कि किसानों की सारी फसल नष्ठ हो चुकी है। फिर भी शासन कर वसूल करने में तुला हुआ था तब हर तरफ सत्याग्रह करना पड़ा। लोगों ने माना कि (1) एक भी किसान कर देगा नही और (2) कहीं भी हिंसा होने नहीं देंगे। हजारों किसान जेल चले गए।

पहला महायुद्ध जोरों से चल रहा था। तब वायसराय चैम्सफोर्ड ने कुछ मुख्य भारतीयों की सभा बुलाई। उस वायसराय ने गांधीजी को अलग बुलाकर बातें की और उनसे एक मांग की कि ब्रिटिश सेना में भारतीय युवकों को भर्ती करने में मदद करें। गांधीजी को लगा कि ब्रिटिश सरकार को मदद करें तो उनसे देश को आजादी दिलाने में सुविधा होगी। खेड़ा सत्याग्रह की भी चर्चा हुई तो किसानों को भूमि कर से मुक्ति मिल गई। वायसराय से हुई बातों के अनुसार गांधीजी ने सेना भर्ती का प्रचार तो किया लेकिन बड़ी नैतिक विसंगति उनके मन को बैचेन करने लगी, "कल तक तो देशभर में मैं अहिंसा का प्रचार करता रहा हूं आज मैं उन्हीं लोगों को हिंसक युद्ध में जाने के लिए कैसे प्रेरित करूं। उससे उनके स्वास्थ पर भी असर पड़ा और उन्हें कुछ दिन आराम करना पड़ा।

गांधीजी अपेक्षा कर रहे थे कि ब्रिटिश सरकार संतुष्ट होकर लड़ाई में जीतने के बाद होम रूल की तरफ कुछ अधिक सुविधाएं देगी।

इसके विरूद्ध गांधीजी तथा अन्य सभी नेताओं की आशा के विरूद्ध मांटेग्यू समिति ने ऐसे सुझावों की टिप्पणी तैयार की जिसके अंतर्गत और अधिकार वायसराय को तथा चुने हुए लोगों की प्रांतीय सभाओं के अधिकार को और कम करने की बातें भरी थीं।

एक कारण यह भी था कि 1917 में रूस में एक क्रांति हो गई थी जहां जेल से रिहा हुए लेनिन ने सत्ता सम्हाल ली थी। जार बादशाह लोगों के राज्य का अंत हो गया। ब्रिटेन सोचने लगा कि कहीं गांधी भारत के लेनिन तो नहीं बन रहे हैं।

युद्ध के कारण मंहगाई और अन्य कारणों से लोगो में अशांति फैल रही थी। कहीं-कहीं हड़ताल जैसे विरोध प्रदर्शन भी हो रहे थे।

ब्रिटिश शासन को लगा कि भारत में कानून व अनुशासन का पालन कराना जरूरी है तो न्यायाधीश रौलट की अध्यक्षता में समिति बनाकर भारतीय रक्षा नियमों को अधिक प्रभावशाली बनाने की सिफारिश की थी। 6 फरवरी 1919 को यह प्रस्ताव वायसराय मंडली ने स्वीकार किया। इस कानून के तहत भारतीय नागरिकों के विरूद्ध सख्त नियम थे जिससे नागरिकों को कई छोटे कारणों के लिए भी सख्त सजाएं काटनी पड़तीं।

मात्र गांधी जनों के नहीं बल्कि साधारण बुद्धिजीवियों के भी मन में रौलट कानून के लिए तीव्र विरोध उत्पन्न हुआ। भारत ने महायुद्ध में सेना तथा जो अन्य सहयोग दिया था उसके लिए ब्रिटिश सरकार देश को अधिक स्वराज देगी। किन्तु भारत को और भी चोट पहुंचाने वाला रौलट कानून

लाकर शासन ने देश भर में विरोध और क्रोध पैदा कर दिया था।

गांधी जी मद्रास (आज का चेन्नई) में थे वहां चक्रवर्ती राजगोपालाचारी से सलाह की कि रौलट कानून के खिलाफ सत्याग्रह करना ही पड़ेगा। राजाजी सहमत हुए कि 1919 के अप्रैल 6 से 13 तारीख तक देश भर में सत्याग्रह हो। लोग प्रार्थना व उपवास आत्म शुद्धि के लिए करें। कहीं पर हिंसा न हो। सारे भारत में खबर फैल गई और 6 अप्रैल 1919 को दुकानें, कारखाने बंद हुए। स्कूल-कॉलेज भी बंद हुए। जगह-जगह जुलूस प्रदर्शन हुए।

गांधीजी ने हिंसा न हो यह लोगों को बताया था, लेकिन कई स्थानों पर लोग इतने विचलित थे तो हिंसा पर उतर पड़े। शांति लाने के लिए गांधीजी मुंबई से अमृतसर जाने के लिए निकले, पर पुलिस ने उनको रोककर वापस मुंबई भेजा। गांधीजी का बंधन हुआ, इस खबर से लोग और भी उत्तेजित हो गए। ब्रिटिश कार्यालयों को आग लगा दी। अंग्रेज लोगों को पीटा। एक स्कूल शिक्षिका को जान से मार दिया। देश के चारों ओर से आए हिंसा के समाचारों से गांधीजी विचलित हो गए और कहा कि देश के अहिंसा के लिए पूर्ण शिक्षित होने से पहले ही देशव्यापी सत्याग्रह का ऐलान करना "हिमालय जितनी भूल हो गई" अब सत्याग्रह को वापस लेने की योजना बना रहे थे उतने में ही अमृतसर पंजाब में एक और इतिहास की अत्यंत कूर घटना घट गई थी।

6 अप्रैल के सत्याग्रह के बाद अमृतसर में 9 अप्रैल 1919 को एक और विशाल जुलूस रामनवमी के अवसर पर निकला था और खूब नारे लगे थे। 'महात्मा गांधी की जय' और हिन्दू-मुस्लिम सिख ईसाई आपस में हम बहन और भाई" आदि। इस तरह विभिन्न धर्मों की और विशेषकर हिंदू-मुस्लिम एकता के नारे सुनकर ब्रिटिश सरकार बहुत आतंकित हुई । कांग्रेस के सत्यपाल व सैफुद्दीन किचलू को राज्य से बाहर निकाल दिया। उससे और भी हिंसा भड़क उठी।

अमृतसर जिलाधिकारी ने देखा कि परिस्थिति उसके नियंत्रण में नहीं है, तो उसने जिले का अधिकार सेना को सौंप दिया और सेना ने जिले का अधिकार अपने हाथ में ले लिया। जनरल डायर ने 13 अप्रैल 1919 को बैसाखी के दिन, जिसे हर साल पूरा पंजाब बड़े धूमधाम से मनाता है, हुकुम निकाल दिया कि उस दिन कोई सभा नहीं होगी और न कोई जुलूस निकलेगा।

बैसाखी के पवित्र अवसर पर हर साल हजारों सिख, हिंदू और अन्य लोग पुण्य स्थान स्वर्ण मंदिर जाते हैं और उसके बाद बगल के जलियां वाला बाग में विश्राम करते हैं। मित्रों से मिलते हैं। त्यौहार व आनंद का माहौल बनता हैं। दोपहर 3 बजे का समय। एक व्यक्ति एक टीले पर खड़ा बोल रहा था। कुछ लोग सुन रहे थे। कुछ आपसी बातों में लगे थे।

अचानक दरवाजे की ओर से गोली बरसने लग गई। जनरल डायर ने अपने गोरखा व पठानों के 50 लोगों को जलियां वाला बाग के दरवाजे पर खड़ा करके गोली चलाने का आदेश दे दिया था। बाग का एक ही निकास खुला था जहां से गोली बरस रही थी। डायर खड़ा होकर जहां लोग एकत्रित होते थे वहीं गोली बरसायी। कुछ लोग भागकर कुएं में कूद गए। दस मिनिट में 1650 गोलियां चल गईं 370 लोग मारे गए। 1130 लोग घायल हुए उनमें हिंदू, सिख, मुसलमान, महिलाएं, बच्चे सभी

शामिल थे।

जनरल डायर ने ऐसी सख्त आज्ञा दी थी कि एक महीने तक अमृतसर से बाहर खबर नही पहुंची।

नगर में ऐसे सख्त नियम चला दिये कि अंग्रेज़ को देखा तो लोग झुककर सलाम करें। जिस सड़क में शिक्षिका की हत्या हुई थी उसमें सभी भारतीय दोनों हाथों को जमीन पर लगाकर चलते थे आदि। एक खंबा खड़ा किया था जिस पर हुकुम न मानने वालों को बांधकर छड़ी मारी जाती थी।

जलियां वाला कांड के समाचार जैसे-जैसे लोगों को मिला वैसे-वैसे चारों ओर अंग्रेजी शासन के लिए आक्रोश बढ़ता गया और गांधीजी ने वायसराय को लिखा कि जो थोड़ा बहुत भारत के लोगों में अंग्रेजों के लिए आदर, आशा या स्नेह था, वह सब पूरा खत्म हो गया।

***

सत्याग्रह स्वरूप

1919 के सितम्बर माह में जलियां वाला बाग के बगल में ही अमृतसर में आयोजित कांग्रेस अधिवेशन के लिए गांधीजी ने अंग्रेजों के खिलाफ अहिंसक अंदोलन की रूप रेखा तैयार की। पंजाब और अन्य राज्यों में घूमकर उसका प्रचार भी किया था। योजना के मुख्यांश थे:

1. सरकार के दिए हुए पुरस्कार, प्रशस्ति आदि गौरव निशानों को वापस करना।
2. सरकारी समारोहों में नहीं जाना।
3. बच्चों को सरकारी स्कूल कॉलेजों से कमशः निकालना तथा स्वदेशी स्कूल, कॉलेजों को स्थापित करके उनमें भर्ती करना।
4. वकील लोग शासकीय कोर्ट का बहिष्कार करके लोक अदालत की स्थापना करना।
5. मैसापटोनिया देश में सेना या सरकारी उद्योगों में काम नहीं करना।
6. प्रांतीय चुनाव जो चलेंगे उनका बहिष्कार करना।

7. विदेशी वस्तुओं का बहिष्कार व स्वदेशी वस्तुओं को खरीदना।

गांधी जी ने पंजाब, सिंध क्षेत्रों में खूब घूमकर अपने विचारों को समझाया था और उसी क्षेत्र से प्रतिनिधि अधिक आए थे। अधिकांश किसान तथा मध्यम वर्ग के लोगों ने तो सभा में खूब ताली बजाकर स्वागत किया। निर्णय अनुमोदित हो गया।

लेकिन कांग्रेस के कुछ वरिष्ठ लोग थे जैसे अध्यक्षता कर रहे लाला लाजपतराय, डा0 एनी वेसेंट, मोहम्मद अली जिन्ना, विपिन चन्द्र पाल, मदन मोहन मालवीय, सी.आर.दास, आदि उन लोगों को यह गांधी-तरीका समझ मे नहीं आया। वे अभी भी होमरुल, ब्रिटिश प्रभुत्व के साथ सहयोग जैसे मार्ग में ही विश्वास रखते थे। इसीलिए वे गांधी योजना से निराश हुए थे। दोनों पक्षों ने अपने विचारों को 1920 के दिसंबर में चलने वाले कांग्रेस के नागपुर अधिवेशन तक प्रतीक्षा करने का विचार किया।

***

नागपुर कांग्रेस अधिवेशन

26 दिसम्बर 1920 को नागपुर में कांग्रेस अधिवेशन शुरू हुआ तब उसका चेहरा बदला हुआ था। लोकमान्य बाल गंगाधर तिलक का निधन हो गया था। जो कांग्रेस चुने हुए पढ़े लिखे लोगों का अंग्रेजी बोलने वालों का एक मंच बनी थी वह अब हजारों साधारण लोगों की संस्था बन गई थी। क्योंकि चार आना (25 पैसे) देकर कोई भी सदस्य बन सकता था। गांव स्तर पर घटक बनकर चुनाव के माध्यम से जिला और प्रांत घटक बनकर उनमें से चुनकर राष्ट्रीय समिति बननी थी। इसके अलावा भाषावार प्रांत बन गए ताकि लोग अपनी ही भाषा में काम चला सकें। उतनी हद तक अंग्रेजी भाषा का प्रभाव कम हुआ।

वैसे दुनिया भर में राजकीय दलों के दो मुख्य कार्यक्रम रहते हैं (1) दल का संगठन (2) चुनाव लड़ना ताकि अपने विचार का शासन बने। लेकिन गांधीजी के कारण कांग्रेस कार्यकर्ताओं के लिए एक तीसरा मुख्य कार्यक्रम जुड़ा : रचनात्मक कार्य। नागपुर अधिवेशन में चार कार्यक्रम की सूची बनी:

1. हिंदू-मुस्लिम कौमी एकता
2. अस्पृश्यता निवारण
3. पान विरोध-व्यसन मुक्ति
4. खादी-ग्रामोद्योग।

शुरूआत में 4 कार्यकमों की सूची बनी। वे क्रमशः 14 और अंत में 18 कार्यक्रम बन गए। बंगाल के प्रसिद्ध अतिवादी नायक श्री चिंतरंजन दास तब तक अहिंसा को नहीं मानते थे। सुभाष चन्द्र बोस इंग्लैण्ड में आई.सी.एस (ICS) उत्तीर्ण होकर आए तो सरकारी काम में न जाकर सी.आर. दास के साथ काम करने लगे थे। सी.आर.दास नागपुर कांग्रेस के लिए यह सोच कर निकले थे कि गांधीजी के अहिंसा विचार को कांग्रेस को अंग्रेजों से लड़ने के लिए तैयार करेंगे। लेकिन गांधीजी के साथ कुछ समय रहने के बाद उन्होंने ही गांधीजी के लिखित प्रस्ताव को कांग्रेस के सामने रखा और पंजाब केसरी लाला लाजपत राय ने उसका अनुमोदन किया। बहु संख्या के प्रतिनिधि किसान जन साधारण थे तो प्रस्ताव 2/3 बहुमत से पारित हो गया । वरिष्ठ नायक जैसे एनी वेसेंट, मदन मोहन मालवीया, मोहम्मद अली जिन्ना सभी ने प्रस्ताव के विरोध में बातें की। लेकिन अब कांग्रेस का चेहरा बदल गया था। कांग्रेस कुछ चुने हुए बुद्धि जीवियों की न होकर जन साधारण की संस्था बन गई थी।

***

भारतीय राष्ट्रीय ध्वज

1920 तक कांग्रेस के नेतृत्व में इतने ब्रिटिश भक्त थे कि कांग्रेस अधिवेशन में भी ब्रिटिश ध्वज यूनियन जैक ही फहराया जाता था। 1905 में वंग भंग आंदोलन के समय राष्ट्रीय भावना जगी थी और कुछ नवजवानों ने एक ध्वज की रचना की पर देश ने उसको पहचाना नहीं। 1907 में जर्मनी के स्टटगार्ट में चले विश्व समाजवादी सम्मेलन में मैडम कामा ने सफेद, हरा, लाल रंग का एक ध्वज जिसमे वंदेमातरम्, चांद-तारा और 8 कमल पुष्प अंकित थे भारतीय ध्वज कहकर प्रदर्शित किया था।

1920 में कांग्रेस में नई चेतना आई थी तो गांधीजी ने आमंत्रित किया कि कोई राष्ट्रध्वज का रूप पेश करे। आंध्र प्रदेश के पिड़गलि वेंकय्या ने एक नमूना बनाया जो गांधीजी को पसंद आया। यह ध्वज कमशः ऊपर केसरिया, बीच में सफेद और नीचे हरे रंग का और सफेद रंग में राष्ट्र का प्रतीक चरखा गहरे नीले रंग का होगा। ध्वज की लंबाई-चौड़ाई 3:2 के अनुपात में होगी। 1923 में ध्वज सत्याग्रह चला और नागपुर में हजारों लोग गिरफ्तार हुए। पहले तीन रंग तीन धर्मों का प्रतिनितत्व करने की बात थी पर स्पष्ट किया गया कि ध्वज कुछ मूल्यों का द्योतक है न कि धर्मों का।

बाद में जुलाई 1947 में संविधान सभा (Constitution Assembly) में जवाहर लाल नेहरू ने ध्वज को रखा और समझाया कि केसरिया रंग: त्याग व वीरता, सफेद रंग शांति और सत्य तथा हरा रंग खुशहाली व भाईचारा तथा 2200 वर्ष पुराना सम्राट अशोक का धर्म चक्र अतीत से जुड़ता हुआ तथा स्वतंत्रता का प्रतीक चरखे का ही प्रतिनिधि है।

***

गांधी वर्दी

छात्र गांधी इंग्लैंड में तीन वर्ष रहे और बाद में दक्षिण अफ्रीका गए। तब उनके कपड़े अंग्रेजी शैली की पैंट और कोट। और जब अफ्रीका में वकालत करने लगे तब तो पूरा तीन पीस का सूट याने- कोट के भीतर एक छोटा वेस्ट कोट, बूट रहता था। भारत लौट आए 1915 में। तब वापस काठियावाड़ी कपड़ा साफा, कुर्ता, धोती बना। चर्खा व खादी के काठियावाड़ी कपड़े पहना करते थे।

नागपुर के कांग्रेस अधिवेशन के बाद गांधी जी नई कांग्रेस की नीति को जनता को समझाते हुए देश भ्रमण के क्रम में राजाजी के साथ सितंबर 1921 को मद्रास से मदुरै पहुंचे। तमिलनाडु में गांधीजी हिंदी या अंग्रेजी में बोलते थे और उसका तमिल में अनुवाद होता था।

22 सितंबर 1921 की सुबह अनुवादक गांधीजी को कार्यक्रम में ले जाने आए। उन्होंने पिछले दिन स्वागत करते समय गांधीजी को काठियावाड़ी साफा, धोती व अंगवस्त्र पहने देखा था। अब उन्होंने देखा गांधीजी घुटने तक एक कपड़ा पहने हैं। उतना ही एक टुकड़ा ओढ़ा है। अनुवादक राजन ने कहा "चलने का समय हो गया जल्दी तैयार हो जाइए" | वह सोच रहे थे कि गांधीजी साफा, धोती, कुर्ता पहनेंगे। उनको आश्चर्य हुआ गांधीजी ने कहा, "चलो मैं तैयार हूं।" "अरे। सभा में जाना है। कपड़े नहीं पहनेंगे?" "आज से यही मेरे कपड़े हैं। 1921 से अंत तक यही दो टुकड़े खादी के कपड़े गांधीजी का पहनावा हो गया। 1931 में गोल मेज सभा (Round Table Conference) के लिए लंदन गए तब भी यही उनकी वर्दी थी। भीषण ठंडी थी तो एक शाल का उपयोग किया। साम्राज्य के प्रमुख सम्राट से भी इसी कपड़े में मिले। उनका विचार था "मैं भारत याने भारत के लोगों का सेवक अपने को मानता हूं। मेरे लोग तो ऐसे हैं कि तीन महिलाओं के बीच में एक फटी साड़ी है। तो मेरे लिए कम कपड़ा पहनना ही उचित है। कांग्रेस जनता की संस्था बनते ही देश भर में लोग कांग्रेस के कार्यक्रमों से जुड़ने लगे। अपनी वकीली वृति से अपार धन कमा रहे पंडित मोतीलाल नेहरू, सरदार वल्लभ भाई पटेल, डा0 राजेन्द्र प्रसाद, चक्रवर्ती राजगोपालाचारी, चितरंजन दास जैसे अनेक लोगों ने अपनी वृति छोड़ कर त्याग का आदर्श पेश किया। ब्रिटिश स्थापित स्कूल, कॉलेज छोड़कर नए राष्ट्रीय शालाएं प्रारंभ किए। स्व प्रेरित होकर देश के कई स्थानीय कार्यकर्ता अस्पृश्यता उन्मूलन, खादी ग्रामोद्योग, मद्य विरोध, हिंदू मुस्लिम एकता जैसे रचनात्मक कार्यक्रमों

में लगे। कई स्थानों में विदेशी वस्त्र जलाकर होली कार्यक्रम होने लगे।

इन सब कार्यक्रमों से राष्ट्रीय वातावरण बनते गया पर सरकार को चिंता होने लगी। ऐसे समय में सरकार ने इंग्लैंड के राज कुमार वेल्स का स्वागत करने की योजना बनाई। जोरदार स्वागत करके लोगों पर प्रभाव बढ़ाने का सरकार का विचार था लेकिन लोगों को इस बात का विरोध था कि गरीब भारत के पैसे को बड़े प्रदर्शनों में बरबाद कर रहे हैं। तो इस स्वागत का विरोध करने का निर्णय कर लिया। जब राजकुमार मुंबई के गेटवे आफ इंडिया पर उतरकर आए तो उन्हें खाली सड़कों को देखना पड़ा। कुछ स्थानों पर स्वागत द्वार बनाकर ईसाई लोग खड़े थे तो उन पर हमला हो गया। दुकानों को भी जला दिया। झगड़ों में 5 पुलिस के लोग मारे गए तो पुलिस ने गोली चला दी। उसमें 53 लोगों के प्राण गए। गांधीजी मुंबई में ही थे तो उनको आघात पहुंचा और उन्होंने अपनी पत्रिका 'यंग इंडिया' में हिंसा के विरोध में लंबा लेख लिखा। 5 दिन का उपवास भी किया। लेकिन लोग उत्तेजित हुए थे। कई जगह पुलिस ने लाठी बरसाई। सरकार ने मोती लाल नेहरू, महादेव देसाई, मौलाना अबुल कलाम आजाद, लाला लाजपत राय, आचार्य कृपलानी, सी.आर. दास को गिरफ्तार किया। सी.आर दास की पत्नी वासंती दास और कुछ महिलाएं भी इस बार जेल गई।

5 फरवरी 1922 के दिन उत्तर प्रदेश के गोरखपुर के पास ग्राम चौरी चौरा में लोग जुलूस ले जा रहे थे तो पुलिस ने रोका और गोली चलायी जिसमें 2 लोग मारे गए। उससे उत्तेजित कुछ लोग लाठी, पत्थरों से पुलिस को मारने लगे तो पुलिस थाने में घुस गई। लोगों ने थाने को चारों ओर केरोसिन (मिट्टी का तेल) डालकर जला दिया तो भीतर रहे 22 पुलिस के लोग भस्म हो गए। यह खबर मिलते ही गांधीजी बैचेन हो गए। उन्होंने कहा "हमारी बड़ी गलती हो गई कि जनता को अहिंसा का पूर्ण शिक्षण देने से पहले असहयोग आंदोलन शुरू कर दिया। हम सत्याग्रह को तुरंत रोकेंगे।

चौरी चौरा घटना के एक ही सप्ताह बाद 12 फरवरी 1922 को कांग्रेस कार्य समिति में गांधीजी ने असहयोग आंदोलन को तुरंत स्थगित करने के प्रस्ताव को पारित करा दिया जब कि जवाहर लाल नेहरू, सी.आर.दास जैसे अनेक प्रमुख लोगों की भी यही राय थी कि अभी देश में स्वतंत्रता आंदोलन के लिए वातावरण बना है तो पूरा जोर लगाकर आंदोलन को तेज करना चाहिए लेकिन चौरी चौरा के अलावा भी पंजाब, सिंध और स्थानों पर हुई हिंसक घटना की खबर गांधीजी के पास आ गई थी और उनका निश्चय मत था कि भारत का स्वराज पूर्ण अहिंसा मय आंदोलन से ही आना चाहिए तो देश को और भी अहिंसा का प्रशिक्षण पाना जरूरी है। देश भर में और बारडोली में, जहां सत्याग्रह की पूरी तैयारी हो गई थी, सभी सत्याग्रह के कार्यक्रमों को स्थगित कर दिया और जो हिंसा हो गई थी उसके लिए प्रायश्चित के नाते गांधी जी ने 5 दिन का उपवास किया।

उधर भारत सरकार के उपर दबाव आ रहा था कि जल्दी गांधी जी गिरफ्तार हों और उनके ऊपर मुकदमा चले। वायसराय रीडिंग के तीन बार गांधी जी से मिलने के बाद उनके मन में गांधीजी के लिए अपार आदर बना था और उनके विचार में गांधीजी एक सीधे, सरल व प्रामाणिक व्यक्ति थे। लेकिन ब्रिटिश पार्लियामेंट से दबाब आया तो रीडिंग को मानना पड़ा।

ऐतिहासिक मुकदमा

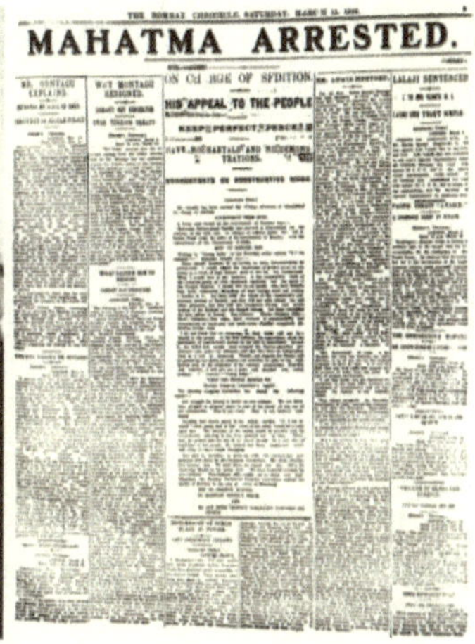

MAHATMA ARRESTED.

गांधीजी के उपर "यंग इंडिया' पत्रिका में लिखे कुछ लेखों के आधार पर मुकदमा चलाया गया। उनके साथ यंग इंडिया के प्रकाशक शंकरलाल बैंकर को भी जेल भेजा गया।

18 मार्च 1922 को अहमदाबाद सर्किट हाउस में मुकदमा चला। न्यायाधीश थे ब्रिटिश शासन से लंबे समय तक अनुभव पाए हुए एन. बूम फील्ड। गांधीजी से पूछा गया, "आपका व्यवसाय क्या?" उत्तर "कातना और बुनना।" न्यायाधीश ने आश्चर्यचकित होकर गांधीजी को देखा।

कोर्ट बना सर्किट हाउस लोगों से भर गया था। दूर-दूर से जवाहर लाल नेहरू, मदन मोहन मालवीय, सरोजिनी नायडू जैसे अनेक लोग उपस्थित थे। सरकारी वकील ने गांधीजी के विरोध में उनके लिखे लेखों का विवरण दिया और बोले इन लेखों के माध्यम से लोगों में सरकार विरोधी विचार बनाया है। न्यायाधीश ने गांधीजी से पूछा "आपको कुछ कहना है? गांधी जी बोले, "सरकारी वकील ने जो-जो दलीलें आपके सामने रखीं, वह एक-एक शब्द सत्य है। प्रभुत्व के विरोध में लिखकर मैंने महान अपराध किया है। उस कारण आपके कानून में जो भी कठोर से कठोर सजा हो मुझे वही सजा दीजिए।"

गांधीजी ने यह भी कहा कि दक्षिण अफ्रीका में अंग्रेजी हुकुमत ने जो वर्ण भेद की नीति अपनाई थी मैंने उसकी अहिंसक लड़ाई लड़ी और मेरा विचार बना कि ब्रिटिश लोग न्याय संगत हैं। पर भारत में जो दृश्य देखा विशेषकर जलियां वाला बाग कांड तो मेरा विचार अब बदल गया है।

न्यायाधीश गांधीजी की बातों को सुनकर चकित रह गए। अदालतों का तो आम अनुभव यही है कि अपराधी आरोपों से बचना चाहता है। वकील भी उसे बचाना चाहेंगे और झूठ बोलने से भी

हिचकेंगे नहीं। यहां तो एक ऐसा अपराधी है जो कहता है मैंने अपराध किया है और बड़ी से बड़ी सजा दीजिए।

न्यायाधीश ब्रूमफील्ड ने कहा, "मैंने आज तक जितने भी मुकदमे सुने और आगे सुनूंगा उन सभी में मुझे स्वीकरना है कि आप एक भिन्न तरह के व्यक्ति हैं। लोगों की दृष्टि में आप एक महान राष्ट्र प्रेमी और महान नायक हैं और इस बात में दो राय नहीं हो सकती है कि जो लोग आपके विचारों से सहमत नहीं हैं उनकी दृष्टि में भी आप एक उन्नत आदर्श वादी तथा सद्गुण के संत व्यक्ति हैं।

लेकिन कानून व्यक्ति को नहीं देखता है और आपके अपराध के लिए 6 वर्ष की सजा का निर्णय देना पड़ रहा है। शंकरलाल बैंकर को एक साल की सजा सुनाई। यदि कैसे भी होकर यह सजा कम हो जाए तो मुझे सबसे अधिक खुशी होगी। (लोक मान्य तिलक ने भी इसी अपराध के लिए 6 वर्ष की सजा काटी थी)।

दुनिया में, यह एक अत्यंत गौरव पूर्ण व सहानुभूति से भरा हुआ निर्णय था। गांधीजी और बैंकर दोनों को दो दिन साबरमती जेल में रखने के बाद यरवदा (पुणे की) जेल ले गए जहां गांधीजी बने कैदी न0 827। जेल में गांधीजी प्रतिदिन बराबर सूत कातते थे। प्रार्थना करते थे और कई अच्छी किताबें पढ़ी और उर्दू भाषा सीखी।

1924 की जनवरी में गांधीजी का स्वास्थ्य बहुत बिगड़ गया तो कस्तूरबा, महादेव देसाई देवदास गांधी तुरंत साबरमती से पुणे आए। 22 जनवरी 1924 के दिन पुणे के अस्पताल में गांधीजी की अपेंडिक्स सर्जरी हुई। उससे सुधार हुआ। गांधीजी को देखने, उनसे बात करने के लिए बड़ी संख्या में लोग अस्पताल आने लगे। मुंबई, पुणे और शहरों में बड़ी सभाएं होकर सब जगह से मांग आने लगी और शासन को भी लगा कि गांधीजी बाहर रहे तो देश में चल रहे हिंसा कांड को कम करेंगे। बहुत सोच विचार करने के बाद शासन ने 11 मार्च 1924 को गांधीजी को अस्पताल से रिहा कर दिया। डाक्टरों की सलाह से उनको आराम और स्वच्छ हवा की जरूरत थी तो कुछ दिन मुंबई के समुद्र तट जुहू में रहे।

गांधीजी जेल में थे तब उनकी अनुपस्थिति में कांग्रेस का अधिवेशन दिसंबर 1922 में बिहार के गया में हुआ। अध्यक्षता बंगाल के वरिष्ठ वकील सी.आर. दास ने की। उन्होंने गांधीजी को विश्व भर में एक विशेष राजनैतिक नायक तो कहा लेकिन प्रस्ताव रखा कि कांग्रेस के लोग चुनकर शासन सभाओं में जाएं। लेकिन गांधीजी को यह मान्य नहीं था। सरदार वल्लभ भाई पटेल ने कहा कि आप शासन सभाओं में कुछ भी करें, अंग्रेजी सरकार तो आपको नहीं सुनेगी। अपनी ही हुकूमत चलाएगी। सी.आर. दास का प्रस्ताव गिर गया। दास के पक्ष के विचार के वरिष्ठ कांग्रेस नेता मोतीलाल नेहरू, विठ्ठल भाई पटेल आदि ने सी.आर. दास के साथ मिलकर कांग्रेस के भीतर ही एक 'स्वराज दल' की स्थापना की। वे बने शासन सभाओं में कांग्रेस के जाने के पक्ष में और दूसरा पक्ष कांग्रेस को विधान सभाओं का बहिष्कार करने वाले लोग। इस तरह कांग्रेस के भीतर नीति में परिवर्तन चाहने वाले व न चाहने वाले ये दो पक्ष के लोग हो गए।

जो विधान सभा प्रवेश के विरोधी थे उनके नेतृत्व में थे राजेन्द्र प्रसाद, जमनालाल बजाज, महादेव देसाई, एम.ए. अन्सारी, मौलाना अबुल कलाम आजाद, राजगोपालाचारी। सी.आर.दास शासन सभा में प्रवेश कर चुके थे। तब तक इंग्लैंड में आई.सी.एस करके लौटे प्रभावशाली व्यक्तित्व के सुभाष चन्द्र बोस सरकारी नौकरी नहीं करना है यह सोचकर गांधीजी से मिले तो उनको गांधी जी ने सी.आर. दास के पास भेजा। उनके लिए सुभाष एक बड़ी शक्ति बने। उनके शासन प्रवेश के पक्ष के साथ में विठ्ठल भाई पटेल, जिन्ना आदि भी थे।

दो वर्ष का जेल वास, फिर अपेंडिक्स सर्जरी करने से गांधीजी कमजोर हुए थे। एक ओर कांग्रेस के भीतर की कलह, दूसरी ओर हिंदू-मुस्लिम झगड़े। एक पश्चिमोत्तर के गांव में ऐसे झगड़े से 100 लोग मारे गए थे। तब गांधीजी,जो मोहम्मद अली के घर में रूके थे, सोचने लगे कि उनकी आत्म शुद्धि के लिए 3 सप्ताह का उपवास करना पड़ेगा। उनके अनुयायी मोहम्मद अली की मां और लोगों के निवेदन करने पर भी वे 18 सितम्बर 1924 से मोहम्मद अली के घर पर ही 21 दिनों का उपवास शुरू कर दिया। मात्र पानी लेते थे। कमजोर हालत में 21 दिन लंबा उपवास शुरू कर दिया तो लोगों में बेचैनी फैल गई। उनको देखने आने वालों की बड़ी भीड़ लग जाती थी।

उपवास के दिनों में उनके दैनंदिन कार्यक्रम नियमित चलते रहे। प्रात: 4:30 बजे उठकर सर्वधर्म प्रार्थना । अनन्तर 30 मिनिट चरखा पर सूत कातना फिर 'यंग इंडिया' व नव जीवन के लिए महादेव भाई को लेख लिखवाना। फिर आए हुए पत्रों को सुनकर उत्तर लिखवाना। उनको देखने के लिए आश्रम से कस्तूरबा, रामदास और कुछ आश्रम वासी चले आए।

उधर सितंबर 25-27 को मोतीलाल नेहरू की अध्यक्षता में एकता सम्मेलन का संयोजन हुआ जिसमें एक दूसरे धर्म के लोग परस्पर एक दूसरे का आदर करने का प्रस्ताव पारित हुआ और कार्यकम बने।

उपवास के अंतिम दिन 9 अक्टूबर 1924 के दोपहर 12:30 बजे एम. अन्सारी का दिया संतरे का रस पीकर उपवास का अंत किया। उस समय सी.आर. दास, मोतीलाल नेहरू, दोनों अली भाई, स्वामी श्रद्धानंद, अनुसूया बहन, एंड्रूस आदि अनेक लोग उपस्थित थे। मोहम्मद अली ने एक बधिक से खरीद लायी गाय को आश्रम की गोशाला को भेंट किया।

उपवास के समय मिलने आने वालों में मोतीलाल नेहरू के युवा पुत्र जवाहरलाल नेहरू ने अपनी पुत्री इंदिरा को भी गांधीजी से मिलवाया था। जब गांधीजी ने हिंदू-मुस्लिम एकता के लिए प्राण भी देने को तैयार रहने को कहा। तब उसके लिए तैयार होकर सामने आए मौलाना अबुल कलाम आजाद, हकीम अफजल खान, एम.ए. अन्सारी। केरला के वायकोम शहर के मंदिर में अस्पृश्यों को प्रवेश कराने में लगे वायकोम वीर रामस्वामी ने तार देकर बुलाया तो गांधीजी वायकोम पहुंचे। मंदिर के पुजारी नंबूदरी ब्राम्हणों से गांधीजी की लंबी चर्चाएं हुई पर मंदिर में अस्पृश्य प्रवेश तो नहीं हुआ। नंबूदरी ब्राम्हण अटल रहे कि नियम आदि शंकराचार्य के समय से बनाया गया है।

केरला के महान धर्म प्रवर्तक नारायण गुरू से मिलकर गांधीजी प्रसन्न हुए। नारायण गुरू के अनेक अनुयायी थे, उनकी निष्ठा भी, "एक ही जाति, एक ही कुल, एक ही दैव" की थी।

इस बीच गांधीजी के नाम और विचार पश्चिमी देशों में फैलने लगे। फ्रान्स के नोबल विजेता रोमा रोला (Roman Roland) ने कवि रवींद्रनाथ टैगोर, इतिहास कार दिलीप कुमार राय आदि लोगों से बात करके गांधीजी के 1922 की जेल यात्रा और ऐतिहासिक कोर्ट निर्णय तक के गांधी चरित्र को प्रकाशित किया। अमेरिका के भी कुछ प्रमुख लेखकों ने गांधीजी के विभिन्न पहलुओं पर पुस्तक प्रकाशित की।

1922 में जब गांधीजी को 6 वर्ष की कारागृह सजा हुई थी तो उन्होंने विचार किया था कि 6 वर्ष सरकार विरोधी राजकारण में वे लगेंगे नही। उससे पहले रिहा हो गए तो उन्होंने 1928 तक कोई राजकारण न करते हुए देश भर में घूमकर रचनात्मक कार्यकर्ता भर्ती व शिक्षण की ओर अधिक ध्यान दिया।

हजारों कार्यकर्ता तैयार हुए। उधर तमिलनाडु के तरूचंगूड़ में राजाजी ने भी रचनात्मक आश्रम खोले। राजेन्द्र प्रसाद, मजरूल हक, ब्रज किशोर मिलकर पटना में सदाकत आश्रम खोले। देश के अनेक भागों में ऐसे आश्रमों की स्थापना हुई। हजारों कार्यकर्ता हिंदू-मुस्लिम एकता, अस्पृश्यता निवारण, मद्यनिषेध और खादी ग्रमोद्योगों के काम में लगे। गांधीजी की अहिंसक सेना तैयार हो रही थी। 1920 में गांधीजी ने गुजरात विद्यापीठ खोली। आचार्य काका कालेलकर कुलपति बने।

***

मीरा बहन

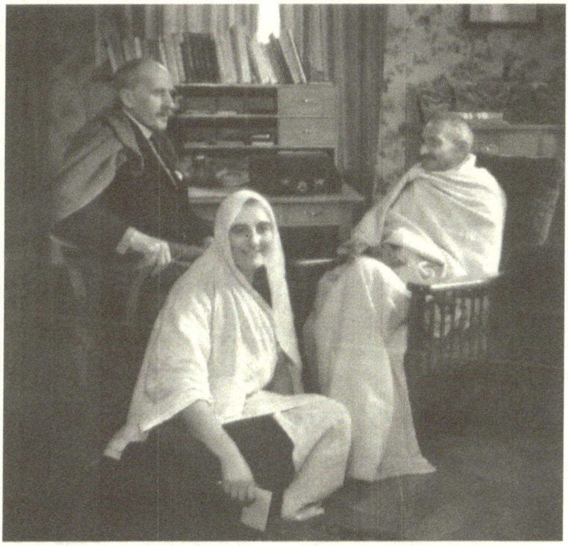

कोर्ट का निर्णय गांधीजी को 6 वर्ष की सजा। सजा देते समय न्यायाधीश ने गांधीजी को बड़े गौरव के साथ सजा सुनाते हुए बोले थे क्योंकि मुझे कानून के भीतर काम करना है तो 6 वर्ष की सजा सुनानी पड़ी पर यदि किसी कारण से यह 6 वर्ष की अवधि कम हो जाए तो दुनिया में सबसे अधिक संतोष मुझे होगा। कोई भी मुझ से ज्यादा खुश न होगा। अस्वस्थता के कारण 2½ (ढाई) वर्ष में सरकार ने गांधीजी को मुक्त कर दिया था।

फिर भी गांधीजी ने निर्णय किया कि 6 वर्ष याने 1928 तक शासन विरोधी कोई कार्यक्रम या आंदोलन नहीं चलाएंगे। फिर भी विदेशों में गांधीजी के किसी निर्णय उपवास, आश्रम आदि की खूब चर्चा होती रही। दुनिया में प्रथम बार सत्य अहिंसा सत्याग्रह आंदोलन का सामूहिक प्रयोग हो रहा था। कुछ लोग गांधीजी के विचारों से सहमत नहीं थे क्योंकि उन्होंने इतिहास में सत्य-अहिंसा प्रयोग को कभी नहीं देखा था। गांधीजी समझाते थे कि मात्र इसीलिए कि आज-तक प्रयोग नहीं किया के कारण प्रयोग को क्यों रोके? बल्कि आज तक नहीं किया उसे करने से ही इतिहास बनता है। (उसी समय नया राष्ट्र सोवियत यूनियन का नेतृत्व सम्हाले लेनिन का कहना, "मुझे इतिहास पढ़ने में खुशी होती है पर इतिहास बनाने में अधिक खुशी होती है उल्लेखनीय है)

नोबेल विजेता फ्रान्स के रोमा रोला (Romain Roland) ने स्वामी विवेकानंद ग्रंथ के बाद 1920 तक का गांधी चरित्र बहुत प्रभावशाली रीति में लिखा था। रोमा रोलां से मिलने 32-33 वर्ष की एक ब्रिटिश युवती मेडेलिन स्लेड (जन्म 1893) गयी। वह ब्रिटिश नौका सेना के मुख्याधिकारी इंग्लैंड के एडमिरल स्लेड की पुत्री थी। तब तक लड़ाईयों में हवाई जहाजों से अधिक लड़ाई लड़

कर सफल होकर बड़ा साम्राज्य स्थापित किया था तो नौका सेनापति का स्थान बड़ा महत्व का था। मेडेलिन स्लेड संगीत प्रेमी थी और बीथोवन के संगीत से बहुत प्रभावित थी। रोमा रोला ने बीथोवन के जीवन के ऊपर भी किताब लिखी थी। जीन किस्टोफे। इस महान लेखक से मिलने के लिए मेडेलिन फ्रेंच भाषा सीखकर उनसे मिलने आई थी। बीथोवन के बारे में लम्बी चर्चा हुई। मेडेलिन ने रोमा रोलां से पूछा "आजकल क्या लिख रहे हैं? "रोमा रोलां बोले," महात्मा गांधी पर एक किताब लिखी है वह शीघ्र प्रकाशित होने को है।" "महात्मा गांधी कौन है?" "महात्मा गांधी को नहीं जानती हो?" नही, वह कौन है?"रोमा रोलां बोले, "वह तो दूसरा जीसस क्राइस्ट है।" मेडेलिन चकित हो गई। संदेश उसके हृदय तक पहुंच गया। दूसरा ईसा मसीह । ऐसे आज के ईसामसीह का दर्शन जरूर करना चाहिए।

कितना पवित्र जीवन गांधीजी का सत्य और अहिंसा के माध्यम से गरीबों का जीवन सुधारना। तुरंत मैं भी उनके इस पवित्र काम में साथ हो जाऊं। लंदन लौटते ही भारत के लिए नौका का टिकट खरीद लिया लेकिन विचार आया कि भारत जाए तो तैयार होकर जाना चाहिए। तैयारी शुरू कर दी। इंग्लैंड के वायु मंडल में रूई पैदा होती नहीं तो उसने कातना सीखा। शाकाहारी बनी और पलंग छोड़कर जमीन पर सोने का अभ्यास करने लगी। नशीले पान को पीना छोड़ दिया। उनकी माँ को पीड़ा हुई। अन्य लोगों को भी विचित्र लगा। लेकिन सबको मालूम था मेडेलिन अपने जीवन को अधिक सादा और पवित्र बना रही है तो किसी ने रोका टोका नहीं। किसी ने कह दिया कि भारत की भाषा उर्दू है तो उर्दू सीखने लगी। बड़ी कठिनाई हुई। गांधी से संबंधित जो भी साहित्य मिले और उनके द्वारा संपादित 'यंग इंडिया' पत्रिका पढ़ने लगी। भारत जाने की तैयारी देख कर पिता एडमिरल स्लेड ने मात्र इतना कहा "सम्हालो।" रोमा रोलां ने कहा आप भाग्यशाली हो।"

1924 में हिन्दू-मुस्लिम एकता के लिए गांधीजी ने 21 दिन का उपवास प्रारंभ कर दिया। जब सफलता पूर्वक 21 दिनों का उपवास पूरा हो गया तो मेडेलिन को राहत मिली। खुशी हुई। अपने सब सामान बेचकर मेडेलिन ने गांधीजी को 20 पौंड भेजे और लिखा "कल मैं भारत आकर आपके आश्रम में रह सकती हूँ। 31 दिसम्बर 1924 को गांधीजी ने एक पोस्ट कार्ड में मेड़ेलिन को 20 पौंड के लिए धन्यवाद लिखा और भारत आने का निमंत्रण लिखा और चेतावनी भी दी कि आश्रम का जीवन सुखमय नहीं रहेगा। कठिनाइयों से भरा रहेगा। मेडेलिन ने अपने ही हाथ से बनाया हुआ ऊनी कपड़ा गांधीजी को भेजा। गांधीजी ने ऊनी कपड़े की तारीफ की और मेडेलिन की तैयारी की भी प्रशंसा की और तैयारी पूरी होने के बाद भारत आने का निमंत्रण दिया।

मेडेलिन लंदन से पानी के जहाज से चलकर बॉम्बे (आज़ के मुंबई) पहुंच गई तो दादा भाई नौरोजी के परिवार ने स्वागत किया और अपने विशाल घर में ले गए। वहीं पर गांधीजी के चौथे बेटे देवदास गांधी एवं और लोगों ने मेडेलिन का स्वागत किया। सबने सलाह दी कि लंबी यात्रा जहाज से करके आई हो तो एक-दो दिन विश्राम करो। लेकिन मेडेलिन गांधीजी से मिलने के लिए इतनी जल्दी में थी कि तुरंत मिली गाड़ी से अहमदाबाद पहुंची। वहां रेल स्टेशन में सरदार पटेल उनसे मिलकर कार से साबरमती आश्रम ले गए। महादेव देसाई, स्वामी आनंद ने सामान का ख्याल रखा।

मेडेलिन लिखती है, "आश्रम के भीतर पैर रखा तो सामने भूरे रंग के एक व्यक्ति नहीं बल्कि एक चमकती हुई ज्योति थी। मैंने झुककर प्रणाम किया। दो हाथों ने मुझे उठाया। गांधीजी बोले, "तुम मेरी बेटी बन के रहोगी। साबरमती आश्रम में।" भारत में मेडेलिन बन गई "मीरा बहन"। बहुत जल्दी मीरा बहन आश्रम के वातावरण से, लोगों से तथा कार्य प्रणाली से एक रूप हो गई। झाडू देना, सूत कातना, शौचालय साफ करना सभी काम में लगी रहती थी। पर मुख्य काम था गांधीजी के खाने की व्यवस्था तथा उनसे मिलने आने वालों की देख-रेख।

मीरा बहन ने इच्छा जाहिर की कि वे ब्रहमचर्य का व्रत लेना चाहती हैं। गांधीजी ने उनसे कहा कि क्या व्रत पालन करेंगी। उसकी सूची बनाएं। उनकी बनी सूची से गांधीजी सहमत हुए। फिर मीरा बहन ने कहा कि वे अपना बाल काट देना चाहती हैं। गांधीजी ने कहा आश्रम की बहनों से सलाह करो। सबने मना किया लेकिन मीरा बहन ने दृढ़ निश्चय कर रखा था। फिर गांधीजी ने मीरा बहन को कैंची लाने को कहा और खुद उन्होंने उनके बाल काट दिये। मीरा बहन ने अपने हिसाब से अपना खादी का कपड़ा बनवाया, जो सर ढकता था। मीरा बहन गांधीजी के जाने के बाद भी ऐसे ही रहीं। बाद में वे यूरोप गई। वापस बीथोवन के संगीत में डूब गई। मीरा बहन के बारे में गांधीजी ने रोमा रोला को लिखा "आपने मुझे बहुमूल्य वस्तु भेजी। धन्यवाद।

1922 में गांधीजी को 6 वर्ष की सजा मिली थी। दो साल बाद अस्वस्थता के कारण रिहा तो हो गए लेकिन उन्होंने माना कि 6 वर्ष तक सरकारी विरोध के कोई कार्यक्रम उठाएंगे नही। पर उन दिनों हिंदू-मुस्लिम के बीच कुछ संपर्क टूटता नजर आ रहा था। उस क्षेत्र में जवाहरलाल नेहरू, मौलाना अब्दुल कलाम आजाद, खान अब्दुल गफार खान, एम.ए.अन्सारी, हकीम अजमल खान जैसे लोग मिले जो गांधीजी की तकलीफ को समझते थे और उनके साथ थे। गांधीजी की दूसरी तकलीफ थी कांग्रेस के भीतर जो गुट बनाकर शासन के भीतर प्रवेश करके परिवर्तन लाने के इच्छुक स्वराज पार्टी नाम का गुट जिसमें मोतीलाल नेहरू, सी.आर. दास, विट्ठल भाई पटेल जैसे वरिष्ठ लोग थे, यह सब देखते हुए गांधीजी को लगता था कि जो कांग्रेस का रूप वे देख रहे थे जिसका आधार सत्य, अहिंसा जैसे मूल्य तो अब वह कांग्रेस नही रही जो उनको अपना मार्ग दर्शक मानता था। कांग्रेस के भीतर तो अधिकांश ऐसे सदस्य थे जो गांधीजी के मूल्यों को स्वीकार करने में मुक्ति मानते थे पर सब लोग मानते थे कि गांधीजी के ही नेतृत्व में कांग्रेस जनप्रिय रहेगा और सही रास्ते में तरक्की करेगा। इसीलिए गांधीजी ने कितने ही प्रयास किया कि कांग्रेस अधिवेशन की अध्यक्षता न करूं बल्कि कवियत्री श्रीमति सरोजिनी नायडू अध्यक्षता करे। सर्व सम्मति से 1924 के दिसंबर में चले कांग्रेस बेलगांव अधिवेशन में गांधीजी को अध्यक्षता करने को विवश किया। अपनी 78 वर्ष की आयु में मात्र एक 1924 में गांधीजी ने कांग्रेस अधिवेशन की अध्यक्षता की। अगला वर्ष 1925 की कानपुर अधिवेशन की अध्यक्षता श्रीमति सरोजिनी नायडू ने की थी। उन दिनों आरोग्य लाभ के लिए कुछ समय साबरमती आश्रम में रूके तो गांधीजी को आरोग्य लाभ हुआ और जेल मे शुरू किए दो किताबों का काम पूरा हुआ। दोनों किताबें

1. आत्म-कथा :- 1920 तक का आत्म चरित्र जिसका नाम "सत्य के प्रयोग" सत्य के साथ मेरा अनुभव तथा

2. दक्षिण अफ्रीका में सत्याग्रह की शुरूआत गांधीजी ने अपनी पत्रिकाएं नवजीवन तथा यंग इंडिया में धारावाही होकर कई भागों में गुजराती व इंग्लिश में छपी। अफ्रीका सत्याग्रह की किताब की शुरूआत यरवदा जेल में सहबंदी इंदूलाल बेंकर को गुजराती में लिखवाया था फिर My Experiments with Truth वालजी गोंविद देसाई ने अंग्रेजी में अनुवाद किया।

अपनी जीवनी को 1920 तक लिख कर बंद कर दिया। यह कहकर कि उसके बाद का मेरा जीवन तो "खुली किताब' जैसा है तो अपने को लिखने की आवश्यकता नहीं। लेकिन विश्व भर में हजारों लेखको ने उनका जीवन लिखा। और भारत सरकार ने Complete works of Mahatma Gandhi को 101 भागों में प्रकाशित किया।

गांधीजी का अंतिम कारावास आगाखान पैलेस में था। तीन साल कारावास में मात्र एक छोटी सी किताब 'अरोग्य की कुंजी' (Key to Health) लिखा। बोले मनुष्य का इतना कहलाना है तो मैंने सोचा पूरा 3 वर्षों में वही एक ही किताब लिखूं।

कर्नाटका के नंदी पहाड़ मे तो गांधीजी ने अपना स्वास्थ सुधार दो महिने किया। उसी समय मैसूर के दिवान सर. मिर्जा इस्मैल, भूतपूर्व दिवान सर सी.वी. रामन जैसे अनेक लोग उनसे मिले।

***

गरसोप्पा प्रपात

प्रवास के दो दिन शिव मोगा मे रूकना था। उस शहर के पास ही विश्व विख्यात गरसोप्पा प्रपात है। साथ चल रहे काका साहब कालेलकर ने गांधीजी से कहा, "पास में ही गरसोप्पा प्रपात विश्व विख्यात है उसको देखने के लिए दुनिया भर से लोग आते हैं। चलिए हम भी देख आएं। पर गांधीजी ने कहा उनको बहुत काम है। नहीं जा सकते हैं। गांधीजी पर आग्रह करते काका साहब ने और कहा, "बापू दुनिया का मशहूर नियाग्रा प्रपात (Niagore Falls) तो 300 फीट उपर से गिरता है जबकि गरसोप्पा 900 फीट से गिरता है।"

गांधीजी ने पूछा "बारिश कितने फीट उंचाई से गिरती है? "हजारों फीट उँचाई से।" फिर गांधीजी बोले मै कई हजार फीट से गिरने वाली बारिश को देखता हूं। आप सब देख आइए। साथ वाले देख आए लेकिन गांधीजी अपने लिखने पढ़ने में मग्न थे।

***

विदेश जाना है?

आश्रम के एक तरूण दलित को इंग्लैंड में अध्ययन करने की छात्रवृत्ति (scholarship) मिल गयी तो खुश खबरी गांधीजी को सुनायी और उनसे मार्ग दर्शन मांगा। बापू की भाषा हमेशा सीधी और सरल होती थी। लेकिन बड़ी व्यवहारिक और उपयोगी रहती थी। वे बोले, "देखो जब वहां जाओगे तो थोड़े ही प्रयास से तुम अव्वल दर्जे के भारतीय बने रह सकते हो पर तुम्हारी पूरी ताकत लगाने से भी तुम तीसरे ही दर्जे का अंग्रेज बन सकोगे। तुम चुनो कि क्या बने रहना है।

गांधी जी कर्नाटक प्रवास पर थे तब मुख्य रूप से ख़ादी, अस्पृश्यता निवारण का प्रचार कर रहे थे तब एक सुखद पत्र आया। महाराष्ट्र के महाड़ गांव में अस्पृश्य लोगों को ग्राम के तलाब से सवर्णों ने पानी लेने नही देते थे। तभी विदेश में पढ़ाई करके लौटे एक युवक ने आंदोलन करके प्रथा तोड़ी और पानी सबके लिए खुल गया। तरूण का नाम था डा. बी.आर. अम्बेडकर। गांधीजी को खबर अच्छी लगी। अम्बेडकर के नाम को नोट कर लिया।

1926 में गांधीजी की राजकीय कार्यक्रम से अलग रहने की अवधि पूरी हुई थी। उसी दिसंबर में गौहाटी कांग्रेस अधिवेशन के बाद गांधीजी कलकत्ता जाकर खादी निधि संग्रहण और अस्पृश्यता निवारण कार्य तेज किया। वहीं से अपने पूर्व कार्य क्षेत्र चंपारण के मोतिहारी, बेतिया, भितिहरवा आदि गांवों में आकर प्रवास किया।

***

साइमन कमीशन

मद्रास में 1927 दिसंबर में कांग्रेस अधिवेशन की अध्यक्षता डा.एम.ए. अन्सारी ने की। हिंदू-मुसलमान एकता के लिए अच्छा प्रस्ताव पारित हुआ। उससे पहले शिमला में गांधीजी, जिन्ना आजाद, मालवीया, मोतीलाल नेहरू, अन्सारी, सुभाष चन्द्र बोस, जैसे अनेक वरिष्ठ लोगों ने धार्मिक एकता की चर्चा करके एक सद्भावना का वातावरण फैलाया था।

1927 के दिसंबर में डा. अन्सारी की अध्यक्षता में कांग्रेस का अधिवेशन मद्रास में हुआ। उसमें फिर से हिंदू-मुस्लिम एकता का प्रस्ताव हुआ। एक और प्रस्ताव पारित हुआ। ब्रिटिश प्रभुत्व सर जान साइमन की अध्यक्षता में भारत में शैक्षणिक, ब्रिटिश शासन व्यवस्था सुधार के बारे में अध्ययन करके रिपोर्ट करने के लिए कमीशन बना के भारत भेजने का तय किया। लेकिन कमीशन में सभी गोरे लोग थे। एक भी भारतीय नहीं। होमरूल या आजादी का कोई जिक्र तक नहीं था तो 'कांग्रेस उस कमीशन का बहिष्कार करने का प्रस्ताव मंजूर कर लिया। उसके विरोध में कांग्रेस ने कानून विशेषज्ञ प. मोतीलाल नेहरू के नेतृत्व में स्वतंत्र भारत के लिए संविधान प्रारूप बनाने के लिए एक समिति का गठन किया। इस समय जवाहर लाल नेहरू को कांग्रेस के मुख्य सचिव (General Secretary) नियुक्त किया गया। जवाहर लाल नेहरू तभी सोवियत रशिया भ्रमण करके लौटे थे तो उनके मन में अनेक क्रांतिकारी विचार भरे थे।

1928 के फरवरी में साइमन कमीशन मुंबई में जहाज से उतरा तब से ही देश में जहां भी गया डटकर विरोध प्रदर्शन हुए। काले झंडो से स्वागत हुआ। राष्ट्र प्रेम के नारे लगता था। स्वराज पार्टी के जो ब्रिटिश शासन के साथ अच्छा संबंध रखता था उसके नेता स्वंय मोतीलाल नेहरू ने कमीशन के विरोध का नेतृत्व वहन कर लिया था। और जवाहर लाल नेहरू संघटन की व्यवस्था में जुटे थे।

उसी समय गुजरात के बारडोली कर विरोधी सत्याग्रह जोर पकड़ते जा रहा था। सरदार पटेल

अहमदाबाद नगर सभा के अध्यक्ष थे। उस पद से त्याग पत्र देकर बारडोली पहुंचे। कर विरोधी कार्यक्रम पूर्ण सफल होने लगा। किसानों की खेती, जानवर सरकार पकड़कर नीलाम करते थे तो भी किसानों के अलग महिला, बच्चे भी हड़ताल में कूद गए। आखिर सरकार ने जॉच करके देखा कि जो कर को दुगुना किया था उन गांवों की आमदनी उतनी बढ़ी नहीं थी तो आदेश को वापस ले लिया। बल्लभ भाई नाम के साथ "सरदार" कीर्ति हमेशा के लिए जुड़ गई। क्षेत्र में रचनात्मक कार्य, कताई, बुनाई, अस्पृश्यता निवारण, नशाबंदी कार्यक्रमों के लिए आश्रम बने और उनके संचालन के लिए रविशंकर महाराज, मोहनलाल पंडया, जुगतराम दबे, अब्बास तैयब्जी, स्वामी आनंद जैसे समर्पित कार्यकताओं की सेना खड़ी हो गई।

***

मगन भाई गांधी

1928 में गांधीजी को एक झटका लगा। उनके बहुत निकट कार्यकर्ता भतीजा मगनलाल गांधी का देहावसान हो गया। मगन लाल हर काम में बापू के साथ थे। दक्षिण अफ्रीका में फीनिक्स आश्रम बसाने का अभिक्रम उठाया। फिर भारत मे साबरमती आश्रम की स्थापना में उनका ही हाथ आगे था। उनका सृजनात्मक दिमाग था। पहले लोग बड़े चरखे से सूत कातते थे तो मगन भाई ने हल्का किसान चरखा पेटी चरखे का अविष्कार किया जो आसानी से उठा सकते थे।

मगन भाई के देहावासन पर गांधीजी ने लिखा, "बगल के कमरे में मगन भाई की विधवा पत्नी रो रही है, पर वह जानती नहीं कि आज मैं उनसे भी बड़ा विधवा हो गया हूं।' आज वर्धा में जो रचनात्मक वस्तुओं का संग्रह है उसका नाम "मगन संग्रहालय' है और बगल में कार्यकर्ताओं के निवास "मगन वाड़ी" है।

***

लाला लाजपत राय की हत्या

देश में जैसे-जैसे साइमन कमीशन का विरोध चलता रहा वैसे ही पुलिस की हिंसामय प्रतिक्रिया भी बढ़ती गई। जवाहर लाल नेहरू पर हुआ लाठी प्रहार को बचाने गए गोविंद वल्लभ पंत पर लाठी पड़ी तो जीवन भर शरीर के विकलांगपन को सहना पड़ा।

30 अक्टूबर 1928 को लाहौर में साइमन कमीशन के विरोध प्रदर्शन के अवसर पर पंजाब केसरी लाला लाजपत राय के उपर इतना लाठी प्रहार हुआ कि वे घायल होकर गिर पड़े और 17 नवम्बर 1928 को उनका देहावसान हो गया। देश भर में बड़ा आक्रोश पैदा हुआ।

***

हिन्दुस्तान सोशलिस्ट

रिपब्लिक आर्मी संगठन के कर्मी भगत सिंह, शिवराम राजगुरू, सुखदेव थापर, चन्द्रशेखर आजाद और तरूण लालाजी की हत्या का बदला लेने के लिए अंग्रेजी पुलिस अधिकारी स्वांडर्स की गोली मारकर हत्या की थी। बाद में चन्द्र शेखर आजाद ने एक भारतीय पुलिस जो लालाजी के प्रदर्शन पर लाठी बरसाया था जेम्स. एस. स्कार्ट और एक भारतीय सिपाही को मारकर भाग गए थे।

गांधीजी ने 'यंग इंडिया' में लिखा कि हजारों भारतीय पुरुष व महिला एक होकर सहनशीलता के साथ रचनात्मक कार्यों से अंग्रेजी शासन का विरोध करने से स्वराज मिलेगा न कि इधर एक उधर एक हत्या करने से। बाद में भगत सिंह, राजगुरू, सुखदेव को मृत्यु दंड देकर गुप्त रूप से रावी नदी तीर में जला दिया। वह स्थान पाकिस्तान में गया था। भारत ने उतने अन्य जगह देकर उस स्थान को अपने क्षेत्र में ले लिया और वह हुसेंनीवाला एक तीर्थ स्थान बना है।

गांधीजी उत्तर भारत के प्रवास पर थे तब 31 अगस्त 1929 को वायसराय इर्विन से निमंत्रण आया कि भारत के शासन के बारे में चर्चा करने के लिए नवंबर 1930 में लंदन में एक गोल मेज सम्मेलन में भारत के सभी प्रमुख लोगों को निमंत्रण दिया जा रहा हैं। क्योंकि उस सम्मेलन में स्वायत्त शासन

का उल्लेख नहीं था इसलिए उसमें गांधीजी ने रूचि नहीं ली।

सरोजिनी नायडू जिन्ना के सहयोग से वायसराय से सहमति बनाई कि लंदन सम्मेलन की पूर्व तैयारी के लिए 23 दिसंबर 1929 के दिन वायसराय के साथ बैठक हो। उस सभा के लिए स्थान रखा वायसराय भवन (जो आज राष्ट्रपति भवन है)। बैठक के लिए वायसराय विशेष रेलगाड़ी से आ रहे थे तो रास्ते में उस रेल पर दो बम का हमला हुआ। रेल को क्षति पहुंची पर वायसराय सुरक्षित दिल्ली पहुंचे और समय पर बैठक में शरीक हो गए। बैठक में गोल मेज सम्मेलन में भारत से प्रतिनिधि जाने का अनुमोदन हुआ। 1929 दिसंबर 26 से रावी नदी किनारे लाहौर में कांग्रेस का अधिवेशन होना था और जवाहर लाल नेहरू अध्यक्षता कर रहे थे। लाहौर विशेष स्थान बना था क्योंकि वहीं के पंजाब केसरी लाला लाजपत राय और भगत सिंह हाल में शहीद हुए थे। ऐसे राष्ट्रीय वातावरण से ओतप्रोत शहर में कांग्रेस अधिवेशन हो रहा था। शहर के कोने-कोने में वंदेमातरम्, महात्मा गांधी की जय जैसे नारों के पत्रक भरे हुए थे।

अध्यक्ष स्थान से जवाहर लाल नेहरू ने कहा कि पृथ्वी पर अब यूरोप का अधिकार समाप्त होने आया है। एशिया जागेगा। कलकत्ता अधिवेशन में ब्रिटिश प्रभुत्व को निर्णय का एक वर्ष की मियाद दिया था जो 31 दिसंबर 1929 को पूरा हो रहा था। 50,000 से अधिक प्रतिनिधियों की उपस्थिति में गांधीजी ने सम्पूर्ण स्वराज का प्रस्ताव पेश किया और सर्व सम्मति से वह मंजूर हो गया।

गांधीजी लाहौर कांग्रेस में पूर्ण स्वराज का प्रस्ताव पारित होने के बाद उसके अनुकूल कार्यक्रम सोचने लगे। लाहौर कांग्रेस में ही प्रस्ताव पारित हुआ था कि देश भर में सभी स्थानों पर हर जनवरी 26 तारीख की सुबह तिरंगा ध्वज फहराने के बाद स्वराज की शपथ दोहरायी जायेगी। देश के कोने-कोने से इस कार्यक्रम के लिए लोग उमड़-उमड़ कर आते थे तो गांधीजी का विश्वास बढ़ा कि अब कोई देशव्यापी कार्यक्रम सफल हो सकेगा।

जनवरी 1930 के अंतिम सप्ताह के यंग इंडिया में गांधीजी ने खुला पत्र लिखकर स्पष्ट किया कि यदि सरकार 11 शर्तों को पूरा कर लिया तो हड़ताल नही करेंगे। बढ़ाया कर में कटौती, शराब बंदी, नमक पर से कर हटाना, बाहर के आने वाले वस्तुओं पर कर बढ़ाना, सेना और अधिकारियों के वेतन घटाना आदि। उदाहरण दिया कि ब्रिटिश प्रधानमंत्री प्रजा के औसत के 90 गुना अधिक पाते हैं. तो भारत में वायसराय आम आदमी के औसत के 5,000 गुना अधिक लेते है। सरकार से कोई प्रतिक्रिया नहीं होने से अब सत्याग्रह करना होगा। इस विषय की चर्चा के लिए फरवरी 15 को कांग्रेस कार्य समिति बुलाई गई। कई लोगों ने कई सुझाव दिया। सुभाष बाबू ने अपनी स्वतंत्र सरकार बनाने का सुझाव दिया तो राजाजी ने मद्यपान विरोध सबसे अच्छा कहा। बारडोली सत्याग्रह विजेता वल्लभ भाई पटेल का कर निराकरण का सुझाव था वायसराय के भवन तक यात्रा जाकर प्रदर्शन करें।

***

दांडी यात्रा

गांधीजी का नमक बनाने का प्रस्ताव आया तो किसी ने समर्थन नहीं किया बल्कि कुछ सदस्यों ने तो हंसी में उड़ाया। वायसराय कौन्सिल में भी उल्लेख आया तो वहां भी हंसी उड़ाए। "अरे नमक बनाएंगे? बनाने दो"। लेकिन गांधीजी तैयारी में लगे रहे। यात्रा का रस्ता क्या हो? ऐसा हो जहां सरकार जल्दी न पहुंच सके। कहां-कहां पड़ाव हो? वहां की व्यवस्था स्वच्छ जगह ठहरने को मिले और साधारण भोजन। आने के उत्सुक अनेक लोग लेकिन कुछ आश्रम में शिक्षित और कुछ अन्य लोगों में से 78 लोगों को गांधीजी ने स्वयं चुना जो यात्रा कर सकें और नियमों का पालन कर सके। गुजरात विद्यापीठ के 18 अध्यापक व छात्रों का एक दल यात्रा के पूर्व स्थानों पर जाकर स्थानीय लोगों से मिल कर व्यवस्था करते। यात्रा की स्थाई संख्या 78 । लेकिन इच्छुक लोग बीच-बीच में शरीक हो सकते थे। यात्री लोगों को हिदायत थी कि यदि गिरफ्तार हुए तो जेल में जेल के कानून का पूरा पालन करना।

यात्रा में गांधीजी के साथ जाने वालों में 31 लोग गुजरात के, 11 लोग महाराष्ट्र के और लोग संयुक्त प्रांत, पंजाब, सिंध, बंगाल, केरला, तमिलनाडु और कर्नाटका के 19 वर्ष के क्रांतिकारी मैलार महादेव था। साथ में आश्रम संगीत शिक्षक नारायण खरे। सभी लोग खादी वस्त्र पहने थे। गांधीजी के सिवा सबके सर पर सफेद गांधी टोपी। हर यात्री के पास एक छोटी थैली जिसमें हल्की चादर का बिस्तर एक जोड़ी दूसरा कपड़ा, पानी के लिए एक बोतल।

नमक कहां बनाएंगे? रविशंकर महाराज और मोहनलाल पंडया सब जगह खोजकर नमक बनाने के लिए सूरत के पास अरब समुद्र किनारे छोटा गांव दांडी को चुना था। साबरमती अहमदाबाद से 240 मील (400 कि.मी.) दूर पर । जलियां वाला बाग कांड 13 अप्रैल 1919 पर हुआ था तब से

हर वर्ष के 6 से 13 अप्रैल को राष्ट्रीय सप्ताह मनाने लगे थे उस हिसाब से 6 अप्रैल 1930 के दिन नमक बनाने का निश्चय हुआ।

12 मार्च 1930 की सुबह रोज की तरह गांधी जी अंधेरे मे जागे। नहा धोकर प्रार्थना करके आश्रम के बीमार और वृद्ध जनों से मिले। आश्रम वासियों को गांधीजी ने कहा, "सत्याग्रह के लिए जा रहा हूं। कितने समय के बाद लौटूंगा। लौटूंगा भी या नहीं कोई पता नही। उसके बाद तो गांधीजी का साबरमती आश्रम जाना ही नहीं हुआ।

उस दिन 12 मार्च 1930 की सुबह ठीक 6.30 बजे यात्रा निकल पड़ी। कस्तूरबा ने गांधीजी को तिलक करके गले मे सूत की माला पहनाया। आश्रम की बालिकाओं ने अन्य यात्रियों को तिलक लगाकर सूत की मालाएं पहनाई। जैसे आश्रम के बाहर खूब तोरणों से सजाए सड़कों पर उतरे तो सड़क के दोनो तरफ खचा-खच भरे हजारो लोगों ने 'महात्मा गांधी की जय, वंदेमातरम् के नारों से वातावरण भर दिया । 61 साल के गांधीजी इतनी तेजी से चले कि अन्य लोगों को दौड़ना पड़ता था।

यात्रा में अनेक गांव आए और सब जगह सैकड़ो हजारो लोग स्वागत करते थे। पत्रिकाओं ने लिखा कि नड़ियाड की बैठक में 45,000 से अधिक लोग थे। यात्रा के साथ ही देशी व विदेशी पत्रकार वाहनों मे और कुछ पैदल साथ-साथ चल रहे थे। गांधीजी हर जगह खादी प्रचार करते थे। कहीं अस्पृश्य लोग दूर खड़े देखा तो उनको नजदीक बुलाकर बैठाते थे। कुछ जगह अस्पृश्य, मद्यपान छोड़ने का संकल्प करते थे तो कुछ जगह सरकारी नौकर अपने त्यागपत्र देकर आते थे।

गांधीजी तो अपने गिरफ्तारी के लिए बराबर तैयार थे। 'यंग इंडिया' में लेख लिख दिया था "यदि मै गिरफ्तार हुआ तो जिस लेख में कहा था कि वे गिरफ्तार हुए तो जवाहर लाल नेहरू यात्रा का नेतृत्व करेंगे। मार्च 19 को माही नदी नांव में पार करके भरोच जिले में प्रवेश किया उसी दिन प. जवाहर लाल नेहरू अपनी पत्नी कमला नेहरू के साथ कार में आकर गांधीजी से मिलकर लौटे।

मार्च 20 को कांग्रेस कार्य समिति अहमदाबाद में बैठी। तब तक देश भर में नमक यात्रा की चर्चा चलने लगी थी। तो कांग्रेस जिसने नमक प्रस्ताव को निरूत्साह से पारित किया था अब बड़े उत्साह के साथ सभी राज्य समितियों को जोरदार हड़ताल करने को प्रोत्साहित किया।

अप्रैल 3 को पड़ाव के अंतिम बड़े शहर नवसारी पहुंचे। नवसारी दादा भाई नौरोजी (जिन्होंने गांधीजी को लंदन में, जब वे छात्र थे तभी, समझाया था कि ब्रिटिश शासन से भारत को कैसे नुकसान हो रहा है) का जन्म स्थान था। यहां मिला स्वागत सबसे जोरदार था।

नवसारी छोड़ते समय वहां के पुर सभा ने यात्रा के रास्ते पर पानी छिड़क कर वातावरण ठंडा किया था।

5 अप्रैल को करीब 200 मछुवारों का छोटा गांव दांडी पहुंचे तब तक वह गांव हजारों लोग और देश-विदेश से आए सैकड़ों पत्रकारों से भर गया था। सरकारी कर्मचारी और पुलिस वाले गांव में

जगह न मिलने से बाहर टेंट लगा कर सोए। पत्रकारों द्वारा गांधीजी से नमक सत्याग्रह का संदेश मांगने पर वे बोले, "मुझे शक्तिशाली के खिलाफ न्याय की लड़ाई में दुनिया की सहानुभूति चाहिए।" (I *w*ant world sympathy in this fight of right against might.) दांडी में शुद्ध हवा के लिए गांव के बाहर घर बनाकर रहने वाले निजामुद्दीन के साथ गांधी जी रूके।

6 अप्रैल को गांधीजी सबेरे जल्दी उठकर समुद्र में नहाये। ठीक 6.30 बजे समुद्र तट पर समुद्र लहर छोड़ गया। हाथ भर नमक को उठाकर उपर दिखाया। उस क्षण की प्रतीक्षा कर रहे हजारों लोग रोमांचित हो गए। सरोजिनी नायडू ने नारा लगाया। "कानून तोड़ने वाले महात्मा जी की जय"।' जनता ने उत्साह से नारे को दोहराया। सैकड़ों कैमरे चमक उठे। करीब 800 तार भेजे गए। जब सरकार ने इतने तार भेजने पर आपत्ति उठाया तो पोस्ट मास्टर बउर ने कहा "मैंने तो सरकार की आमदनी बढ़ाई है।"

24 दिनों की यात्रा पूरी अनुशासित रही। एक भी कमी न रही। गांधीजी को संतोष रहा कि 6 वर्ष का रचनात्मक शिक्षण का यह परिणाम सफल रहा। नमक आंदोलन फैल गया। सरकार चिंतित हो गयी। जहां से गांधीजी ने एक मुट्ठी नमक उठाया था वहीं से और नमक निकालकर देश के कोने-कोने में भेजा गया। और नमक बिकने लगा। एक-एक मुट्ठी नमक हजार रूपए में बिकने लगा। देशभर में कांग्रेस कार्यालयों से और अन्य जगहों पर नमक की दुकान बना दिए। मुंबई कांग्रेस कार्यालय के सामने हजारों लोग नमक खरीदने वाले एकत्रित हो गए तो पुलिस रस्सी से सबको बांधकर जेल खाना ले गई। देश के सभी जेल सत्याग्रहियों से भर गए। तमिलनाडू के समुद्र तट वेदारण्यम में चक्रवर्ती राजगोपालाचारी के नेतृत्व में एक और नमक सत्याग्रह हुआ। हजारों लोग जेल गए।

सरकार ने उत्तर में कराची, रावल पिंडी में सत्याग्रहियों पर गोली चलायी । 7 लोग मरे। लेकिन पेशावर में खान अब्दुल गफ्फार खान के नेतृत्व में सत्याग्रह मोर्चा में खुदाई खिदमतगार इतने अनुशासन बद्ध और शांति से प्रदर्शन किये कि उससे प्रभावित पुलिस ने गोली चलाने से इनकार कर दिया। एक और इतिहास बन गया। शासन ने इससे पूर्व सरदार पटेल को गिरफ्तार कर रखा था। खेड़ा के लोगों को क्रोध आया तो फिर वहां कर निराकरण सत्याग्रह शुरू हुआ था। पूरे जिले में एक तरफ नमक सत्याग्रह तो दूसरी ओर कर निराकरण ।

यह सब देख कर जिन्ना ने वायसराय को लिखा कि इतनी अव्यवस्था फैलाने वाली कांग्रेस के सुझाये राजकीय फेरबदल न किया जाए। वायसराय ने जिन्ना से कहा कि वे इस सत्याग्रह के विरोध में लेख लिखे। पर जिन्ना ने कहा कि इस समय कांग्रेस जनप्रिय है गांधीजी के विरोध में लिखना ठीक नहीं होगा।

नमक तैयार करना, बिक्री करना इस कारण गांधीजी के बेटे रामदास, देवदास आदि अनेक कांग्रेस के नेताओं को गिरफ्तार किया गया। नमक के साथ गांधीजी, विशेषकर महिलाओं की सहायता से, शराब की दुकानें भी बंद कराने लगे।

4 मई 1930 की रात कराड़ गांव के बाहर आम के बगीचे में गांधीजी सहयोगियों के साथ सो रहे थे। सूरत के मजिस्ट्रेट ने 30 पुलिस के साथ आकर आधी रात में गांधीजी को उठाया और कहा 1872 विधि के आधीन उनको गिरफ्तार कर रहे हैं। बापू ने दंत मंजन किया, संगीत प्रमुख नारायण खरे को वैष्णव जन तो गाने को कहा। ध्यान में शांति से बैठे फिर एक झोले में तकली, रूई, दो कपड़े डालकर चल दिए। पुलिस की गाड़ी एक क्रासिंग पर रूकी जहां पहले नियमित फ्रंटियर मेल खड़ी हुई। गांधीजी को बंबई उतार कर यरवड़ा की तरफ जेल मे चले। क्योंकि वायसराय इरविन गांधीजी का आदर कर रहे थे। अबकी बार यरवदा जेल में गांधीजी को अधिक सुविधा मिली थी।

नमक सत्याग्रह का एक कठोर अध्याय धरसाना नमक कोठी में हुआ। 75 वर्ष के वकील अब्बास तैयबजी के नेतृत्व में 2500 सत्याग्रही धर्साना की तरफ चले। पर रास्ते मे ही उनकी गिरफ्तारी हो गयी। फिर भी 2500 सत्याग्रहियों का बड़ा दल सरोजिनी नायडू के नेतृत्व में तैयार खड़ा था। कोठी चारों ओर से बंद थी और एक ही तरफ खुली थी जहां अधिकारी व पुलिस दल सजा खड़ा था। उनके हाथों में लोहे का हिस्से के साथ लाठियां थीं।

सरोजिनी नायडू ने सत्याग्रहियों को समझाया कि उनके उपर प्रहार होने पर बचने की कोशिश नही करेंगे। पुलिस पर गुस्सा नहीं करेंगे। धीरे-धीरे दल बनाकर एक के बाद एक को कोठी के भीतर भेजने लगी। अधिकारियों की बातों को लक्ष्य न देकर टोलियां आगे बढ़ती थीं। तत्पर खड़ी भारतीय पुलिस उन पर बुरी तरह लाठियां बरसाती थी। उसको देखकर भी दूसरी, तीसरी टोलियां चलती रहीं। लाठियां भी बरसती रहीं। कई लोगों के सर फूट गए, छाती से खून बहने लगा, हाथ पैर टूट गए लेकिन कोई भी आवाज नहीं। पास में ही मीरा बहन का प्राथमिक चिकित्सा दल घायलों को कंबल में लिटा के इलाज करता था।

देश-विदेश से आए पत्रकारों ने दुनिया भर में खबर भेज दी। उनमें अमेरिका के पत्रकार यूनाइटेड प्रेस इंटरनेशनल की रिपोर्ट, जिसको सरकार ने काट पीट दिया था, बोला कि वह दृश्य किसी का भी खून ठंडा कर देने जैसा भयानक था।

11 बजे तक चली कार्यवाही में चिकित्सा स्थल पर 4 लोगों के प्राण गये थे, 320 लोग बुरी तरह घायल हुए थे। कई लोगों को अभी होश नहीं आया था। कुछ लोग पीड़ा से तड़प रहे थे। भाग लेने वाले कुल कार्यकर्ता 2699, उनमें 1333 लोग बुरी तरह घायल हुए थे।

एक पुलिस अधिकारी सरोजिनी नायडू के कंधे पर हाथ रखकर आपको गिरफ्तार कर रहे हैं बोले तो सरोजिनी जी हल्ला करके बोलीं "तुम मेरे शरीर पर हाथ नहीं लगा सकते।" फिर पुलिस गाड़ी में बैठी। साथ में मणिलाल, प्यारे लाल, इमाम भानजी भी थे! गुजरात विद्यापीठ के आचार्य जे.सी. कुमारप्पा ने यंग इंडिया में लिखा, "हमने तो एक चुटकी नमक बनाया, लेकिन अंग्रेजी राज्य के राक्षसत्व को सारी दुनिया को दिखा दिया।"

कुछ बातों में गांधीजी से असहमत विठ्ठल भाई पटेल भी धरसाना कांड से इतने क्षुब्ध हुए कि केन्द्र शासन सभा के अध्यक्ष पद से त्याग पत्र दिया और कहा कि "ब्रिटिश प्रभुत्व के इस प्रशासनिक

कृत्य ने सेतु को हमेशा के लिए तोड़ दिया।' जेल के अंदर से ही जवाहर लाल नेहरू ने गांधीजी को पत्र लिखा, "मुझे शर्म आती है कि मैंने आपके प्रस्ताव का मजाक उड़ाया था। पर आपके मांत्रिक स्पर्श से हम जैसे लोगों के गद्यमय जीवन एक महाकाव्य का रूप ले लिया है। देश भर में 90,000 लोग जेलों में बंद थे।

गांधीजी तो जेल में थोड़ा आराम महसूस कर रहे थे। पर देश में जगह-जगह तिरंगा झंडा फहराकर लोग आजादी की जंग को जीवित रखा था। जेल के अंदर गांधीजी का लेखन चालू था। हफ्ते में एक बार गांधीजी आश्रम वासियों को एक पत्र लिखते थे। प्रतिवार सत्याग्रही को आवश्यक एकादश व्रत के बारे में लिखते थे। विनोबाजी ने उन सबको जोड़कर एक माला बना दिया अहिंसा, सत्य, अस्तेय, ब्रह्मचर्य, असंग्रह, शरीर श्रम, स्वाद, सर्वत्र भय वर्जन, सर्वधर्म समानत्व, स्वदेशी, स्पर्श भावना, ही एकादश सेवा थी, नम्रत्वे व्रत निश्रये। इन ग्यारह व्रतों की एक छोटी सी पुस्तक बनी है।

***

भारत का विभाजन

गांधीजी और उनके सभी सहयोगी आजाद अखंड भारत की कल्पना कर रहे थे। इसीलिए मुस्लिम लीग के साथ निकट संबंध बनाए रखने के प्रयास में लगे थे। तब 1923 में क्रांतिकारी वीर सावरकर ने "हिंदुत्व' नाम की एक किताब लिखा। जिसमें स्पष्ट विचार प्रकट किया था कि भारत हिंदू राष्ट्र और मुस्लिम राष्ट्र नामक दो राष्ट्रों का देश है। जिन्ना जिनको गोपाल कृष्ण गोखले ने हिंदू-मुस्लिम एकता के सर्वश्रेष्ठ राजदूत कहा था और 1915 में देश द्रोह अपराध के मुकदमे में लोकमान्य तिलक को कोर्ट में जिताया था। धीरे-धीरे कांग्रेस से दूर होते गए तथा मुसलमानों के हक के बारे में बोलने लगे।

1930 के दिसम्बर में अहमदाबाद के मुस्लिम लीग के अधिवेशन का उद्घाटन करते "सारे जहां से अच्छा" जैसे राष्ट्रीय गीत के रचयिता डा.मो. इकबाल ने कहा कि भारत में बड़ी संख्या में मुसलमान हैं। उनके लिए एक अलग व्यवस्था होनी चाहिए और पंजाब, सिंध, पश्चिमोत्तर क्षेत्र एक देश बनने योग्य है।

1930 में गांधीजी की आत्म चरित्र 'सत्य के प्रयोग' किताब बाहरी देशों में अलग-अलग भाषाओं में प्रकाशित हुई और अमेरिका के टाइम (TIME) पत्रिका ने गांधीजी को "वर्ष का व्यक्ति" चयनित किया था।

इंग्लैंड में लेबर पार्टी जीत कर भारत की आजादी देने के पक्ष में थी। रॅमसे मेकडोनाल्ड प्रधान मंत्री बने थे जबकि पूर्व प्रधान मंत्री चर्चिल बराबर कोसते थे कि 'अध नंगा फकीर' को यह सरकार समाप्त नहीं कर पा रही है।

***

गोलमेज सम्मेलन

ब्रिटिश शासन लेबर पार्टी की नीति के अनुसार इंग्लैंड में भारत के साथ मिलकर चर्चा करने के लिए गोल मेज सम्मेलन की योजना बना रही थी। इस बारे में गांधी जी से बात करने के लिए लेबर पार्टी के मुख्य पत्र 'दि डैली हेराल्ड पत्रिका के भारत में संवाददाता के जार्ज स्लोकाब को गांधीजी से मिलने के लिए भेजा। कारावास के अंदर ही स्लोकाव गांधीजी से मिले। सरकार के साथ संवाद के लिए गांधीजी ने 2 शर्त रखी थी कि-

1. भारत की स्वतंत्रता की चर्चा और

2. नमक पर पूरा कर रदद् ।

वायसराय के लिए इन शर्तों को मानना असम्भव था। और सर तेज बहादुर सप्रू तथा जयकर को गांधीजी के पास भेजा। गांधीजी बोले कि कांग्रेस कार्यकारिणी से बात किए बिना वे कोई निर्णय नही करवाएंगे। तुरंत संयुक्त प्रांत से प. मोती लाल व जवाहर लाल नेहरू व बिहार से सैयद अहमद को विशेष रेल गाडियों से पुणे बुलाया गया। सरदार पटेल व सरोजिनी नायडू यरवदा जेल में ही थे तो वे भी शामिल हुए। 15,16 अगस्त 1930 को हुई बैठक में निर्णय हुआ कि सरकार ने परिस्थिति को इतना बिगाड़ा है कि अभी गोल मेज परिषद से कोई फायदा नही होगा। मतलब यह हुआ कि

जुलाई 1930 के गोल मेज परिषद में कांग्रेस भाग नही लेगी।

1930 में गोल मेज परिषद तो हुआ। मुस्लिम लीग के जिन्ना और कुछ सदस्य, श्रीनिवास शास्त्री, सप्रू, जयकर, कुछ राजाओं के प्रतिनिधि, कुछ ब्रिटिश राज्य व संसद प्रतिनिधियों ने भाग लिया। ब्रिटिश प्रधान मंत्री रेमसे मेकडोनाल्ड ने परिषद का उद्घाटन किया। लेकिन परिषद में भारत की सबसे बड़े प्रतिनिधि कांग्रेस नही थी तो कोई विशेष निर्णय न लेकर परिषद विसर्जित हो गयी। परिषद के अंतिम भाषण को प्रधानमंत्री मेकडोनाल्ड ने सम्बोधित करते हुए कहा कि भारत की समस्या को सदभावना से हल करेंगे और 1931 में होने वाले गोल मेज परिषद में कांग्रेस भी भाग लेगी।

इसी भावना को बढ़ाते हुए वायसराय इर्विन ने कांग्रेस ने जिस 26 जनवरी को स्वतंत्र दिन घोषित किया, उसी 26 जनवरी 1931 को गांधीजी, जवाहर लाल नेहरू, वल्लभ भाई पटेल आदि 20 कांग्रेस के वरिष्ठ लोगों को जेल से रिहा कर दिया। रिहा होते ही गांधीजी अस्वस्थ प.मोतीलाल नेहरू को देखने इलाहाबाद गए। उनके मिलने के दो ही दिन बाद 1931 के फरवरी 6 को मोती लाल नेहरू का निधन हो गया।

इसी बीच गांधीजी के पुराने मित्र पोलक ने गांधीजी को पत्र लिखकर बताया कि अभी इंग्लैंड में भारत पर सहानुभूति रखने वाली लेबर पार्टी की सरकार आई है तो इस समय उस सरकार से लड़ने के बजाए मित्रता साधना चाहिए। गांधीजी ने वायसराय इर्विन को मिलने के लिए एक तार भेज दिया। जैसे उसी की राह देख रहे वायसराय इर्विन ने गांधीजी को अगले हफ्ते ही दिल्ली में भेंट करने का निमंत्रण भेज दिया। बातचीत के लिए स्थल था विश्व विख्यात एडिविन ल्यूहेन्स का निर्मित साढ़े पांच एकड़ जमीन में 340 कमरे वाले भव्य भवन जो आज का राष्ट्रपति भवन है। गांधीजी दिल्ली दरियागंज में स्थित डा.एम. ए. अन्सारी के घर पर रूके थे। गांधीजी ने कहा वे उस 7 कि.मी. की दूरी पैदल जाएंगे और अपना खाना स्वयं लाएंगे।

17 फरवरी 1931 दोपहर 2.30 बजे बातचीत शुरू हुई। वायसराय ने गांधीजी में एक आध्यामित्क शक्ति को पहचाना था तो आदर पूर्वक स्वागत किया। गांधीजी ने भी बात शुरू करते हुए कहा कि अपनी मानस पुत्री मीरा बहन से लेकर उनके अनेक निकट के मित्र सारे अंग्रेज है तो उनकी अंग्रेजों से मित्रता घनिष्ठ है। वायसराय ने कहा कि सब विषयों को छोड़कर नमक को मुद्दा बना दिया यह तो आपकी समझदारी है। तो गांधीजी बोले उस दिन मुझे गिरफ्तार नहीं किया यह सरकार की समझदारी। इन सब बातों को पत्रिकाओं में पढ़कर चर्चिल बेचैन हो गए। ब्रिटिश साम्राज्य में एक वायसराय भवन की सीड़ियां चढ़कर वायसराय के बराबर यह भिखारी बैठकर बात करना माने साम्राज्य के लिए बड़ा धक्का देना जैसा ही हुआ। वायसराय इर्विन के साथ तो गांधीजी की बात चीत सौहार्द पूर्ण रहा और दोनों की बनी सहमति पत्र के उपर 5 मार्च 1931 को दोनों की संधि हो गई। उसके हिसाब से सत्याग्रह में बंद सभी की रिहाई हुई। जिन किसानों की जमीन जब्त की गयी थी उन सबको वापस देना, नमक पर कर मुक्त जैसी बातें रही उसके साथ ही अब गांधीजन सत्याग्रह बंद करेंगे।

इंग्लैंड में चर्चिल की टोरी पार्टी के अलावा सब लोगों ने गांधी-इर्विन दोनों की सराहना की। सुभाष चन्द्र बोस बराबर कहते रहे कि अंग्रेजों के खिलाफ अहिंसा सफल नहीं होगी। अब दोनों की सहमति की सराहना की। अमेरिका में जो वर्ण भेद का झगड़ा चल रहा था कई लोगों ने उसको अहिंसा मार्ग से सुलझाने के लिए गांधीजी को अमेरिका आमंत्रित किया। उनको गांधीजी ने कहा मेरा भारत का काम पूरा हो जाने के बाद ही और देशों का सोच सकूंगा। लेकिन एक बात में गांधीजी सफल नहीं हो पाए। इर्विन के साथ बात-चीत के समय कई बार गांधीजी ने मांग किया कि भगत सिह, राजगुरू, सूखदेव की फांसी माफ हो जाए। लेकिन तीनों फांसी की माफी लिखने को तैयार नहीं थे। तो 23 मार्च 1931 को तीनों को लाहौर जेल में फॉसी हो गई। तीनों ने 'इन्किलाब जिदाबाद' घोषणा करके फॉसी पर झूल गए। उसके दो दिन बाद 25 मार्च 1931 को देश भक्त गणेश शंकर विद्यार्थी हिंदू-मुस्लिम एकता का प्रयास करते शहीद हो गए।

1931 के अप्रैल में इर्विन के स्थान पर विलिंगटन को वायसराय बना दिया और उनको गाधी-इर्विन समझौते की कुछ बाते पसंद नहीं थी। गांधीजी सोचने लगे क्या गोल मेज परिषद में न जाऊँ? लेकिन एक तरफ तो परिषद में ऐसे कोई निर्णय न हो जाए जिससे अस्पृश्य लोगों को कोई क्षति हो जाए। और एक कारण था मैसूर राज्य के दिवान मिर्जा इस्माइल जिनका नाम अच्छा राज्य संचालन के लिए प्रसिद्ध था, ने गांधीजी को पत्र लिख कर जोर दिया था कि वे लंदन जरूर जाएं। उनका अच्छा स्वागत होगा और उनका शांति संदेश विश्व भर में जाएगा।

29 अगस्त 1931 को गांधीजी मुंबई में जहाज पर बैठे। तब उनके साथ उनके निजी सचिव महादेव देसाई और प्यारेलाल, छोटा बेटा देवदास और दत्तक पुत्री मीराबहन थी। एक और वृंद में सरोजिनी नायडू, मदन मोहन मालवीया, जी.डी.बिरला आदि। रास्ते में पड़ने वाले सभी बंदरों में हजारों लोग गांधीजी को देखने, उनसे हाथ मिलाने के लिए उत्सुक होकर भीड़ लगाते थे। तब सैकड़ों लोगों ने स्वागत करने के लिए उन्हें घेर लिया। अपने स्वभाव के अनुसार गांधीजी और सहयोगी तीसरे दर्जे मे ही यात्रा किये। गांधीजी अधिकांश खुले छत में रहे। वहीं लिखना, पढ़ना, सूत कातना, खाना कभी-कभी सोना भी। एक बार कप्तान के आग्रह पर उनके चालक घर मे गए और कुछ मिनिट जहाज को भी चलाया। सितंबर 12 को लंदन पहुंचे। तब भी सैकड़ों की भीड़ ने उन्हें घेरा और पत्रकार प्रश्न करने लगे।

***

गरीब बस्ती में वास

पहले इंग्लैंड गए थे तब तो गांधी मात्र एक छात्र थे। अब वे महात्मा बनकर आए हैं। बिरला एवं अन्य लोगों को लगा गांधीजी भारतीय बस्ती में रहे। और कुछ लोगों ने बड़े होटलों में व्यवस्था की थी। पर गांधीजी खोजकर रहने लगे गरीब बस्ती क्वेकर कालोनी के किंगले हाउस (Kingly House) में। युद्ध में मून अपने भाई की याद में गरीबों के लिए गरीब बस्ती क्वेकर कालोनी में मूदिल लेस्टर व उनकी बहन डेटिस का बनाया यह साधारण घर जहां एक कुर्सी, टेबल, एक लकड़ी का मंच, एक छोटा कमरा गांधीजी का निवास बना। 12 सितंबर को लंदन पहुंचे और 5 दिसंबर को छोड़ने तक 84 दिन किंग्स्वे हाउस में ही रहे। मूदिल लेस्टर एक बार भारत गई थी और तब गांधीजी से मिली थी। तब से उनको आदर करती थी। घर के चारों ओर इंग्लैंड की पुलिस के अलावा स्काटलैंड यार्ड की पुलिस सुरक्षा के लिए खड़ी थी। गांधीजी उनसे मजाक करते थे कि मुझे कैदी बना दिया। पर प्रत्येक पुलिस का सुबह हालचाल पूछते थे।

गांधीजी लंदन पहुचे उसी दिन अमेरिका के ब्राडकास्टिंग कंपनी ने उनका आवाज रिकार्ड करके अमेरिका के लोगों को भेजा। उसमें गांधीजी ने संदेश भेजा कि आजतक लोग अन्याय समाप्त करने के लिए खूनी रास्ता अपनाए है। अब उसकी जगह सत्य-अहिंसा का मार्ग अपनाना चाहिए। अमेरिका वाले लोगों ने उससे प्रेरणा ली।

बैरिस्टर बनने के लिए 1888 में पहली बार लंदन आए थे। गांधीजी 43 साल बाद फिर इंग्लैंड आए तो उनको अनेक घटनाओं की याद आई और अनेक मित्रों से मिले। पहुंचने के एक ही दिन बाद 13 सितंबर की सुबह प्रधान मंत्री रेमसे मेकडोनाल्ड के साथ वायु विहार करते चर्चा की। वे भारत में जेल में थे तब अपेंडिसाइटिस की शल्य चिकित्सा करने वाले डाक्टर मेडोक्स से फिर मिले।

दक्षिण अफ्रीका में जिन्होंने उनको जेल में बंद किया था उस जनरल स्मट्स ने सहज हंसते हुए कहा, "अफ्रीका में आपने मुझे जितना कष्ट दिया उतना मैंने आपको नहीं दिया" तो गांधीजी बोले "वह तो मुझे ख्याल नहीं" हंसते हुए दोनों ने हाथ मिलाया।

सिनेमा जगत में चार्ली चैप्लिन को सब जानते हैं। लेकिन गांधीजी उस जगत से बहुत दूर थे। फिर भी जब परिचय दिया गया कि चैप्लिन गरीब इलाके से आए तो गांधीजी उनसे मिले। दोनो खूब हंसे। यंत्रीकरण के बारे मे चार्ली चैप्लिन ने जो बातें सुनी संभवत: उसी आधार से उनका अगला चित्र "मार्डर्न टाइम्स" बना।

प्रख्यात विद्वान बर्नार्ड शाह लोगों से कम मिलते थे। गांधीजी से खुशी से मिले। अपनी विनोद की शैली में अपने आपको 'छोटा महात्मा' कहकर बोले, "हम छोटे समुदाय के हैं।" समय मिला तो गांधीजी कुछ संस्थाओं मे गए। मांटेसरी के बच्चों की शाला में जाकर बच्चों की बात, गाना, नाच से खुश हुए। जवाहर लालजी ने पढ़ाई की थी उस ट्रिनिटि कालेज गए। आक्सफोर्ड, केम्ब्रिज विश्व विद्यालय में गए। अनेक प्रख्यात विद्वानों से चर्चा की। कुछ दिन प्रो. लिड्से के घर रहे। तो बाद मे प्रो. लिडसे यह कहकर उन दिनों की याद की" "वे कुछ ही दिन जब इस घर में थे। ऐसे अद्भुत संत रहे जिन्होंने नन्हे-मुन्ने बच्चे और विश्व विख्यात प्रबुद्ध जनों से एक से प्यार और आदर से पेश आते थे।"

***

लंकाशायर में स्वागत

इंग्लैंड का लंकाशायर वह शहर है जो सूती कपड़े के शहर के नाम से विख्यात हैं। उस शहर में कपड़े के कारखाने है जबकि वहां की जलवायु के कारण इंग्लैंड में कपास होता ही नहीं। वे भारत से मिट्टी के मोल कपास खरीदते थे और कपड़े बनाकर भारत में महंगे दाम में बेचते थे। उसका परिणाम भारत के किसान गरीब और इंग्लैंड के लोग अमीर होना स्वाभाविक था। अब गांधीजी के खादी व स्वदेशी आंदोलन के कारण लंकाशायर के कुछ कारखाने बंद हुए। कुछ मजदूरों की नौकरियां गई। इसके बावजूद उस शहर में गांधीजी का जोरदार स्वागत हुआ। एक मजदूर नेता ने भाषण दिया कि "मैं भारत में होता तो मैं भी वही काम करता जो आप कर रहे हैं। क्योंकि हम जानते हैं भारत के हमारे भाई मजदूर हमसे बहुत अधिक गरीब हैं। लोगों ने जोरदार तालियां बजायीं । ग्रीन फील्ड शहर के कपड़े कारखानों में अधिकांश महिला मजदूर थी। वहां भी महिला मजदूरों की बड़ी भीड़ ने प्यार से गांधीजी का स्वागत किया।

***

धोती में पैलेस में भोज

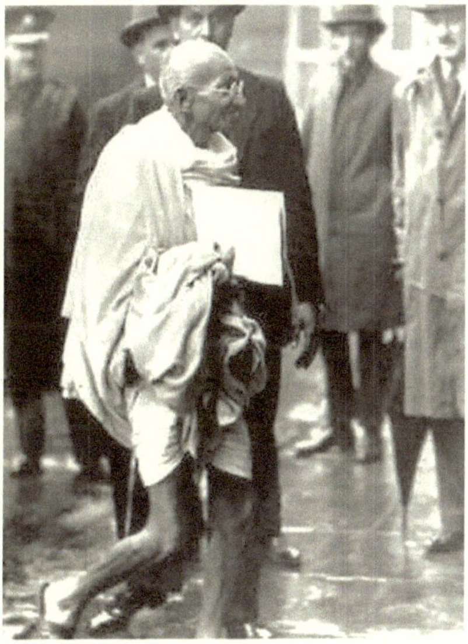

गांधीजी ने ब्रिटिश संसद में लेबर पार्टी के सदस्यों को संबोधित किया। सभा देर तक चली तो गांधी जी ने संसद मे ही आश्रम की सर्वधर्म प्रार्थना की। नवंबर 5 को ब्रिटिश साम्राज्य के सर्वोच्च मुखिया पंचम जार्ज ने गोल मेज सदस्यों को भोज दिया था। साम्राज्य के सर्वोच्च स्थान बकिंघम पैलेस में जाने वाले अतिथियों के लिए सूट पोशाक पहन के जाने की नीति निर्धारित थी और सब सदस्य ऐसे ही पाश्चात्य सूट पहनकर आए थे। लेकिन उस भोज में गांधीजी को अवश्य लाना था तो उनके लिए पोशाक नीति में छूट रखी थी। वे अपनी धोती ही पहन कर महल पहुंचे थे। पंचम जार्ज ने गांधीजी से पूछा, "आप क्यों हमको इतनी तकलीफ दे रहे हैं।" गांधीजी ने छोटा जबाब देकर बातचीत समाप्त कर दी, "यह राजनीति की बात का अवसर नहीं है।"

बकिंघम पैलेस के इतिहास में पहली बार धोती पहने व्यक्ति बादशाह से मिले थे तो पत्रकारों ने जिज्ञासा से पूछा, तो गांधीजी वाले, "हां लेकिन राजा ने तो हम दोनों को लगे, इतने कपड़े पहन रखा था।"

***

दुश्मन से प्यार

गांधीजी की आदत थी जब बात करते थे तो साथ-साथ चरखे पर सूत कातते थे। फेन्नर जानते थे कि गांधीजी शांति प्रिय थे तो चुनकर उनके सामने एक बात रखी "गांधी जी प्रभु ईसा मसीह ने कहा' "अपने दुश्मन को अपने जैसे ही प्यार करो"। आपको कैसे लगता है? जबाब की अपेक्षा थी। पर 3-4 मिनिट हो गया, सूत कातते ही चला गया। क्या गांधीजी ने बात नहीं सुना? फेन्नर ने एक और बार थोड़ा जोर से कहा, बापू, "प्रभु ईसा मसीह ने कहा था, अपने दुश्मन को अपने जैसे ही प्यार करो। आपकी क्या प्रतिकिया?" गांधीजी ने कहा, " फेन्नर, मैंने पहले बार ही आपकी बात सुन लिया था, फिर सोचने लगा और देखा कि "दुनिया में मेरा कोई दुश्मन है ही नहीं।" फेन्नर चकित हुए और कहा "मि. गांधी आप प्रभु ईसामसीह से आगे चले गए है। स्पष्ट किया कि अंग्रेज कोई उनका दुश्मन नहीं। वे गलत प्रथा, अन्याय, शोषण से लड़ रहे हैं। अंग्रेज सब उनके मित्र ही हैं।

फेन्नर ब्रोकवे (Fenner Brokway) ब्रिटिश संसद के लेबर पार्टी के सदस्य थे। निःशस्त्रीकरण के लिए खूब काम करते थे। मजदूर लोगों के वेतन और सुविधा के लिए बराबर काम कर रहे थे। गांधीजी की नीति और काम के प्रति उनकी इतनी आस्था थी कि फेन्नर सफेद गांधी टोपी पहनकर 1930-31 में संसद जाया करते थे। भारत की आजादी के लिए इंग्लिश संसद में लड़ते थे। लंदन में भारतीय बिरला भवन को मेरा चर्च (गिरजाघर) बोलते थे। 30 जनवरी याने गांधीजी की पूण्य तिथि का दिन था। भवन में फेन्नर ने कहा "आप जानते हो गांधीजी एक अदभुत व्यक्ति थे। सब लोग फेन्नर की ओर घूम कर बैंठे। फेन्नर ने बताया, "मैं एक बार गांधीजी से मिलने सेवाग्राम वर्धा गया। गांधीजी जमीन पर बैठे सूत कात रहे थे। मैं सामने बैठ कर गौर से देखने लगा।

उसी लहजे में गांधीजी लंदन आए तबसे औरों के अलावा उन दो लोगों से मिलने का प्रयास कर रहे थे जो उनसे नफरत करते रहे। एक पूर्व प्रधान मंत्री कन्सर्वेटिव पार्टी नेता विन्सटन चर्चिल और डैली मेल पत्रिका के मालिक लार्ड रोदर पियर। पर वे दोनों भी मिल ही नही पाएं।

1931 के सितंबर 15 को गोल मेज परिषद को प्रथम बार संबोधित करते गांधीजी बोले, "एक अंग्रेज ए.ओ. ह्यूम ने कांग्रेस की स्थापना की। हिंदू, मुस्लिम, ईसाई, पारसी, पुरूष व महिला उसके अध्यक्ष रहे हैं। भारत के गांव-गांव तक उसकी शाखाएं पहुंची हैं। उसके लाखों किसान सदस्य हैं। इस तरह पूरा भारत का प्रतिनिधि संस्था एक मात्र कांग्रेस हैं। कांग्रेस ने तात्कालिक मुस्लिम व सिखों के लिए अलग-अलग मत क्षेत्र मान लिया है लेकिन अस्पृश्य लोगों को अलग क्षेत्र हमको कतई मंजूर नही। यह हिंदू धर्म को तोड़ देगा। वे बोले डा. अम्बेडकर ने अस्पृश्य लोगों की सेवा खूब की है लेकिन उनकी अस्पृश्य लोगों के लिए अलग मतक्षेत्र की मांग को मैं स्वीकार नहीं करूंगा। वे हिंदू धर्म के ही अंग है। यह भी बताया कि भारत के विभिन्न क्षेत्रों से अस्पृश्य मित्रों के तार आए हैं कि वे अपने लिए अलग मतक्षेत्र नहीं चाहते हैं।

उस विषय में कोई सहमति न बनने से मतक्षेत्र के संबंध में एक समिति बनाके अंतिम निर्णय उसके सुपुर्द कर लिया गया। गांधी जी ने तो स्पष्ट किया कि असली भारत के प्रतिनिधि तो कांग्रेस है जिसके वे प्रतिनिधि बनकर आए हैं। अस्पृश्यों का भी प्रतिनिधि वे ही हैं और आज चुनाव हुआ तो अस्पृश्य सभी उनको (गांधीजी को) ही अपना मत देंगे। अस्पृश्यों के अलग मतक्षेत्र बने तो गांव-गांव में बटवारा होकर झगड़े बढ़ जाएंगे। कांग्रेस को गांधीजी में विश्वास था तो उनको अपने एक मात्र प्रतिनिधि बनाकर गोल मेज परिषद में भेज दिया। फिर भी अच्छा होता क्योंकि कांग्रेस से 14 प्रतिनिधियों के लिए निमंत्रण था तो उसमें मुस्लिम, सिख, पारसी, ईसाई व महिला प्रतिनिधि भी होते।

गांधीजी ने परिषद के समापन में फिर याद दिलाया। जितने भी प्रतिनिधि आए थे उनमे एक मात्र कांग्रेस है जो पूरे देश के प्रतिनिधि हैं। फिर भी स्वंतत्र भारत की सरकार को सभी के साथ मिलकर चलाएगी। अकेली कांग्रेस नही और वह प्रक्रिया प्यार और भाईचारे की होगी ना कि द्वेष व हिंसा की। लंदन छोड़ते समय गांधीजी ने अपने मित्रों के अलावा सभी अंग्रेजों को अपना प्यार व धन्यवाद अर्पित किया। स्कार्ट लेंडयार्ड के दो सार्जेंट जो उनकी सुरक्षा के लिए तैनात थे उनको गांधीजी ने कहा कि वे उनके परिवार के सदस्य बन गए। ब्रिटिश सरकार ने उन दोनों को गांधी परिवार भारत के जहाज में बैठेंगे तब तक उनके साथ रहने. की सुविधा दी।

गोल मेज परिषद में मतक्षेत्र के बारे में समझौता नहीं हुआ। गांधीजी ने अनेक मित्रों से मिलकर, लेख व पत्रकार परिषद से भारत के लिए सौहार्द पूर्ण वायु मंडल बनाया। वह परिषद से ज्यादा उपयोगी रहा।

गांधीजी को अमेरिका आदि अनेक देशों से निमंत्रण आए थे। लेकिन भारत जाते रास्ते में जहां संभव हुआ वहां गए। एक दिन पेरिस में रूके और वहां के मित्रों के आग्रह पर शांति और अहिंसा

पर एक भाषण दिए। गांधीजी की बहुत दिनों की इच्छा थी चिंतक-लेखक रोमा रोला (Romand Ronald) से मिलने की। उसके बाद इटली के सर्वाधिकारी मुसोलिनी से मिलने का कार्यक्रम बना था।

5 दिसंबर 1931 को गांधीजी स्विटजरलैंड गए। एक झील के बगल में रहना हुआ। चारों ओर हरियाली व रंग-बिरंगी चिड़ियां। अत्यंत मनोहर वायुमंडल में रोमा रोला (Romand Roanld) के साथ 5 दिन के सुखद सहवास। दोनो आध्यात्मिक और दोनों वैश्विक चिंतक । आनंद से समय बीता। चर्चा हुई। मनुष्य कैसे सुखी जी सकेगा। दुनिया कैसे हिंसा मुक्त हो सकेगी। मीराबहन भी थीं। गांधीजी ने ही मांगकर ग्रमाफोन पर बीथोवन की रचनाएं सुनी। अस्वस्थ होते हुए भी रोमा रोला. गांधी परिवार को विदाई देने के लिए रेलवे स्टेशन गए। उस समय गांधीजी ने रोमा रोला को प्यार से गले लगाए तो रोमा रोला बोले वह एक आध्यात्मिक रोमांच हुआ। रोमा रोला को पसंद नही था कि गांधीजी सर्वाधिकारी मुसोलनी से मिले। पर गांधीजी ने कहा कि मैंने सुना है कि मुसोलिनी ने अपने देश के किसानों का और छोटे कारीगारों का उत्थान किया। इसीलिए मिलना चाहूंगा। रोमा रोला बोले 'फिर भी सावधान ।'

इटली सरकार ने गांधी परिवार के लिए आने की रहने की व्यवस्था की थी लेकिन वे रोमा रोला के एक मित्र के घर रहे। मुसोलिनी के भव्य भवन के बाहर शस्त्र धारित सिपाहियों के मिलिट्री स्वागत के बाद शस्त्र सिपाहियों से सीज दो दिवालों के बीच भवन पहुंचे। तब मुसोलिनी ने बगैर कोई शस्त्र के उनसे 20 मिनिट तक बातें की। क्या बात हुई उसका कोई रिकार्ड नहीं।

इटली के एक कोने में वेटिकन है जहां कैथोलिक इसाइयों के मुख्य पोप रहते हैं। उसे राष्ट्र का दर्जा दिया गया है। गांधीजी ने पोप से मिलना चाहा था पर शायद इस कारण से कि वे ब्रिटिश साम्राज्य से लड़ रहे हैं पोप से मिलने नही दिया गया। पर चर्च के वस्तु संग्रह के विविध वस्तुओं को देखकर गांधीजी प्रभावित रहे। सूली पे लटके ईसामसीह की मूर्ति के सामने मौन खड़े होकर देखते रहे। उनके ऑखों से आंसू प्रवाहित होने लगे।

गांधीजी ने आश्रम वासियों को लिखा "रोम शहर को देखने को तीन महीने चाहिए।" इसीलिए इस बारे में मैं कुछ लिखूंगा ही नहीं।

28 दिसंबर 1931 को गांधीजी के मुंबई पहुंचते ही देश के कई जगह सत्याग्रह चल रहा है खबर मिली। उनसे मिलने आ रहे जवाहर लाल को रास्ते में ही गिरफ्तार कर लिया। वायसराय बिलिंगडन इर्विन द्वारा किये गये मित्रता के कार्यों से असंतुष्ट हो कर कठिन कार्यक्रमों के माध्यम से कांग्रेस को सबक सिखाने की मनोवृत्ति के व्यक्ति थे। कांग्रेस कार्यालयों को बंद करवा दिया। कांग्रेस पत्रिकाओं पर प्रतिबंध लगा दिया। बगैर सुनवाई कार्यकर्ताओं को बंद करना, बैंको में कांग्रेस खाते बंद करना, स्वतंत्र विचार पत्रिकाओं का छपना बंद आदि तुरंत विषम परिस्थिति के नियम लागू हो गये।

1932 के जनवरी 4 की सुबह गांधीजी जहां रूके थे उस मुंबई के मणि भवन से गांधीजी को पुलिस गिरफ्तार करके ले गयी। अब तो सरकार का यह रिवाज ही बन गया था कि राष्ट्र भक्तों को बिना

कोर्ट सुनवाई गिरफ्तार करना। ऐसे ही गांधीजी को ले गए। एक और स्थान से सरदार पटेल को पुलिस ने गाड़ी में लिया।

विदेश से लौटे मात्र एक सप्ताह में ही गिरफ्तारी से कस्तूरबा को लगा शायद यह अंतिम विदाई है तो गांधीजी का हाथ पकड़कर बोली "मैंने आपको तकलीफ दी हो तो क्षमा करें।" गांधीजी ने उनको समाधान किया। यह अच्छी बात हुई कि इस बार गांधीजी के साथ ही यरवदा जेल में उनके सचिव महादेव भाई व सरदार पटेल भी बंद हुए। शीघ ही खबर आई कि शराब की दुकानों के सामने हड़ताल करके कस्तूरबा और मीराबेन भी साबरमती जेल में बंद हुए हैं। छोटा बेटा देवदास गांधी तो संयुक्त प्रांत (आज के उत्तर प्रदेश) में पहले से ही बंद थे।

जेल में दो दुःखी खबर आई। एक तो बड़ा बेटा फिर शराब पीने लगा और दूसरा इंग्लैंड की पढ़ाई के दिनों से उनके मददगार डा. प्राण जीवन मेहता का देहावसान। दुनिया में गांधी "महात्मा" बनने से तीस साल पहले ही मेहताजी ने गांधी को 'महात्मा' संबोधन करने लगे थे। जेल के समय का सदुपयोग करने के लिए गांधीजी ने जेल लाईब्रेरी से अनेक अच्छी किताबे पढ़ीं। और उर्दू भाषा का अध्ययन किया। अब की बार जेल में पत्रिकाएं पढ़ने, पत्र लिखना (राजकरण छोड़ कर) जैसे कुछ विशेष सुविधाएं मिली थी। एक मित्र के दिए दुर्बीन से नक्षत्र दर्शन व अध्ययन करना भी साध्य हुआ।

गांधीजी के लिए अस्पृश्य प्रथा हिंदू धर्म का बड़ा कलंक है। कितना ही चिंतको ने उस प्रथा को ही उखाड़ फेकने का था। समाज में कितने ही देशो में उँच-नीच की प्रथाएं है। लेकिन, भारत में अस्पृश्यों को दूर रखते हैं, अछुत मानते हैं, उनके हाथ लगाएं वस्तुओं को अपवित्र मानते हैं, कुओं से उनको पानी छूने नही देते, उनके बच्चों को स्कूलों में प्रवेश नही देते हैं और श्रीमंत सावरकर जैसे बुद्धि मानी अस्पृश्य बच्चों को भी अपमानित करते हैं। ऐसे अन्याय की प्रथा तो दुनियां में अन्य किसी देश में नही। कुछ लोग तो कहते कि वह तो अस्पृश्यों का "भाग्य' है उनको भुगतना कहकर भूल जाते। और वही अस्पृश्य धर्म बदलकर नाम बदलकर आ गए तो वह अपमान से बच जाते हैं। उस कारण से भी कुछ अस्पृश्य हिंदू धर्म छोड़कर चले जाते तो कितनी बड़ी हानि हो रही है हिंदू धर्म की। गांधीजी इन सभी बातों से चिंतित थे।

यरवदा जेल में थे तभी गांधीजी को खबर मिली कि सरकार अस्पृशों के लिए अलग मतक्षेत्र की व्यवस्था संविधान में कर रही है। गांधीजी ने कहा कि यह तो हिंदू धर्म को तोड़ने की योजना है। ऐसा हुआ तों मैं अनशन करके प्राण छोड़ दूंगा लेकिन इसे होने नहीं दूंगा। गांधीजी की उपवास सुनकर सरकार भी बैचेन हुई और देश भर के गांधी जन तो विचलित हो गए कि कुछ भी करके गांधीजी को बचाना है। दुसरी तरफ डा. अम्बेडकर थे जिनको लगा कि अलग मतक्षेत्र बनने से ही अस्पृश्यों को समाज में स्थान मिलेगा।

इंग्लैंड से खबर आई कि ब्रिटिश सरकार मुसलमान, सिख धर्म को अल्पसंख्यक बनाएंगे

और दो मुख्य कारणों से गांधीजी का इस व्यवस्था का सख्त विरोध था : (1) इसके परिणाम हिंदू धर्म टूट जाएगा। (2) क्योंकि सब गांवो में संवर्ण हिंदू भी है और अस्पृश्य भी है तो गांव-गांव में झगड़े होंगे। पर डा. अम्बेडकर को इससे सहमति नही थी।

देश के कई जिम्मेदार लोग मदन मोहन मालवीया, राजगोपालाचारी, राजेन्द्र प्रसाद, तेज बहादुर सप्रू, अम्बेडकर सब मिलकर गांधीजी उपवास पर न बैंठे यह चिंता करने लगे। गांधीजी ने ऐलान कर दिया कि 20 सितंबर 1932 से उपवास प्रारंभ होगा। उससे कुछ पहले से ही आहार कम करने लगे। 20 सितंबर की सुबह 7 बजे कुछ फल व हरी सब्जी खाए। 11.30 बजे शहद मिश्रित गरम पानी पीए। आश्रम की बहन तैय्यबजी एक कविता पढ़ीं और ठीक 12 बजे से उपवास शुरू हो गया। अब की बार यह आमरण होना था। इस समय सरकार ने कस्तूरबा और देवदास गांधी को भी यरवदा जेल में भेजा था।

जैसे ही उपवास की खबर फैली देश में आध्यात्मिक क्रांति मच गई। वाराणासी, अयोध्या, कलकत्ता, बांबे, इलाहाबाद और अनेक स्थानों में मंदिर अस्पृश्यों के लिए खुल गए। कुओं से पानी देने दिए। इलाहाबाद में जवाहर लाल की रूढ़ीवादी मां स्वरूप रानी ने अस्पृश्य के हाथ से भोजन खाया तो देश में हजारों रूढ़िवादी घरों की स्त्रियों ने भी अस्पृश्यों के हाथ से खाना खाया। बनारस हिंदू विश्व विद्यालय में सैकड़ों ब्राम्हण हरिजन एक साथ भोजन किये।

डॉ. अम्बेडकर व गांधीजी के बीच खूब खीचा तानी चली। गांधीजी कमजोर होते गए और उपवास से चौथे दिन 12 तारीख को डाक्टरों ने कह दिया कि गांधीजी का प्राण खतरे में हैं। उस समय राजाजी ने ऐसा प्रस्ताव बनाकर लाए जिसको डा. अम्बेडकर ने सहमति दी थी जो गांधीजी को स्वीकार था। लंदन से भी उसके स्वीकार का तार आ गया। तब तक गांधीजी की आवाज भी क्षीण हो गई थी और डाक्टर लोग उनका बचना मुश्किल कह रहे थे। वे बच गए। ता 23 को रातभर लोग चर्चाओं में लगे थे। 24 की सुबह गुरूदेव रवींद्रनाथ टैगोर आए। चाहते थे गांधीजी को छाती लगाएं। लेकिन डाक्टरों ने गांधीजी की स्थिति को बताकर उनको थोड़ा दूर सरकाया। टैगोर अपने गाने लगे। पुणे से आए भजन मंडली ने भजन गाया।

सहमति मिली। उस पर सही हुई यह खबर यरवदा पहुंची तो सबको राहत महसूस हुआ। कस्तूरबा ने गांधीजी को संतरे का रस पिलाया। गांधीजी बच गए। इसका मतलब यह नही कि अस्पृश्यता समस्या समाप्त हो गई लेकिन हिंदू धर्म के लोग सोचने लगे कि सैकड़ो वर्षों से हमने अस्पृश्यों पर पाप किया हैं। गांधीजी ने उसका प्रायश्चित जैसे उपवास किया। लेकिन पाप बहुत बड़ा है। और प्रायश्चित बाकी है। देश में भावना आनी चाहिए कि सारे देश के नागरिक समान हैं। सभी एक परिवार के सदस्य हैं। धर्मिक स्वभाव के इर्विन भारत के स्वराज के बारे में सोचते थे तो उनके बाद आए वायसराय बिलिंगड़न का सोच था कि भारत स्वतंत्रता के लिए योग्य नही तो वे कांग्रेस को समाप्त करने का विचार से सब कांग्रेस नेताओं को बंधन मे रखने लगे और उसके कार्यों को भी बंद कराए और बैंको मे उसके पैसे को भी बंद करवाने लगे। साबरमती आश्रम भी गांधीजी के दूर होने के कारण कमजोर होने लगा। कस्तूरबा को लगा कि आश्रम के बच्चों को न्यूनतम सुविधा भी नहीं दे

पा रहे तो आश्रम क्यों रहे? बहुत लोग आश्रम छोड़कर चले गए और कुछ अस्पृश्य लोग ही आश्रम में बचे।

कांग्रेस के भीतर भी जवाहर लाल नेहरू और अन्य लोगों में गांधी विचार के लिए उदासीनता होने लगी थी। ये सभी समस्याओं का एक मात्र परिहार जो गांधीजी को सूझा वह 21 दिनों का उपवास।

अभी-अभी उपवास के समय उनके प्राण ही खतरे में थे। अब फिर से उपवास की बात निकाली। इंग्लैंड से जनरल स्मटस से लेकर कई लोगों ने उपवास न करने का निवेदन किया पर अंत: प्रेरणा कहकर 8 मई 1933 को गांधीजी ने उपवास प्रारंभ कर दिया। सरकार ने गांधीजी को जेल से रिहाई की आज्ञा कर दी। गांधीजी और परिवार पुणे में स्थित लेडी थाकर के घर गए। वहां पर भी उपवास चालू था। 21 दिन उपवास के पूरे होने के बाद मई 29 को एक अस्पृश्य बालक के हार पहनाने से उपवास पूरा हुआ।

जेल के बाहर थे तत्कालीन कांग्रेस अध्यक्ष, एम.एस, आणे, राजाजी, आदि बैठक करके निर्णय किया कि जहां सत्याग्रह चल रहा वहां चलते रहे लेकिन अभी सरकार के विरोधी कार्यक्रम स्थागित रखेंगे। इन्ही दिनों जून 16 को गांधीजी के चौथे बेटे देवदास का विवाह राजाजी की बेटी लक्ष्मी के साथ वही लेडी थाकर के घर में संपन्न हुआ। कुछ सनातन हिंदू संस्थाओं का यह आरोप था कि गांधी वैश्य परिवार के थे और राजाजी ब्राम्हण ।

गांधीजी ने योजना बनायी थी कि फिर बारडोली के रास गांव से पदयात्रा शुरू करें। इस बार कस्तूरबा के साथ ही अगस्त 1 पदयात्रा करने के कारण एक वर्ष की कारावास की सजा देकर यरवदा जेल भेज दिया गया। सारे देश भक्त जेल में थे तो गांधीजी के पक्ष में कौन बोले? उसी समय ब्रिटिश पत्रकार ब्रेन्सफोर्ड भारत के प्रवास पर थे। कटु शब्द बोले। जिस प्रकार अहिंसक सत्याग्रह को भारत सरकार बंदूक से कुचल रही है वह तो हिटलर को भी शर्माने जैसा है। विलिंगटन बोले थे कि गांधीजी असंवैधानिक, कार्यों मे लगे हैं। तो ब्रैन्सफोर्ड बोले कि जो लोग अहिंसा के अर्थ को ही समझे नही वे गांधी को क्या समझ पाएंगे। अब की बार कारावास कठोर था। गांधीजी किसी से नहीं मिल सकते। उनका स्वास्थ खराब होने लगा। कमरे में गिर पड़े। गांधीजी ने फिर उपवास का निर्णय किया और अपने जो भी सामान थे उन सबको जेल के कर्मचारियों में बांट दिया। गांधी मृत्यु की बदनामी से बचने के लिए सरकार ने तुरंत उनको अस्पताल में भर्ती किया। अगस्त 13 को उनको रिहा कर दिया। गांधीजी ने पत्रकारों को बताया क्योंकि एक साल का कारागार अगस्त 3 तक होता है तो उस कारक तारीख तक वे कोई सरकार विरूद्ध कार्यकम नहीं करेंगे।

***

हरिजन प्रवास

उसी अनुसार अब जो प्रवास गांधीजी का था वह हरिजन प्रवास बना। सितंबर 1933 को गांधीजी वर्धा पहुंचे जहा जमना लाल बजाज स्थापित हुए थे। सहयोगी विनोबाभावे ने भी वर्धा को ही अपना सेवा क्षेत्र बनाया था। स्वराज आने तक गांधीजी को साबरमती नही जाना था तो वर्धा में ही आश्रम की योजना बनी। शुरू में बजाज के बगीचे का घर ही गांधी निवास बना और गांधीजी अपना पता 'हरिजन आश्रम' वर्धा कहने लगे थे। यही से हरिजन प्रवास शुरू हुआ। पहला कार्यक्रम वर्धा से लगा हुआ ग्राम सेलू से।

वहां के बाद दक्षिण भारत प्रवास के बाद उत्तर जाने की योजना बनी। मैसूर राज्य के कोड़गु प्रदेश के एक गांव गुडुकट्टे में एक घर में रूके थे। गांधीजी को खबर मिली कि बगल के घर की एक बालिका उपवास कर रही क्योंकि गांधीजी उसके घर नही जा रहे। गांधीजी ने उसे पूछा "क्यों मुझे बुला रही हो? बालिका ने कहा 'मुझे कुछ गहना देना है।" फिर गांधीजी ने पूछा "गहना देने के लिए तुम्हारे घर के लोग राजी है?" बगल में खड़े उसके पति ने राजी का सर हिलाए। गांधीजी उसके घर गए। संतरा देकर उसका उपवास छुड़वाया और गहने स्वीकार किया। वही बालिका बाद में "कोड़गु की गौरम्मा नाम की विख्यात लेखिका बनी।

सिरसि शहर के मारिकांबा मंदिर में अस्पृश्यों को प्रवेश मिला। गांधीजी को खुशी हुई ।देवी को भैंसा की बलि दी जाती है। गांधीजी ने कहा कि जिस मंदिर में पशु बलि चढ़ाई जाती है वहां देवता नहीं रहते तो उस मंदिर मे भैंसा बलि बंद हुई। सिद्दापुर में मालूम पड़ा कि महादेवी विधवा हुई तो सर मुंडन करवा दिया था। उनके पिताजी ने कहा कि वह जाति का नियम बदल नही सकता। फिर गांधीजी ने महादेवी को वर्धा भेज दिया और सर मुंडन से मुक्त कराया।

मैसूर के बाद गांधीजी भारत के कई क्षेत्रों का प्रवास किया। सब जगह अस्पृश्यता का कलंक मिटाने की आवश्यकता के बारे में बोलते गए और हरिजन निधि संग्रह करते गए। जो पैसे और गहने एकत्रित हुए उन गहनों एवं प्रशस्ति पत्र आदि को नीलाम करके और अधिक पैसे बनाए। एकत्र हुआ पैसे के 80% उसी क्षेत्र में उपयोग हुआ। सारा पैसे हरिजन, कल्याण कार्य के लिए खर्च हुआ। वहां हरिजन क्षेत्रों में स्कूल, हास्टेल, उद्योग शालाएं बने । कुछ पैसे हरिजन सेवक संघ को गया। सभी जमा खर्च का विवरण हरिजन पत्रिका में प्रकाशन होता रहा।

जनवरी 1934 में बिहार में भीषण भूकम्प आया। गांधीजी के मन में अस्पृश्यता के लिए इतनी वेदना थी कि वे बोल गए 'अस्पृश्यता के पाप के कारण भूकम्प हुआ।" उनकी इस बात की तीव्र प्रतिक्रिया हुई। और लोगों के अलावा गुरूदेव टैगोर ने प्रतिक्रिया व्यक्त की कि जो महात्मा जनता को अंधविश्वास से मुक्त कराया वही महात्मा कैसे यह मौढ़याचार की बात कह दिया?

गांधीजी उसी यात्रा में हरिजन निधि के अलावा बिहार भूकंप निधि भी संग्रह करने लगे। अभी जेल से छूटकर राजेन्द्र प्रसाद भूकंप राहत में लगे थे। अपने साथ लाए निधि को गांधीजी ने राजेन्द्र प्रसाद को दिया और राहत के काम मे हाथ बटाएं। बहुत नुकसान हुआ था और राहत का बड़ा काम था।

गांधीजी की सजा की अवधि अगस्त 3 तक था तो उन्होंने निर्णय किया था कि उस तारीख तक कोई राजकीय काम नही करेंगे। कांग्रेस को भी संदेश देने लगे। फिलहाल मात्र रचनात्मक कार्यों में लगे।

जब कुछ बुजुर्ग कांग्रेस जनो ने सत्याग्रह स्थगन करने को समर्थन किया पर कुछ और कांग्रेस जन, विशेषकर युवा जब उस बात का विरोध करने लगे। कराची कांग्रेस युवा नेता जवाहर लाल की अध्यक्षता में कराची कांग्रेस में कुछ समाजवादी तत्वों का जैसे बड़े उद्योगों का राष्ट्रीकरण, मजदूर संगठन जैसे काशी विद्यापीठ के दो अध्यापक आचार्य नरेंद्र देव और डा0 संपूर्णानंद मिलकर इस युवावृंद का संगठन करने लगे थे और हाल में ही अमेरिका में अध्ययन पूर्ण करके लौटे जयप्रकाश नारायण को इसका प्रधान बनाया था। जयप्रकाश जी के साथ ही सभी युवा मार्क्सवादी चिंतक थे पर गांधीजी की तरफ आकर्षित थे इसीलिए कम्यूनिष्ट पार्टी से दूर रहे। जयप्रकाश (जे.पी.) के ससुर ब्रज किशोर राजेन्द्र प्रसाद के निकटवर्ती कार्यकर्ता थे। बिहार कांग्रेस के अध्यक्ष भी बन चुके थे। जब जे.पी. अध्ययन के लिए अमेरिका गए उस समय उनकी पत्नी प्रभावती को गांधी आश्रम में ही रखा था। आश्रम में प्रभावती ने स्वप्रेरणा से ब्रह्मचर्य व्रत स्वीकार कर लिया था।

सत्याग्रह में बंद होकर कई युवा कर्मठ कार्यकर्ता नासिक कारावास में बंद थे जैसे-मिनू मसानी, अच्युत पटवर्धन, एन.जी. गोरे, अशोक मेहता, यूसूफ आदि सभी नासिक जेल में ही सहमत हुए कि वे कांग्रेस के भीतर ही समाजवादी दल के नाम काम करेंगे। इनके साथ जुड़े राम मनोहर लोहिया, जिनके पिता हीरालाल गांधीजी के निकट रहे, जे.पी., जवाहर लाल के निकट मित्र बने। कार्ल मार्क्स का अध्ययन किया था तो गांधीजी से गरम-गरम चर्चा करते थे तो उनके निकट आ गए। गांधीजी बोलते थे कि देखो मेरा रस्ता मार्कस के रस्ते से गहरा, व्यापक है क्योंकि मैं आदमी को

बदलने की बात कहता हूं। पूंजी पति को मारने का नही, बदलने का है। पूंजी पति की पूंजी बनाने की कला समाज को मिले। पूंजीपति का उत्तराधिकारी उसका बेटा नही, पर समाज।

गांधीजी ने स्वतंत्र भारत कैसे हो उसका वर्णन किया है। हिंद स्वराज की कल्पना के हिसाब से ग्राम एक सर्वभौम प्रभुत्व होगा। ग्राम का आहार ग्राम में ही पैदा हो। ग्राम की सभी अवश्यकताएं ग्राम में ही उत्पन्न हो ग्राम के प्रत्येक घर में बिजली हो। बालकों को जानकारी हो कि सेवाग्राम आश्रम में जिस 'बापूकुटी' में आज 2020 में भी बिजली नहीं, लालटेन–कंदोल जलती है। कुछ लोग बोले कि गांधीजी विज्ञान विरोधी हैं इसलिए अपनी कुटी में बिजली नही लगाया। बात समझने की है। गांधीजी की शर्त यह थी कि भारत के गरीब से गरीब की कुटी में बिजली आने तक मेरी कुटी में भी बिजली नहीं आएगी।

भारत की आजादी के बाद एक दिन गांधीजी सूत कातने बैठे थे। जमनालाल बजाज के दामाद श्रीमन नाराण ने उनसे पूछा, "बापू आप मशीनों के विरोध मे बात करते रहते हैं। यह चरखा भी तो एक मशीन है? "बापू हाथ चरखा से निकालकर श्रीमनजी को दिखाते बोले, "चरखा क्यों मेरी ये उंगलियां भी मशीन हैं।" फिर आप कतार कहां लिखेगें? आपको कौन सी मशीन मंजूर और कौन सी न मंजूर। सीधी सरल भाषा में उत्तर दिया : कोई भी यंत्र जो हर वयस्क भारतीय को रोजाना 8 घंटे का काम दे सके वह मुझे मंजूर है। आधुनिक यंत्रों के कारण एक छोटा देश ब्रिटेन को आधी दुनिया को अपनी कालोनी बनाना पड़ा। यदि सारा भारत ऐसे यंत्रों से भर जाए तो दुष्परिणाम कितना भंयकर होता।

सभी समाजवादी मार्क्स विचार पसंद करते तभी वे सब गांधीजी से इतने आकर्षित थे कि कभी कम्युनिष्ट पार्टी में जाने का सोचा ही नहीं। लेकिन वे लोग ऐसा संबंध सरदार पटेल से नहीं जोड़ पाए। बीच में बराबर दूरी थी।

***

वायकोम केरला में संभ्रम

1924 में केरला के वायकोम में मंदिर प्रवेश के लिए गांधीजी ने सत्याग्रह किया था। अब 1936 के नवंबर में तिरूवांकर के राजा ने राज्य के सभी मंदिरों को सभी जाति के लोगों के लिए मुक्त प्रवेश का आदेश दे दिया तो एक बड़ा अध्याय खुल गया। गांधीजी ने राजा की और मंदिरों के संचालक वर्ग को उनके विशाल हृद्वय के लिए अभिनन्दन किया। उस महान उत्सव में भाग लेने के लिए स्वयं गांधीजी फिर वायकोम गए।

गांधीजी के लिए देश की विभिन्न समस्याएं परेशान कर ही रही थी उसके साथ ही अपने बड़ा लड़का हरीलाल की तरफ से कोई कम समस्या नही थी। शराब पीने की आदत में पड़े तो पैसे कभी पठान लोगों से तो कभी औरों से तो कर्जदार बना। फिर खबर आई वह अब्दुला नाम का मुसलमान बना है। फिर 5-6 महिनों में आर्य समाज की मदद से फिर से हिंदू बनकर हीरालाल बना है। कस्तूरबा ने वेदना भरा एक बहिरंग पत्र उसके नाम से लिखा तो हरिलाल ने कह दिया यह मेरी माँ का लिखा नही है।

***

"माता कस्तूरबा की जय"

बा-बापू रेल में वर्धा जा रहे थे। एक स्टेशन में रेल रूकी। बाहर से आवाज आई "माता कस्तूरबा की जय' । देखा तो हरीलाल। दोनों उसके पास दौड़े। हरीलाल सूख गया था। आंखे लाल हो रही थीं। अपने झोले से एक संतरा निकालकर बा को दिया और कहा, "इसे खाओ आपके लिए लाया हूं। गांधीजी ने पूछा, "मेरे लिए नही" हरीलाल गुस्से से गर्जा', नहीं। तुमको स्मरण करना चाहिए, तुमने जो भी काम किया वह सब बा के कारण कर पाए हो।" गांधीजी ने कहा" बिल्कुल सही बेटा। सारा श्रेय बा को ही हैं। अब तुम हमारे साथ चलो"। हरीलाल बोला,"नहीं, मेरा रास्ता अलग।

रेल चलने लगी। हरीलाल बा को बोला, "फल खाओ। वर्ना मुझे लौटा दो" बा ने कहा जरूर खाउंगी'। संतरे को अपनी साड़ी के आँचल में रखा।

***

मंदिर प्रवेश

मार्च 1939 में गांधीजी ने ओड़िसा के देलांग गांव में ग्रामोद्योग वस्तु प्रदर्शन के उद्घाटन करने के बाद बोले थे कि पुरी के जगन्नाथ मंदिर में अस्पृश्यों का प्रवेश बंद है। इसलिए "मैं उस मंदिर में नही जाऊंगा।"

दूसरे दिन जब महादेव देसाई कार्यकर्ताओं की सभा ले रहे थे। कस्तूरबा और महादेव भाई की पत्नी, महादेव भाई के बेटा नारायण को साथ लेकर नजदीक पुरी जाकर जगन्नाथ मंदिर में पूजा करके आयीं थीं। जैसे ही दोनों बहनें मंदिर प्रवेश करने लगीं, बालक नारायण ने उनको चेताया था गांधीजी की बात से। लेकिन उन्होंने ध्यान नहीं दिया था। वापस लौटते ही गांधीजी ने उन्हें पूछा कहां गए थे तो नारायण ने पूरी जानकारी दे दी। गांधीजी हैरान हो गए। लगा तितली मार दी, आंखें लाल हो गई। सारे शरीर धड़कने लगे। कस्तूरबा ने क्षमा मांगी। गांधीजी ने कहा कि यह मेरी गलती कि मैं उनको ठीक शिक्षित नहीं कर पाया। महादेव देसाई ने दोनों को रोका नहीं तो उनको भी इतनी ग्लानि का अनुभव हुआ कि उन्होंने गांधीजी को लिख कर दिया कि, "मैं आपका सचिव रहने योग्य नही हूँ। मुझे चले जाने की अनुमति दीजिए।"

बाद में बापू ने उनको बुलाकर समझाया कि वे चले जाए तो मेरा काम कैसे चलेगा। तो रूक गए। डा. जे.सी. कुमारप्पा आए तब से ग्रामोद्योग का काम जोर पकड़ने लगा था। 1937-38 के समय वहां कार्यकर्ताओं की संख्या बढ़ी और उसी मगनवाड़ी में अखिल भारत ग्रामोद्योग संघ भी काम करने लगा।

***

सेवाग्राम

गांधीजी का मन था कोई गांव में झोपड़ी बनाकर रहूं। मीराबेन वरोड़ा नामक गांव में एक झोपड़ी बनाकर रहने लगी थी। गांधीजी ने मीरा बेन को कहा मेरे लिए भी ऐसे गांव खोजों। मीराबेन ने वर्धा से 5 मील दूर का सेगांव नाम का गांव खोजा। वह हरिजनों का गांव था तो गांधीजी को पसंद आया। गांधीजी ने बजाज को कहा कि सेगांव में उनके लिए ऐसी झोपड़ी बनाएं जिसके निर्माण में खर्च रू 100/- से अधिक न हो। बजाज ने एक 25 फीट गुणा 20 फीट की झोपड़ी बनवाई जिसकी दीवारें पानी से खराब नहीं होती हो। अप्रैल 1936 में वर्धा से गांधीजी पदयात्रा करके सेगांव पहुंचे। गांव का नाम सेवग्राम हो गया। गांधीजी गांव के हरिजन लोगों से खूब मिल जुल गए। गांव में स्वच्छता आई। लोगों के श्रम से सड़क बनी। ग्रामवासियों को नैसर्गिक प्राथमिक चिकित्सा सिखायी। गांव में मलेरिया फैल गया तो क्विनैन देकर ठीक किया। स्वयं उनको भी मलेरिया होकर ठीक हुए।

वर्धा से सेवाग्राम के लिए पक्की सड़क नही थी। गांधीजी से मिलने प. नेहरू, राजाजी, एंड्रूज आदि देशी-विदेशी अतिथि आते थे तो उनके लिए बजाज ने बैल खींचने वाली एक मोटर कार रखा था। धीरे-धीरे सेवाग्राम में संख्या बढ़ने लगी। चरखा-खरगा शिक्षण वर्ग चलने लगे। मूल शिक्षण का भी बच्चों की शाला शुरू हुई। देश-विदेश के अतिथि गांधीजी से मिलने दर्शन करने, चर्चा करने प्रश्न पूछने जैसा। उनकी बातों से बहुत लोग लाभान्वित होते थे, आश्रम में एक हरिजन युवक को लंदन में पढ़ने के लिए स्कालरशिप मिल गयी। मुफ्त में पढ़ाई करके लौटने की। तरूण जानता था कि बापू को लंदन का खूब अनुभव है तो उनसे मार्ग दर्शन मांगा। गांधीजी ने अपनी स्वभाव के अनुसार सीधे शब्दों में कहा, "थोड़ा सा प्रयत्न करो तो तुम वहां प्रथम दर्जे का भारतीय बन के रह सकोगे। लेकिन सारी ताकत लगाने पर भी मात्र तीसरे दर्जे के ही अंग्रेज बन सकोगे। दोनों में से चुनो।" आज

भी बहुत भारतीय विदेश जाकर तीसरे दर्जे के ही बनकर रहते हैं।

मई 1935 में ब्रिटिश संसद ने गोल मेज परिषद के रिर्पोट की चर्चा करके एक विधान पारित किया जो 1935 कायदा के नाम से पहचाना जाने लगा। उसमें राज्य शासन सभा के लिए शिक्षण, आरोग्य, वित आदि कुछ अधिकार दिया था, चुनकर सदस्य बनने का अधिकार दिया गया था। पर गवर्नर को यह अधिकार भी था कि शासन सभा को भंग कर सकते थे। इन चुने हए प्रतिनिधि के अधीन कर्मचारियों को काम करना था। लेकिन केन्द्र शासन का अधिकार तो ब्रिटिश शासन से भेजे वायसराय के ही हाथ में होता। याने केनाडा और आस्ट्रेलिया में जो स्वशासन (Dominion status) वैसे आजादी भी नहीं थी।

कांग्रेस के अन्दर खूब चर्चाएं हुई। लाहौर कांग्रेस में जवाहर लाल नेहरू की अध्यक्षता में कांग्रेस ने पूर्ण स्वराज्य की घोषणा की थी तो नेहरू और उनके साथ वालों की राय थी कि इस कानून को बहिष्कार करना है। सरदार पटेल को लगा कि इतना स्वीकार करके अंदर जाकर लड़ाई चालू रखे।

1936 के अंत में बाम्बे राज्य के फैजपुर में कांग्रेस अधिवेशन हुआ। शांति निकेतन के कलाकार नंदलाल बोस बांबे के म्हात्रे से मिलकर सुंदर ग्रामीण शैली में अधिवेशन स्थान को सजाया था जो गांधीजी के मन को बहुत अच्छा लगा। ग्रामोद्योग प्रदर्शनी का उदघाटन करके गांधीजी बोले अब ग्राम पुननिर्माण के काम में लगूंगा और कांग्रेस के काम को नेहरू और पटेल सम्हालेंगे। काफी गर्मी के बाद नेहरू ने कांग्रेस की नई कार्य समिति गठित की जिसमें पटेल, राजाजी, राजेन्द्र प्रसाद जैसे वरिष्ट सदस्यों के साथ आचार्य नरेंद्र देव, जयप्रकाश नारायण, सुभाष चन्द्र बोस आदि थे।

1936 के मार्च में लखनऊ में चला कांग्रेस अधिवेशन में नेहरू की इच्छा न होते हुए भी प्रस्ताव पारित हो गया कि आने वाले चुनाव में कांग्रेस भाग लेगी। 1937 की जनवरी में चुनाव हुए | पटेल ने उम्मीदवारों को चुना और पैसे की व्यवस्था में लगे। नेहरू देश भर मे रेल, कार, बैलगाड़ी सब में प्रवास करके प्रायः 10 कोटि लोगों को संपर्क किया, प्रचार किया।

जिन्ना ने कांग्रेस से त्याग पत्र देकर गोल मेज परिषद के बाद लंदन में वकालत करने में लगे थे। अब मुस्लिम लीग उनको बुलाकर आजीवन अध्यक्ष बना दिया। चुनाव के लिए कांग्रेस और मुस्लिम लींग के अलावा बंगाल का फजलुल हक का नेतृत्व वाला कृषक पार्टी, मद्रास राज्य का ब्रह्मण विरोधी जस्टिस पार्टी, पंजाब में हयात खान के नेतृत्व वाला जमीनदारों का यूनियनिष्ट पार्टी, बंबई राज्य में अम्बेडकर नेतृत्व की इंडिपेड़ेंट लेबर पार्टी, हिंदू महासभा। गांधीजी ने चुनाव में भाग नहीं लिया लेकिन कांग्रेस कार्यकर्ता ने तो देश भर में गांधीजी के नाम से ही कांग्रेस के लिए वोट मांगा था।

जब चुनाव का नतीजा आया 1505 (इसमें कुछ स्थान यूरोप और एंग्लों इडियन लोगों के लिए सुरक्षित रखा था) में 707 स्थान कांग्रेस को मिले थे। संयुक्त प्रांत, मध्य प्रांत, पश्चिमोत्तर सरहदी प्रांत, बिहार, ओरिस्सा, बांबे, मद्रास प्रांतों में पूर्ण बहुमत प्राप्त करके कांग्रेस अपने ही बल पर सरकारों की रचना करने की स्थिति में थी। आसाम में सबसे बड़ी पार्टी होकर सरकार बनाने की

स्थिति में थी। पंजाब में युनियनिस्ट पार्टी को बहुमत मिला था। बंगाल में कृषक प्रजा पक्ष को छोड़कर किसी भी अन्य पार्टी को गिनने जैसे वोट नहीं मिले थे। बांबे में जिन्ना और अम्बेडकर दोनों ने कांग्रेस के विरोध में प्रचार किया था तो भी वहां कांग्रेस जीती थी। मात्र सिंध में कोई भी पार्टी को अधिक वोट नहीं मिला।

चुनाव फलितांश जिन्ना को निराश किया था। उन्होंने बांबे के बी.जी.खेर के द्वारा गांधीजी को संदेश भेजा कि कांग्रेस और मुस्लिम लींग मिलकर सरकार बनाएं। लेकिन गांधीजी को इस सुझाव में विश्वास नही हो रहा था। सरदार पटेल ने शर्त रखा कि एक दो राज्यों में मुस्लिम लींग शासन पक्ष कांग्रेस शासन पक्ष में विलीन हो जाए तो एक या दो मुस्लिम लींग सदस्यों को मंत्री बनाया जा सका है। यह शर्त लीग को मंजूर नहीं था। तो जिन्ना ने बंगाल विधान सभा में कांग्रेस के सबसे बड़ा दल होने के बावजूद फजलुल हक के कृषक प्रजा पार्टी के साथ मिलकर सरकार बना दिया। उस पार्टी को अतिवादी मानकर स्थानीय कांग्रेस उसके साथ नहीं मिलने को तैयार हुई। उसी तरह पंजाब में कांग्रेस यूनियनिस्ट पार्टी को वाम पंथी रहने के कारण दूर रखा था तो मुस्लिम लीग ने उसके साथ मिलकर सरकार बनाया था।

बस इसी समय से जिन्ना कांग्रेस को हिंदू हितैषी पक्ष कहकर प्रचार करने लगे कि मुसलमानों को कांग्रेस का विरोध करना चाहिए। डा. मो.इकबाल भी उनका साथ हुए। हिंदू महा सभा के एक बैंठक में वी.डी. सावरकर ने भी स्पष्ट भाषा में कहा कि भारत दो राष्ट्रों का देश है और हिंदू लोग हिंदुओं का देश निर्माण करने में लगे। जिन्ना भी मुस्लिम शक्तियों को एकत्र करने लगे। अक्टूबर में लखनऊ में चला मुस्लिम लीग अधिवेशन में पंजाब के प्रधान मंत्री हयात खान और बंगाल के प्रधान फजलुल हक को निमंत्रित किया था। जानकारी के लिए जो प्रधानमंत्री बने (उस समय राज्य के प्रधान को प्रधान मंत्री (premier संज्ञा दिया गया था) वे थे :

संयुक्त प्रांत : प. गोविंद वल्लभ पंत,

मद्रास प्रांत : चक्रवर्ती राजगोपाला चारी

मध्य प्रांत : एन.वी. खरे .

बिहार : श्रीकृष्ण सिन्हा

ओरिसा : विश्वनाथ दास

पश्चिमोत्तर प्रांत : बादशाह खान (खान अब्दुल गफ्फार खान के भाई)

आसाम : गोपीनाथ बर्डोलाई

बांबे : बी. जी. खेर

बंगाल : फजलुल हक

पंजाब : हयात खान।

गांधीजी ने जिन्ना को पत्र लिखा कि "मैं 1915 में अफ्रीका से लौटा तब जो राष्ट्रीय वादी जिन्ना को देखा था क्या आप वही जिन्ना है?" तो जिन्ना ने भी गांधीजी को लिखा 'आप 1915 मे थे वह गांधी नही हैं।" गांधीजी ने जिन राज्यों में कांग्रेस सरकार बने थे उनके मार्गदर्शन भेजा,

★ हमारी सरकार ब्रिटिश सरकार जैसी न होकर जनता सरकार हो। आडंबर न हो और सादगी का प्रतीक हो।

★ कांग्रेस के मंत्री मासिक वेतन को रू0 500/ से कम रखे और भत्ता रू 125/

★ शराब व शिक्षण से पैसा कमाने का साधन नहीं।

★ निवास के लिए बड़े बंगले छोड़कर साधारण घरों में रहे।

★ ब्रिटिश सरकार के भोजन समारोहों में न जाना।

ब्रिटिश पक्ष के पत्रिकाओं में कांग्रेस राज्यों को हिंदू राज्य। अन्य राज्यों को मुस्लिम राज्य नाम संकेत करके भेजी जो गांधीजी के विचारों के पूर्ण विरूद्ध था और गांधीजी इस धारा को रोकने को बराबर प्रयासरत रहे। गांधीजी ने जिन्ना को बातचीत के लिए सेवाग्राम बुलाया। पर जिन्ना की शर्त थी कि पहले कांग्रेस और गांधी को देश के हिंदू प्रतिनिधि और जिन्ना को देश के सारे मुसलमानों का एक मात्र प्रतिनिधि माने तो कोई बातचीत की उपयोगिता होगी।

दूसरी ओर हिंदू महासभा प्रचार करने लगी कि गांधी पूर्ण हिंदू ही नही और कांग्रेस द्वारा हिंदुओं की भलाई संभव नही। मुस्लिम लीग ने आपत्ति उठाई कि वंदेमातरम् गीत में हिंदू देवताओं का उल्लेख है जिसे शालाओं मे गाना नही चाहिए। गांधीजी ने अध्ययन करके देखा कि मात्र प्रथम चरण में कोई देवता का उल्लेख नही तो मात्र उतना गीत तो गाया जाए। दो विषयों के बारे मे काफी खींचा-तानी होने के बाद निर्णय हुआ (1) सभी राजनैतिक कैदियों को रिहा कराया गया। (2) जो किसानों की भूमि आदि को जब्त कर लिया गया था उन सभी माल को वापस किया गया।

1938 फरवरी अंत में कांग्रेस अधिवेशन गुजरात के बार्डोली के पास हरीपुरा में हुआ। अधिवेशन का स्थान यहां भी सुदूर ग्रामीण रचना से सजाया और हाथ कुटा चावल, हाथ से पीसा आटा, गाय के दूध से युक्त उत्तम आहार 25,000 प्रतिनिधियों ने खाया। हरिपुरा कांग्रेस के समय जोश भरे इंग्लैंड में आई.सी.एस. परीक्षा में उत्तीर्ण होकर भी सरकारी नौकरी को छोड़कर समाज सेवा के लिए कांग्रेस में आए सुभाष चन्द्र बोस बहुत जनप्रिय थे तो गांधीजी की इच्छा कि आंध्र के पट्टाभि सीतारामय्या अध्यक्ष बने, उन्होंने सुभाष का समर्थन किया।

सुभाष बोस की अध्यक्षता में चले हरिपुरा कांग्रेस अधिवेशन ने देश के राजा-महाराजा लोगों को संदेश भेजा कि अब देश स्वतंत्र हो रहा है तो अब राजा लोगों को भी प्रजाओं को स्वतंत्रता देने का विचार बनाना चाहिए। राज्य में प्रजा तंत्र का वायुमंडल बनना चाहिए। देशी राज्यों में राष्ट्रीय काम

फैलाने के लिए कांग्रेस के साथ 'प्रजा मंडल' नाम से संगठन सक्रिय बना। वे भी गांधी-नेहरू को ही अपना आदर्श मानते थे।

जिन्ना सेवाग्राम जाने को तैयार नहीं थे तो गांधीजी ही बांबे में जिन्ना के घर जाकर मिले 28 अप्रैल 1938 को। जिन्ना की व्यक्तिगत समस्या थी। पत्नी ने डायवोर्स (विच्छेदन) किया था। बेटी का स्वास्थ्य बिगड़ा था। लेकिन उनका जिद्द बराबर था, "मुझे मुसलमानों का एक मात्र नेता स्वीकार करना पड़ेगा।" दूसरा मुस्लिम लीग की समिति ने रिपोर्ट दिया था कि कांग्रेस सरकार बच्चों से 'वंदेमातरम्' गवा रही है। गोवध बंद करा रही है। उर्दू भाषा का प्रचार बंद करा रही है। इस तरह मुस्लिम संप्रदाय व संस्कृति को हानि पहुचा रही है। साढ़े तीन घंटे की चर्चा के बाद गांधीजी ने एक छोटा वक्तव्य दिया "हिंदू-मुस्लिम एकता के बारे में सौहार्द पूर्ण चर्चा हुई।" वहीं से गांधीजी पश्चिमोत्तर के पेशावर की तरफ चल पड़े। वहां उनके निकट सहयोगी खान अब्दुल गफ्फार खान जिनको लोग प्यार से बादशाह खान नाम से बुलाते थे, से मिलना था। वे 'सरहदी प्रदेश के गांधी' नाम से भी मशहूर हो गए थे।

उस प्रदेश के रहने वाले पठान लोग तो उनकी हिंसा वृति के लिए ही माने जाते थे। बातों-बातों में ही गले को रेत दें। ऐसे लोगों को बादशाह खान ने "खुदाई खिदमतगार" (ईश्वर के सेवादार) संगठन के सदस्य बनाकर अहिंसक बनाने का अदभुत काम किया था उसे गांधीजी देखना चाहते थे पर ब्रिटिश सरकार अनुमति नहीं देती थी। अब गफ्फार खान के बड़े भाई डा. खान साहब ही मुख्यमंत्री बन गए थे तो कोई समस्या नही थी।

पहाड़ी क्षेत्र पश्चिमोत्तर राज्य गांधीजी को अच्छा लगा। जुलाई 1939 में कस्तूरबा को साथ लेकर उस प्रदेश में गए और पठान लोगों को बताया कि उन्होंने बा को बहुत तकलीफ दिया तो भी कस्तूरबा ने सहन किया। उससे उन्होंने अहिंसा का सबक सीखा। रमजान का समय था तब जो अपनी औरतों को तकलीफ देते थे उसे बंद करने को कहा। गांधीजी पठानों के साथ अहिंसा की चर्चा कर रहे थे उसी समय अविसीनिया पर लड़ाई करके इटली के सर्वाधिकारी मुसोलिनी लड़ाई की हवा पैदा कर रहे थे।

हिटलर ने अंग्रेजों को सलाह दी थी कि उनकी समस्या का आसान हल है कि गांधी और दो चार कांग्रेस नेताओं को बंदूक से उड़ा दो। उस समय जवाहर लाल नेहरू यूरोप प्रवास पर थे तो लिखा था कि हिटलर की विश्व पर आक्रमण करने की आकांक्षा और ब्रिटेन का साम्राज्यवाद दोनों देशो को खतरे में डालेगा। मार्च 1939 में जर्मनी ने यह कहते हुए कि चेकोस्लोवाकिया वहां के जर्मन लोगों को तकलीफ दे रहे हैं, उस देश पर हमला कर दिया।

जिन लोगों को गांधीजी ने जर्मनी के प्रति सत्याग्रह करने का सुझाव दिया। ऐसे ही गांधीजी ने जर्मनी के यहूदियों को हिटलर के खिलाफ सत्याग्रह करने और अपने जन्म स्थान नहीं छोड़कर फिलिस्तीन की जमीन पर (इजरायल) न जाने का सुझाव दिया था। पर हिटलर की यहूदियों पर यातना इतनी असहनीय थी कि गांधी के मित्र यहूदियों को भी क्रोध आ गया।

दुनिया के अपने शुभ चितंकों के आग्रह पर सरहदी प्रांत से ही गांधीजी ने अडोल्फ हिटलर को एक पत्र लिखा, "मानव जाति के लिए कलंक हो रहे इस महायुद्ध को रोक कर शांति कोई ला सकते हैं तो वह एक मात्र आप। वह न हो सके तो बुरा नाम भी आपका ही और नुकसान भी आप ही उठाएंगे। सोचिए और यह शांति सेवक की बात सुनिए।" लेकिन ब्रिटिश सरकार ने उसे पहुंचाया ही नहीं।

हरिपुरा कांग्रेस में सुभाष चन्द्र बोस कांग्रेस के अध्यक्ष बने थे। उत्साही युवा अध्यक्ष तो कांग्रेस के अंदर युवा वर्ग खूब जोश के साथ काम कर रहे थे। जिन्ना का प्रचार बराबर चालू था कि वे ही एक मात्र मुसलमानों का हित चिंतक और कांग्रेस और गांधी हिन्दुओं मात्र के प्रतिनिधि हैं। कुछ मुसलमान मुस्लिम लीग की ओर आकर्षित हुए भी।

1938 के अंत में सुभाष बोस ने फिर एक और वर्ष कांग्रेस अध्यक्ष बने रहने की इच्छा प्रकट की थी और अध्यक्ष को और अधिक अधिकार देने का भी विचार रखा था ताकि भारत को पूर्ण आजादी के बारे में वे अंग्रेजों से शक्तिशाली चर्चा कर सके। जब युवा वर्ग सुभाष के पक्ष मे थे तो वरिष्ठ सदस्य जैसे पटेल, राजाजी आदि उनके पक्ष में नहीं थे। कांग्रेस की परंपरा भी यह थी कि बहुत विशेष परिस्थिति के अभाव में किसी को भी दूसरे बार अध्यक्ष पद नही मिलता था। दूसरी ओर क्योंकि जिन्ना बार-बार कांग्रेस को हिंदू कहकर प्रचार कर रहे थे गांधीजी का मन था कि अबकी बार मौलाना अबुल कलाम आजाद को अध्यक्ष बनाया जाए। सुभाष ने अपना नाम अध्यक्ष पद के लिए और आजाद भी भरे। जब आजाद ने देखा कि सुभाष के पक्ष में बड़ी संख्या का समर्थन था तो अपना नाम वापस ले लिया। तब गांधीजी ने आंध्र के डा. पट्टाभि सीतारामय्या का नाम रखवा दिया। 29 जनवरी 1939 के चुनाव में थोड़े से मतों से सुभाष जीत गए। गांधीजी ने सुभाष को बधाई शुभकामना तो भेजा। साथ में ही यह भी कहा कि यह हार डा. पट्टाभि की नहीं बल्कि मेरी हार है। यूरोप के राजकारण में सुभाष के विचार से सहमत नहीं थे। जैसे नेहरू और समाजवादी सदस्यों ने तटस्थ होकर मत नहीं दिया और उस समय गांधीजी बारडोली में थे।

सुभाष बोस को अब कार्यकारिणी बनाने का प्रश्न था। मार्च 1939 में ताप्ती नदी तट में मध्य प्रदेश में चले कांग्रेस अधिवेशन में संयुक्त प्रांत के प्रधानमंत्री जी.बी. पंत ने एक प्रस्ताव रखा कि गांधीजी के मार्गदर्शन की जरूरत बराबर रहेगी तो कार्यसमिति में गांधी विचार के लोग रहना जरूरी है। सुभाष बोस को लगा कि इससे उनका अधिकार कुंठित होगा तो उन्होंने अध्यक्ष पद से त्याग पत्र दे दिया। गांधी जी के बारे में पत्र, पत्रिकाओं में बराबर लेख आ रहे थे। उल्लेखनीय है विख्यात लेखक जान गुंथर ने दुनिया भर में जनप्रिय अमेरिका के रीडर्स डायजेस्ट में (1938 दिसंबर) लंबा लेख लिखा कि युद्ध के वायुमंडल में गांधी को ईसामसीह से तुलना करके, भगवान बुद्ध के बाद प्रकट हुए अद्वितीय व्यक्ति नाम से प्रस्तुत किया। उस वर्ष के गांधी जयंती के संदर्भ में तत्वशस्त्र के विद्वान डा. राधाकृष्णन ने सम्मान ग्रंथ का संपादन किया जिसमें विख्यात अलवर्ट ऐस्टन जैसे दुनिया के अनेक विद्वज्जनों ने अत्युत्तम लेख लिखा था।

2 सितम्बर 1939 को जर्मनी ने पौलेंड पर हमला कर दिया। माने दूसरे विश्व युद्ध का शंखनाद बज

गया। हिटलर ने कारण बताया कि पौलेंड जर्मनी के ईद-गिर्द में संकट पैदा कर रहा है। बगल के देश इंग्लैंड-फ्रांस में भी खलबली हुई तो ब्रिटेन को लगा जर्मनी से लड़ाई अनिवार्य है। ब्रिटेन ने जर्मनी के खिलाफ लड़ाई घोषित कर दिया। उसने यह नहीं सोचा कि भारत की जनता या जन प्रतिनिधियों से सलाह करना। बाद में विचार आया तब वायसराय लिन लिथगो ने राजनैतिक प्रतिनिधियों को तुरंत उनसे मिलने के लिए शिमला बुलाया। 1939 के 4 सितंबर को गांधीजी शिमला पहुंच गए और वायसराय से मिले। गांधीजी का प्रिय शहर था लंदन और उनको ब्रिटिश पार्लियामेंट, वेस्ट मिनिस्टर अब्वे के प्रति अभिमान था। ब्रिटेन को नैतिक समर्थन देने को कहा। लेकिन पत्रकारों से कहा कि सितंबर 9 को वर्धा में कांग्रेस कार्य समिति की बैठक होगी। गांधीजी का तो लंदन से भावनात्मक संबंध था पर कार्य समिति को ब्रिटेन के लिए कोई सहानुभूति नहीं थी। हिटलर के नाजीवाद के लिए विरोध था। पर प्रजासत्ता के पक्ष में ब्रिटेन रहा तो भारत और उसके अन्य अनेक कालोनियों के बारे में वह कहा प्रजा प्रभुत्व देने की बात सोचता है? इसलिए कांग्रेस सरकारों ने कहा लड़ाई में ब्रिटेन को न पैसा देगी न आदमी। लेकिन वायसराय ने देखा कि पंजाब और पश्चिमोत्तर प्रदेशों से हजारों की संख्या में भारतीय, विशेषकर मुसलमान सेना में भर्ती होने आ रहे थे तो वायसराय ने कांग्रेस के निर्णय को नजरंदाज कर दिया। गांधी, नेहरू, जिन्ना तीनों मिलकर वायसराय से मिले तो भी स्थिति वही रही। ब्रिटिश सरकार के भारत विभाग के सचिव जेटलेंड भी कांग्रेस को हिंदू संगठन कहा। गांधीजी ने उनको खूब समझाया कि कांग्रेस सभी धर्म, जाति, पंथ के प्रतिनिधि की संस्था है पर वे अपने मत बदले नहीं।

साम्राज्य सरकार ने जनता से चुने हुए प्रदेश सरकारों के अधिकारों को काटा, पत्रिकाओं पर प्रतिबंध जारी किया, और तरह के प्रतिबंध भी जारी किया। कांग्रेस कार्यकारिणी ने अपने चुने हुए प्रदेश सरकारों को त्याग पत्र देने का आदेश जारी किया। 1939 के अक्टूबर 27 को सभी प्रदेशों की कांग्रेस सरकारों ने त्याग पत्र दे दिया।

जिन्ना खुश हो गए। और कांग्रेस विरोधी अम्बेडकर पक्ष, दक्षिण के जस्टिस पक्ष भी खुश। जिन्ना बोले कि कांग्रेस विरोधी हिंदू महासभा के सावरकर को भी साथ लेंगे। सब मिलकर रिक्त हुए कांग्रेस सरकारों से भर देगें और सरकार को युद्ध में समर्थन देंगे। वायसराय भी यही चाहते थे। जिन्ना कांग्रेस विरोधी पक्षों को एक साथ लाने के प्रयास में लगे। एक बनने का सूत्र मात्र एक ही था : कांग्रेस विरोध। वे कोई पक्ष चुनाव में तो जीत नही पाते। अब चुने हुए कांग्रेस ने त्याग पत्र देकर सरकार की जगह खाली कर दिया है तो उसका लाभ उठाएं।

कांग्रेस व मुस्लिम लीग के बीच दूरी बढ़ती चली गई। लीग के कांग्रेस से अलग होने के बाद भी अनेक लोग कांग्रेस सदस्य भी थे। कांग्रेस व लीग के अधिवेशनों को एक ही शहर में चलाते थे। अब 1940 से इस प्रथा को छोड़ दिया। बिहार के रामगढ़ में कांग्रेस 1940 के मार्च 19 से 29 तक रखा तो मुस्लिम लीग का अधिवेशन पंजाब के लाहौर में मार्च 25 से शुरू हुआ। कांग्रेस ने अपनी एकता के भाव के अनुसार मौलाना अबुल कलाम आजाद को अध्यक्ष बनाया था।

आजाद ने हिंदू-मुस्लिम एकता के लिए चर्चा करने के लिए जिन्ना को आवहान किया तो जिन्ना

ने बहुत कडुवा पत्र लिखकर आजाद को अपमानित किया। यह कहकर कि आजाद कांग्रेस के पिट्ठू बन गए और वे मुसलमान हैं ही नही। जब कि आजाद कुरान के पंडित थे। पर जिन्ना न कुरान जानते थे न नमाज पढ़ते थे। उसी समय राष्ट्रीय स्वयं सेवक संघ के सर संचालक एम.एस. गोलबलकर ने अपनी किताब में लिखा कि भारत का मूल धर्म हिंदू धर्म और हिंदू संस्कृति पर आधारित हिंदू राष्ट्र न बने तो भारत का भविष्य नही हैं। अनायास जिन्ना के इर्दगिर्द कांग्रेस विरोधी पक्ष एकत्रित हो गए।

मुस्लिम संगठन मुस्लिम लीग तथा हिंदू संगठन सावरकर की अध्यक्षता वाली हिंदू महासभा भी गांधी-कांग्रेस विरोध के कारण एक होकर राज्य सरकार बनायी। सिंध राज्य के प्रधान मंत्री औरंगजेब खान की मुस्लिम लीग सरकार बनी, उसमें हिंदू महा सभा के मेहर चंद खन्ना वित मंत्री बने। जिन्ना एक बात भविष्य के भारत के लिए खतरनाक बोल गए, "भारत न एक देश है, न एक राष्ट्र, वह तो धर्म, संस्कृति और जुड़ा एक भूखंड' । लीग अधिवेशन में उन्होंने जब कहा आवश्यकता पड़े तो हम जान भी देकर उस राज्य को लाएंगे तो खूब तालियों के साथ स्वागत हुआ। डा. इकबाल से जिन्ना तक अच्छा राज्य की बात करने लगे थे। ख्वाजा अब्दुल रहीम नाम के व्यक्ति ने एक नाम निकाला "पाकिस्तान" (मतलब पवित्र स्थान) । जिन्ना विचार का बराबर प्रचार कर रहे थे। नाम का धीरे-धीरे प्रचार हुआ। गांधी जी ने अपना दुःख बताया "700 वर्षों के मुस्लिम इतिहास में भारत अखंड रहा। अब कैसे खंडित होगा? पहले मुझे खंडित कर दीजिए। उसके बाद भारत को खंडित करो।"

गांधीजी पत्रिकाओं के माध्यम से और भाषणों में एक बात पर जोर देते आ रहे थे, "700 वर्ष तक मुस्लिम राज्य के समय भारत एक रहा तो अब विभाजन की बात कैसे आई? 18 मार्च 1940 को रामगढ़ के कांग्रेस अधिवेशन के अध्यक्ष पद से मौलाना अबुल कलाम अजाद ने कहा, "भारत प्राचीन काल से ही कई धर्म, संप्रदायों का स्वागत करके अपना लिया है। उसी सिलसिले में इस्लाम आधुनिक धर्म है। वह भी भारत की जनता में घुल मिल गया है अब कोई विभाजन की बात लाकर इस एकता मे विध्न पैदा नही करें।" लाहौर मुस्लिम लीग सम्मेलन में बंगाल के प्रधानमंत्री फजलुल हक ने प्रस्ताव रखा कि देश के मुस्लिम बाहुल्य प्रदेश पूर्व और पश्चिम के राज्यों से जुड़ा एक या अधिक राज्यों को जोड़कर अलग राष्ट्र बना देना चाहिए। पंजाब प्रधान मंत्री हयात खान ने इसके विरोध में विभाजन के खिलाफ आवाज उठाया और खान अब्दुल गफ्फार खान विभाजन के कटु विरोधी रहे। इससे गांधीजी के मन को थोड़ी शांति मिली। लेकिन दूसरी तरफ हिंदू राष्ट्रवादी भी आवाज उठाने लगे जो विभाजन के ही पक्ष में जाने लगी।

उधर युद्ध भूमि में हिटलर ने पौलेंड के बाद नार्वे, डेन्मार्क, फ्रांस पर आकमण करके अब ब्रिटेन पर हमला शुरू कर दिया था। ब्रिटेन में सभी पार्टी ने मिलकर राष्ट्रीय सरकार बनायी थी। युद्ध के कारण शक्तिशाली माने गये विन्स्टन चर्चिल को प्रधान मंत्री बनाया था। ब्रिटेन को अब मदद की जरूरत पड़ने लगी। भारत के लोगों पर भी अधिक जोर पड़ने लगा। कर वसूली आदि के अलावा ब्रिटिश सिपाहियों के मांस के लिए गोहत्या के कारण भारत के लोग क्रोधित हुए थे। ब्रिटिश सरकार का

विरोध करने की तैयारी में थे।

जुलाई 1940 में दिल्ली में कांग्रेस कार्य समिति की बैठक हुई उसमें राजाजी का तैयार किया हुआ प्रस्ताव पारित हो गया। प्रस्ताव में था कि सरकार (1) युद्ध के बाद स्वातंत्र्य देना और (2) केंद्र शासन में भी चुने हुए प्रतिनिधियों की सरकार बने तो कांग्रेस ब्रिटेन को युद्ध में जर्मनी के विरोध में सहायता देगी। गांधीजी तो प्रयत्न कर रहे थे कि ब्रिटेन और जर्मनी लड़ाई में भी हिंसा त्यागे। तब उनकी कांग्रेस ब्रिटेन के युद्ध में सहयोग करने का पहल कर सकती है और गांधीजी के ही तीन सबसे निकट के नेहरू-पटेल-राजाजी तीनों युद्ध के समर्थन देने के पक्ष में चले गए। तो गांधीजी हैरान हो गए। राजाजी तो हर समस्या में गांधीजी के साथ रहे। अब अलग हुए तो गांधीजी को लगा कि अब उनके लिए कांग्रेस से दूर रहने का समय आ गया है।

लेकिन कांग्रेस का प्रस्ताव वायसराय के पास ले गए तो वह स्वीकार नहीं हुआ बल्कि वायसराय ने कह दिया कि देश में उनको कांग्रेस के अलावा और कई आवाजों को सुनना पड़ता है। कांग्रेस ने चुनाव में इतनी बड़ी जीत दिखायी तब भी वायसराय ने उसकी अवेहलना किया तो कांग्रेसी क्रोधित होकर मार्गदर्शन के लिए फिर से गांधीजी की ओर लौटे।

हिटलर की पाशविक नीति और क्रूर हमले से ब्रिटेन को बचाना जरूरी महसूस करते हुए भी गांधीजी भारतीय जनता के हित को भी ध्यान में रखकर वैयक्तिक सत्याग्रह का रास्ता अपनाया। जिसमें एक के बाद एक सत्याग्रही युद्ध विरोधी भाषण देकर जेल जाते। पहले सत्याग्रही विनोबा भावे रहे जो सभी माने में सही सत्याग्रही रहे। गांधीजी ने 'हरिजन' पत्रिका में लंबा लेख लिखकर विनोबा का परिचय दिया। उनके गिरफ्तारी के बाद सत्याग्रह के लिए जवाहर लाल नेहरू का नाम था तो उनको पहले ही गिरफ्तार कर लिया। अधिक प्रचार तो नही हुआ लेकिन युद्ध के विरोध में गांव-गांव में भाषण होने लगे। 15,000 लोग जेल पहुंच गए। सत्याग्रही के लिए चार गुणों की अपेक्षा थी : अहिंसा, सूत कातना, हिंदू-मुस्लिम अन्य जाति एकता और अस्पृश्यता निवारण। 1940 के अंत तक पटेल, राजेन्द्र प्रसाद, राजाजी, नेहरू के अलावा जे. पी. लोहिया सब जेल पहुंचे। 1941 की जनवरी में घर में नजरबंद कलकत्ते से सुभाष बोस गायब हो गए। यह सनसनी खबर बाहर हुई। वेश बदल के वे देश के विरोध में लड़ाई लड़ने वाले जापान की ओर चल पड़े थे।

जून 1941 में जर्मनी ने रशिया पर आक्रमण कर दिया तब कम्यूनिस्ट पार्टी जर्मनी के विरोध में ब्रिटेन को समर्थन देने लगी। देवली जेल में बंद जे.पी. ने गांधीजी को एक गरम पत्र लिखकर कहा कि अब उनके फीके प्रत्यनों को विरोध करके एक व्यापक सामूहिक वृहद कार्यक्रम की आवश्यकता है। हजारी बाग जेल के दीवार कूदकर जे.पी. फरार हुए तो गांधीजी ने जेल से फरार होने को सत्याग्रह अनुशासन का विरोधी बताया। जो अनैतिक परिस्थिति बनी उसमें तो उन्होंने ठीक किया कहकर जे.पी. की बहादुरी की सराहना की। कुछ दिन गांधीजी सेवाग्राम में रहे ताकि कुछ शांत चित्त होकर विचार कर सके। जेल से छूटते राजेन्द्र प्रसाद ने चिंतित होकर गांधीजी को लिखा कि हिंदू और मुसलमान दोनों उग्र हो रहे हैं। नया शब्द पाकिस्तान सुनते ही मुसलमान विशेषकर युवा मुसलमान उत्तेजित हो रहे हैं। दूसरी तरफ सावरकर हिंदू युवजनों को तैयार कर रहे

हैं कि वे शस्त्रास्त्र से संबंध होकर रहे। 1940 में गांधीजी को एक दुःख सहना पड़ा कि गुरूदेव रवींद्रनाथ ठाकुर अगस्त 7 को स्वर्गस्थ हो गए थे। उन्होंने गांधीजी को दुनिया में महात्मा नाम से प्रचारित किया था वृद्धावस्था में अपनी शांति निकेतन के लिए धन संग्रहण करते देखकर गांधीजी ने 60,000/ रूपए संग्रह करके रवींद्र बाबू को दिया था।

***

जापान-अमेरिका

यूरोप का युद्ध ब्रिटेन और फ्रांस के अधीन राष्ट्रों के कारण एशिया, अफ्रीका खंडो मे भी फैलने लगा तो नए समीकरण होने लगे। 1941 के अगस्त में ब्रिटिश प्रधानमंत्री और अमेरिका के अध्यक्ष ने एक समझौते पर हस्ताक्षर किया जिसके अनुसार अधीन राष्ट्रों को अधिकार दिया कि वे अपनी इच्छा के राष्ट्र के अधीन रह सकेंगे अथवा स्वयमाधिकार के सार्वभौमत्व भी कर सकते थे। लेकिन चर्चिल ने प्रचार किया कि यह सुविधा भारत को नहीं मिलेगी।

1941 के दिसंबर 7 को जापान ने अमेरिका के पर्ल हार्बर पर बाम्ब का हमला किया। अभी तक जो अमेरिका ब्रिटेन और उसके मित्र राष्ट्रों को परोक्ष मदद कर रहा था अब वह युद्ध का भाग बन गया। भारत की रक्षा का भी प्रश्न गम्भीर बना। इसीलिए दिसंबर में बारडोली में कांग्रेस अधिवेशन बैठकर प्रस्ताव पास किया कि यदि सरकार युद्ध के बाद आजादी देना स्वीकार किया तो तुरंत लड़ाई में ब्रिटेन को साथ देंगे। पर्ल हार्बर की घटना से जो नई परिस्थिति बनी उसमें गांधीजी ने भी इस प्रस्ताव को समर्थन दिया। वैयक्तिक सत्याग्रह वापस ले लिया और यह जानकारी वायसराय को दी गयी। सत्याग्रहियों को जेल अवधि लगभग समाप्त हो रही थी तो सबको रिहा कर दिया। नेहरू 4 वर्ष के लिए बंद किए गए थे। उदारता से उनको भी रिहा किया। 'हरिजन पत्रिका पर से भी प्रतिबंध हटा लिया।

फरवरी 1942 में जमनालाल बजाज अपने 52वें साल में स्वर्गस्थ हो गए तो गांधीजी का एक बड़ा सहारा टूट गया। बजाज गांधी कार्यक्रमों के लिए न सिर्फ आर्थिक मदद दे रहे थे बल्कि कई बार जेल भी गए। अपने पुत्र जैसे बजाज के निधन से दुःखी गांधीजी उनके पुत्र पुत्रियों को सांत्वना दिया और व्यापार के बारे में भी मार्गदर्शन दिया। उसी समय कस्तूरबा और महादेव भाई भी बीमार हुए। फिर भी समय निकालकर चीन के नेता च्यांग काईशेक से मिलने कलकत्ता गए। उनको जापान से अहिंसा मार्ग से मुकाबला करने को कहने पर च्यांग काईशेक ने गांधीजी को वही बात बोले जो

यूरोप के लोगों ने हिटलर के लिए बोले थे। "अहिंसा मार्ग ब्रिटेन के विरोध में चल सकता है पर जापान के लिए नहीं।" उन्होंने गांधीजी को ब्रिटेन को मदद करने की सलाह दी।

जापान की सेना भारत की ओर आगे बढ़ रही थी। सिंगापुर पर जीत हासिल कर लिया। डच कालोनी जावा पर हमला किया। बर्मा की राजधानी रंगून पर भी बम्ब गिरने लगे। हजारों भारतीय अपने सारे सम्पत्ति छोड़कर असम, बंगाल की तरफ दौड़कर आ रहे थे। उनको कोई देखने वाला नहीं। सैकड़ों लोग रास्ते में ही भूखे प्यासे मर गए।

फिर भी सरकार ने कांग्रेस के सहयोग का हाथ स्वीकार नहीं किया। उसका एक मुख्य कारण ब्रिटेन में राष्ट्रीय सरकार पर चर्चिल का आग्रह कि भारत को दबाकर रखो। किन्तु उस सरकार की लेबर पार्टी में भारत के समर्थक सांसद भारत को आजादी देने की ही दृष्टि को बढ़ा रहे थे। उनके प्रयत्नों के कारण उदारवादी सांसद स्टेफोर्ड क्रिप्स को भारत भेजने का तय हुआ। उनके लिए निर्देश थे:-

1. भारत को स्वायत्त राष्ट्र का स्थान देना।
2. युद्ध की अवधि में भारत में सभी पक्ष मिलकर राष्ट्रीय सरकार बनाये।
3. भारत का ब्रिटेन व मित्र राष्ट्रों के साथ रक्षण समझौतों पर हस्ताक्षर करना।

23 मार्च 1942 को क्रिप्स भारत आकर सभी नेताओं से मिले। भारत का शासन वायसराय के आधीन रहेगा। गांधीजी ने तो क्रिप्स को कह दिया कि अगले ही विमान से आप लंदन वापस जाइए। जो स्वतंत्रता ब्रिटिश दे रहे थे उसके अंतर्गत राज्यों को आजादी थी कि वे चाहे तो भारत में रहें या स्वतंत्र बने रह सकते थे। याने एक टूटा-फूटा भारत। नेहरू, आजाद, राजाजी बहुत लम्बी चर्चा के बाद निराश हो गए।

आंध्र के विशाखपट्टनम, काकीनाडा पर जापानी बम्ब गिरे। मतलब युद्ध भारत के भीतर प्रवेश कर गया । उधर सुभाष चन्द्र बोस, हिटलर और तोजो दोनों की मदद लेकर सिंगापुर में स्वतंत्र भारत की सरकार और आजाद हिंद फौज का गठन किया था। भारत में अफवाह यह फैला था कि समुद्र द्वारा सुभाष बोस जापान सैनिकों के साथ पूर्व भारत के मार्ग से भारत को अंग्रेजों से आजाद कराने आ रहे हैं। ब्रिटेन को मदद करने, भारत की रक्षा में हाथ बटाने के लिए अमेरिका की सेना भी भारत की ओर चल पड़ी थी और भारत ब्रिटिश राज्य से मुक्ति पाना चाहता था। देश भक्त लोग जागृत थे कि ब्रिटिश राज्य से मुक्त होना माने जापान के अधीन में जाना नही। सरकार की योजना थी यदि जापान आया तो पूर्व भारत की सम्पत्ति नष्ट कर रखना। वहां गाँव व नौका को भी नष्ट करके रखना। खेती में फसल खाली कर रखना। गांधीजी, नेहरू ने लोगों को जागृत किया कि जापानी आये तो उनके खिलाफ गोरिल्ला युद्ध छेड़े जिससे उनको रहना असंभव हो जाए।

24 अप्रैल 1942 को इलाहाबाद में शुरू हुआ कांग्रेस अधिवेशन के लिए गांधीजी ने मीराबेन के हाथ एक प्रस्ताव भेजा जिसमें था कि यह सारी समस्या ब्रिटिश राज्य के कारण हुआ हैं। इसलिए ब्रिटिश तुरंत भारत को छोड़ जाए और जापानी सेना डटकर उनका मुकाबला करें।

कांग्रेस के अधिक सदस्य गांधीजी वाला प्रस्ताव को अपनाया और विशेषकर तरूण सदस्य गांधीजी की तरफ आशा करके देख रहे थे। कोई बड़ा आंदोलन छेड़े। उड़ीसा के लोगों को गांधीजी ने संदेश भेजा यदि जापानी लोग आये तो उनको खाना भी नहीं दें और सब तरह से विरोध करे। उनको विश्वास नही हो रहा था कि सुभाष बोस जापानी सेना के साथ भारत पर हमला करेंगे। सुभाष बोस का जन्म स्थान कटक उड़ीसा में है। गांधीजी ने च्यांग काई शेक और मित्रों को पत्र लिखकर स्पष्ट किया कि ब्रिटिश जाए उसका मतलब यह नहीं कि जापान आए। उनको भारत में कभी स्थान नही। बल्कि चीन को आवश्यकता पड़े तो ब्रिटिश और अमेरिकन सेनाएं भारत में रूक सकती हैं।

सभी संबंधित लोग स्पष्ट विचार के थे कि (1) भारत युद्ध भूमि नहीं बनना चाहिए और (2) ब्रिटिश शासन के हटने का यह अर्थ कभी नहीं है कि वह जगह जर्मन या जापान लेगा। भारत पूर्ण स्वतन्त्र राष्ट्र होगा। 12 मई को अंग्रेजों को हरिजन में लिखे पत्र में अंग्रेजों से आग्रह किया था कि 50 वर्ष पूर्व अफ्रीका में गोरे लोगों के अन्याय के आंदोलन में गोरे लोगों के सहयोग से वे (गांधी) सफल हुए थे अब भी उसी तरह सहयोग दें।

ब्रिटिश पत्रिका न्यूज क्रांनिकल के संवाददाता के प्रश्नों को उत्तर देते गांधीजी बोले की ब्रिटेन भारत को ईश्वर के भरोसे छोड़ जाए। अंदर झगड़े हो सकते है खलबली हो सकती हैं। स्वतंत्र भारत सबको ठीक करेगा।

युद्ध में अमेरिका ने ब्रिटेन से हाथ जोड़ दिया तो गांधीजी ने अमेरिका के अध्यक्ष फ्रैंकलिन रूसवेल्ट को भी पत्र लिख कर सफाई दी कि वे अमेरिका के दार्शनिक थोरों, एमर्सन जैसे दार्शनिकों से प्रेरणा पाये हैं तो अमेरिका से अपेक्षा कर रहे हैं कि दुनिया में वैयात्तिक स्वातंत्र, नागरिक के हक, प्रजा प्रभुत्व के लिए समर्थन कर रहे अमेरिका, ब्रिटेन से कहे कि भारत को इन बातों से वंचित कर रखा है। पत्र रूसवेल्ट को निश्चित पहुंचे इसीलिए उनसे मिलने आए प्रसिद्ध अमेरिका के पत्रकार और गांधी चरित्र के लेखक लूइफिशर के हाथ से उस पत्र को भेजा।

14 जुलाई 1942 को वर्धा में एकत्रित कांग्रेस कार्य समिति के सामने ये सब बात रखकर यह भी साफ किया कि यदि ब्रिटिश भारत न छोड़े तो लंबा अंदोलन के लिए तैयार रहना पड़ेगा। वायसराय को सूचना भेजी गई कि भारत को तुरंत आजादी देदें तो जर्मनी और जापान के विरोध में स्वतंत्र भारत भी साथ होगा। वरना भारत स्वतंत्रता आंदोलन छेड़ेगा।

राजाजी चिंतित हुए कि तुरंत ब्रिटेन भारत छोड़ के जाए तो देश का शासन कैसे चलेगा? जापान भारत पर आक्रमण कर दिया तो क्या होगा? राजाजी ने अपने मद्रास शासन से और कांग्रेस से त्याग पत्र दे दिया।

गांधीजी ने जापान के लोगों को भी पत्र लिखकर कहा कि उनके दक्षिण अफ्रीका के दोनों आश्रमों में जापानी मित्रों का पूरा सहयोग था और मेरे मन में जापानी संस्कृति के लिए अभिमान बना और यदि जापान दुनिया के अग्र गण्य देशो के साथ खड़ा होना चाहता है तो उसमें कोई अड़चन नही देखता हूं। लेकिन प्राचीन संस्कृति वाले चीन देश पर हमला करके उसको नाश करना उचित नही

और जापान यदि भारत पर हमला करना चाहे तो समझ लें कि भारत में उनको प्रवेश नही मिल सकेगा।

अमेरिका के नागरिकों के लिए गांधीजी ने लिखा कि जर्मनी के नाजिवाद से लड़ रहे तीन देशों के महा चितंक रस्किन, थोरों व टालस्टाय से प्रभावित मैं कभी भी नाजीवाद का समर्थक नही हो सकता हूं। इस वृहद ब्रिटिश विरोधी आंदोलन में सब लोग एक होकर लड़े। इस महान उद्देश्य से गांधीजी ने जिन्ना और अम्बेडकर दोनों का आवाहन किया। जिन्ना का विचार तो बना हुआ था। वे बोले आप तो ब्रिटिश शासन को हटा कर कांग्रेस राज्य करना चाहते हैं। जिसका मतलब होगा : भारत एक हिंदू शासन होगा जो मुसलमान और अल्प समुदायों को

अपने अधीन रखना चाहेगें। भारत के लिये अंग्रेजी शासन ही बेहतर है।

अम्बेडकर तो वायसराय की कौंसिल सदस्य बन गये थे। उन्होंने गांधीजी को कहा आंदोलन करके अराजकता फैल जाएगी। कांग्रेस का शासन माने उच्च वर्ग के हिंदू का शासन। इसके साथ ही भारत सरकार का प्रचार विभाग सत्याग्रह को विफल करने के सारे प्रयत्न करने में लगा था।

चर्चिल ने रूजवेल्ट को समझाया कि गांधीजी को अब जनता का समर्थन नही है। रूजवेल्ट गांधीजी के पत्र का उत्तर न दें। सरकार का पूरा प्रयास था कि कांग्रेस को बल हीन कर दे।

जो कम्यूनिस्ट पार्टी लड़ाई को साम्राज्य शाही लड़ाई बोले थे। वही कम्यूनिस्ट पार्टी अब हिटलर के रशिया पर हमले के बाद लड़ाई को जनता का युद्ध बताकर अंग्रेजों को समर्थन करने लगे।

ऐसे वायुमंडल में 1942 के अगस्त 7, 8 को कांग्रेस अधिवेशन बंबई के ग्वालिया टैंक मैदान में बुलाया गया था। अगस्त 4 को ही बंबई पहुंच कर गांधीजी ने कार्यकर्ताओं के साथ बैठकर सत्याग्रह के विवरण तैयार किया, जो था:-

1. पूर्ण अहिंसा में रहेगा और कहीं भी अंग्रेजों के लिए द्वेष नही होगा।
2. बंधन से बाहर रखकर सत्याग्रह का प्रचार करते रहना।
3. पक्का रहकर कर निराकरण करना।
4. व्यापार वाणिज्य बंद।
5. अंग्रेज भारत छोड़ने तक छात्र-छात्राएं कॉलेज बंद रखे।
6. सरकारी कर्मचारी सामूहिक त्याग पत्र दें।
7. चीन व रशिया की रक्षा व्यवस्था को समर्थन देना। अगस्त 6 को गांधीजी ने पत्रकारों से कहा कि आंदोलन में दो दिन हैं। वायसराय अपना मन बना सकते हैं।

***

भारत छोड़ो : करो या मरो

7 अगस्त 1942 को बंबई के ग्वालिया टैंक मैदान में खचाखच भरी सभा को गांधीजी ने संबोधित किया "यह मेरे जीवन का सबसे बड़ा सत्याग्रह होगा। ब्रिटिश या किसी के लिए थोड़ा भी द्वेष या हिंसा की भावना नहीं होगी। महा देश रशिया के विरोध में जर्मनी या चीन के विरोध में जापान को भारत में थोड़ा भी सहयोग नहीं मिलेगा। स्वतंत्र होते भारत दुनिया के सभी देशों को आजाद कराने में जुटेगा।"

दूसरे दिन की सभा में गांधीजी ने दु:ख व्यक्त किया जब सारा ही भारत प्रत्येक मुसलमान का है तब मुसलमान अलग देश को क्यों मांग रहे है? थोड़े दिन पहले जो मुसलमान मेरे गले लग रहे थे वे कैसे मेरे और आजाद का चरित्रहनन कर रहे है? बाद में कांग्रेस कार्य समिति ने 'ब्रिटिश राज भारत छोड़ो' प्रस्ताव को सर्व सम्मति से पारित किया और आंदोलन गांधीजी के नेतृत्व में होगा, यह भी स्पष्ट किया। निर्णय को जवाहर लाल नेहरू ने पेश किया और सरदार वल्लभ भाई पटेल ने अनुमोदन किया। देश भर के कार्यकर्ताओं को यही मार्ग दर्शन था कि यदि नेताओं को गिरफ्तार कर लिया तो प्रत्येक व्यक्ति स्वयं अपने आपका मार्ग दर्शक बन जाएंगे और सत्याग्रह चलेगा। सत्याग्रह का नारा 'करो या मरो'।

जोश भरा वायुमंडल बना था। अधिवेशन तारीख 8 मध्य रात्रि के बाद तक चला। "भारत माता की जय","महात्मा गांधीजी की जय" नारों के साथ समाप्त हुआ।

देर रात गांधी परिवार बंबई के बिरला भवन पहुंचे ही थे। नींद लगी थी या नही सुबह होते ही गांधीजी के कमरे के बाहर पुलिस खड़ी थी। गिरफ्तारी के लिए तैयार होकर आई थी। गांधीजी की मांग पर आधा घंटा दिया गया। वैष्णव जन तो गायें। गांधीजी ने एक गीता पुस्तक, उर्दू बोधिनी और चरखा

लेकर चल पड़े। साथ महादेव भाई देसाई, सरोजिनी नायडू, मीराबेन को भी बंद किया। कस्तूरबा खांसते ही चली। गांधीजी उनको बोले आज शाम सार्वजनिक सभा में तुम बोलो। ऐसा मैं चाहता हूं। पर अंतिम तो तुम्हारी इच्छा। कस्तूरबा ने सोचा कि शाम को बोलूं तो बिल्कुल गिरफ्तार होंगी। पता नही कौन सी जेल में भेज देगें। साथ चलना ही ठीक कहकर साथ में चल पड़ी। बोली इस बार का जेल वास कितना लंबा पता नही इसलिए मैं भी साथ में आती हूं।

गांधीजी प्यारेलाल को कहा प्रत्येक सत्याग्रही एक कागज "करो या मरो लिखकर साथ रखें। सत्याग्रह में मर गये तो मालूम पड़ेगा कि यह सत्याग्रही है। प्यारेलाल को भी अलग बंद किया। महादेव देसाई का बेटा नारायण पिता का हाथ पकड़ कर बोला हमारी अगली मुलाकात स्वतंत्र भारत में ही होगी।

महादेव देसाई बेटे के माथे पर चूम कर गाड़ी में बैठे। उनको बाम्बे बी.टी. स्टेशन ले जाया गया। वहां देखा तो एक तरफ नेहरू, पटेल, आजाद और दूसरी तरफ अशोक मेहता, यूसुफ मेहरअली, एन.जी.गोरे आदि युवा समाजवादी। सभी को पूणे की ओर जाने वाली गाड़ी पर ले गए। अलग-अलग डिब्बों में भेज दिया। पटेल गांधीजी के डिब्बे में जाकर बात करने लगे तो पुलिस ने उनको अपने डिब्बे में भेज दिया। खिड़की के पास बैठी कस्तूरबा ने बाहर देखा तो लोग अपने कामों में व्यस्त। सुशीला नैय्यर को बोली "अरे सुशीला देख सब लोग अपने में ही व्यस्त हैं फिर बोली लोग अपने मे ही मस्त हैं। तुम्हारे गांधी इन लोगों के लिए पूर्ण स्वराज लाने में लगे हैं।"

गाड़ी चिंचवड़ स्टेशन रूकी वहां से गांधी परिवार को उतार कर आगॉ खान पैलेस मे बंधन में रखा। नेहरू, पटेल, आजाद आदि वरिष्ठ नेताओं को अहमद नगर किले के अंदर रखा और समाजवादी वृंद को यरवदा जेल भेजा गया। उस शाम को लंदन के एक भोज में चर्चिल ने खुशी से कहा "हमने गांधीजी को जेल में ढकेल दिया तब ज. स्मर्टस ने कहा "आपकी भूल है। गांधी देवता पुरूष हैं और एक धर्म गुरू है।"

विशाल मैदान के बीच बना आगा खान पैलेस के नौ बड़े कमरों को गांधी परिवार के लिये जेल बनाया था। चारों ओर बाड़ लगाकर 14 पहरे के नाके बनाये थे। जेल का वातावरण देखकर महादेव देसाई ने मीराबेन से कहा यहां किताब लिखने का मन बना है। 6 किताबें लिखनी हैं।

15 अगस्त 1942 की सुबह महादेव भाई बापू के साथ घूम कर लौटे। मीराबेन चलते हुए महादेव देसाई को देखा। बापू के कमरे और सरोजिनी नायडू के कमरे के बीच शीशे के सामने बैंठे दाढ़ी बना रहे थे। महादेव भाई ने मीराबेन से पूछा नाखून काटने की कैंची है क्या? मीराबेन ने लाकर दिया। फिर महादेव भाई ने पूछा इससे बड़ी भी है क्या ताकि मैं मूंछ भी काट लूं। वह भी आई। तब खबर आई कि इन्सपेक्टर आफ जेल्स आये हैं। मीराबेन ने महादेव भाई को उनसे मिलने को कहा।

तब कस्तूरबा ने शोर मचाया "सुशीला, सुशीला महादेव भाई को लकवा लग गया वह गिर पड़े हैं।" मीराबेन गांधी जी को भी ले आई। महादेव भाई को खाट पर लिटाया। उनका चेहरा लाल हो गया था। वह मृत्यु से लड़ रहे थे। बापू ने उन पर हाथ रखकर बुलाया। कोई उत्तर नही "कस्तूरबा ने

जोर से कहा "महादेव महादेव, बापू आये हैं। लेकिन महादेव मृत्यु के सामने हार रहे थे। बापू के मांगने पर गर्म पानी आया लेकिन गर्म पानी आने तक प्राण छूट गया। महादेव भाई का केवल पार्थिव शरीर वहां पड़ा था

जेल पहुंचते ही गांधी जी ने वायसराय को पत्र लिखकर कहा कि आंदोलन शांति से चलने को था पर शुरू होने से पहले ही आपने सबको बंद कर दिया। वायसराय ने गांधीजी को उत्तर दिया कि सभी तोड़-फोड़ की पहले से तैयारी और सब हिंसा के लिए गांधी और कांग्रेस जिम्मेदार हैं। बल्कि यहां तक आरोप लगाया कि गांधीजी जापानी सेना का स्वागत करने के लिए तैयार थे और वे हिटलर के फांसीवादी समर्थक थे। इन आरोपों के खिलाफ गांधीजी ने 10 फरवरी 1943 से 21 दिन का उपवास शुरू कर दिया। क्योंकि मरने की इच्छा नही थी तो अब की बार नींबू पानी लेने को तैयार हो गए। 1943 फरवरी 10 को 21 दिनों का उपवास प्रारंभ हो गया। अब की बार गांधीजी बहुत कमजोर हो गए थे। स्वास्थ का देखभाल करने के लिए डा. सुशीला नैय्यर व डा. गिल्ड थे। तो भी डा. सुशीला नैय्यर ने एक विशेष डाक्टर की मांग की तो कलकत्ते के मशहूर डाक्टर विधान चंद राय को आगा खान पैलेस बुलाया गया। सरकार भी नहीं चाहती थी कि जेल में गांधीजी की मृत्यु हो जाए। क्योंकि यदि हो जाए तो देश में प्रतिक्रिया क्या होगी, कल्पना भी नहीं कर सकते । गांधीजी को जेल में मलेरिया हो गया। वे अंग्रेजी दवा नहीं लेना चाहते थे। उनको डा. रे बोले, "महात्मा जी, आप सोचते हैं कि मोहन दास करम चंद गांधी को इलाज करने आया हूँ? नही मैं तो चालीस करोड़ भारतीयों के प्रतिनिधि का इलाज करने आया हूँ। मुझे लगता है कि यदि वे जिए तो चालीस करोड़ जीएंगे। यदि वे मर जाए तो चालीस करोड़ भारतीय मर जाएंगे।"

गांधीजी डा. राय के इलाज के लिए तैयार हो गए और बोले, "डा. राय, आप जीत गए। मैं आपकी कृपा पर रहूंगा। जो भी दवा देगें, मै ले लूंगा। आप अच्छा बहस करते हैं। आपको तो डाक्टर के बदले वकील रहना था ।" डा. राय अभिमान के साथ बोले, "आप जानते हैं क्यों भगवान ने मुझे डाक्टर बनाया, वकील नही? वह जानता था कि एक दिन ऐसा आएगा जब मेरा सौभाग्य होगा कि मैं उसके बेटे का इलाज करूँगा।"

गांधीजी बोले, "जो भी हो आप अच्छे वकील जैसे बहस करते हैं।"

जैसे ही 9 अगस्त की सुबह लोगों को गिरफ्तारी की खबर पड़ी, बांबे शहर अशांत हो गया। लोग, विशेषकर के युवा सड़क पर उतर आए। रेल स्टेशनों के भीतर जाकर तोड़-फोड़ किया। रेलों को तोड़ा, डाक डब्बा को तोड़ा। आग जलाया। सरकारी दफ्तरों से कर्मचारियों को बाहर निकाला। दफ्तरों को जलाया। उनको कोई मार्ग दर्शन करने वाला ही नहीं था। जो मन में आया किया। बांबे शहर में शुरू हुआ विद्रोह शीघ्र सारे देश में फैला। सरकार के ही आंकड़ों से आंदोलन में 1000 से अधिक लोग मरे थे। लाख से अधिक लोग जेल में भर गए थे। गांधीजी के आवाहन "करो या मरो' पर लाखों भारतीयों ने जान दे दी थी।

कुछ हजार लोग जेल गए तो और कुछ हजार लोग जेल जाने से बचकर भूमिगत काम करते

आंदोलन को जीवित रखा। देश भर में भारत माता की जय, महात्मा गांधी की जय, वंदेमातरम्, इन्कलाब जिदाबाद जैसे नारे गांव-गांव में गूंज रहे थे। भूमिगत होकर कार्य में सक्रिय रहे उनमें समाजवादी राम मनोहर लोहिया, कमला देवी चट्टोपध्याय, अच्चुत पटवर्धन, अरूणा आसफ अली, पूर्णिमा बेनर्जी, साने गुरूजी, रामानरेश मिश्रा, उषा मेहता। बांबे और कलकत्ते में गुप्त रूप से स्वतंत्र भारत के रेडियो चलने लगे।

सुभाष चन्द्र बोस सिंगापुर मे स्वत्रंत भारत सरकार बनाकर प्रथम बार अधिकृत रूप से चरखा युक्त तिरंगा झंडे को फहराया और भाषण में अपनी सरकार को "राष्ट्रपिता महात्मा गांधी' को समर्पित किया था। फिर अक्टूबर 1943 के गांधी जयंती के अवसर पर दिया सुभाष बोस के भाषण को ध्वनि मुद्रित करके भारत को सुनवाया। कांग्रेस रेडियो जनप्रिय बन गया था जो गांधीजी के त्यागमय जीवन के कारण स्वर्णाक्षरों में लिखा जाना चाहिए। वे आज भारत के जेलों में सड़ रहे हैं। कितने दुःख की बात है। आज भारत के भीतर और बाहर गांधीजी को मानने वाले सभी लोगों को उनके सपनों को साकार करने के कार्यों में लग जाना चाहिए। सुभाष बोस ने जापान-सिंगापुर में रहने वाले सिपाही और आम जनों को आजाद हिंद फौज नाम की सेना में भर्ती किया। डा. लक्ष्मी (बाद में सहगल) के नेतृत्व में उस सेना की एक स्त्री विभाग झांसी लक्ष्मीबाई रेजीमेंट के नाम से खूब काम किया।

नवंबर माह में गुप्तचरों को कांग्रेस रेडियो का पता चल गया तो लोहिया और उनके सहयोगी ने असम की तरफ जाकर वहां सुभाष बोस के आजाद हिंद फौज से मिलने का प्रयास किया पर विफल रहे। फिर बिहार की तरफ भागे तो वहां हजारीबाग जेल की दीवार कूदकर फरार हुए जयप्रकाश नारायण मिले। सभी मिलकर बिहार-नेपाल घाटी के जंगलों में सरकार विरोधी "आजाद दस्ता' नाम का संगठन खड़ा करने में लगे। वहां भी पुलिस पहुंचने लगी तो लोहिया कलकत्ता और जे.पी. दिल्ली की ओर भाग निकले। लोहिया बांबे के हबीबुल्ला के घर थे और जे.पी., खान अबुल गफ्फार खान से मिलने रावल पिंडी रेल में बैठे। दिल्ली में गिरफ्तार हो गए। दोनों को लाहौर किला जेल में बंद कर दिया। वह एक चक्रव्यूह जैसे कारावास था।

दोनों को हथकड़ी और पैर में भी कड़ी लगाकर बहुत यातनाएं दिए।

आगा खान पैलेस में 21 दिनों का उपवास सफल समाप्त हुआ तब वायसराय कौन्सिल सदस्य अम्बेडकर ने उपवास के दिन रोजाना गांधीजी का वजन देखना चाहा। चर्चिल ने वायसराय को पत्र लिखकर पूछा कि वे पता लगायें कि कहीं गांधीजी उपवास के समय चोरी से ग्लूकोज तो नहीं लेते थे। वायसराय ने जबाब दिया कि गांधी बहुत चतुर हैं लेकिन उनका चोरी से कोई आहार लेने का कोई साक्षी नही है। इस रिपोर्ट को देखकर बताया जाता है कि चर्चिल ने उजागर किया "उस बूढ़े बदमाश (did rascal) को अब कोई पकड़ने वाला ही नहीं।"

***

फिर से जिन्ना संपर्क

गांधीजी के उपवास के समय राजाजी उनसे बात करके यदि पूर्व और पश्चिम भारत के मुस्लिम बाहुल्य प्रदेशों में मुस्लिम प्रभुत्व को स्वीकार कर लिया तो जिन्ना कांग्रेस-लीग मिलीजुली सरकार के लिए राजी हो सकते है। इस बात पर गांधीजी को राजी करके गांधी-जिन्ना बातचीत के लिए जिन्ना को राजी किया। उस संबंध में गांधीजी ने जिन्ना को निमंत्रण दिया तो सरकार ने यह कह कर कि बंदियों के राजकीय पत्र व्यवहार की अनुमति नहीं, पत्र को रोक दिया। उस पर भी जिन्ना की तीखी प्रतिक्रिया, "यह सब जेल के बाहर आने का प्रयास है।"

उसी समय पंजाब की मिलीजुली सरकार के प्रधान मंत्री हैयात खान का निधन हो गया था। उन्होंने मुस्लिम लीग के साथ सरकार तो बनाया था लेकिन भारत के विभाजन के विरोधी थे।

असम और सिंध प्रांतों मे हिंदू महासभा और मुस्लिम लीग और छोटे पक्ष मिलकर मिली-जुली सरकार चला रहे थे। उद्देश्य था "कांग्रेस का विरोध" ।

1943-44 के समय बंगाल, बिहार में भीषण अकाल पड़ा। बहुत लोग मरने लगे थे। सरकार को गांधीजी ने लिखा राजकीय कैदी अपने लोगों के खाने-पीने के लिए खर्च कम करें। वायसराय ने गांधीजी को कई बार कहा कि कोई भी बात तभी हो सकती है जब 'भारत छोड़ो' आंदोलन को वापस लिया जाए। गांधीजी ने कहा इसके लिए कांग्रेस कार्य समिति को बैठना पड़ेगा। कार्य समिति के अधिकांश सदस्य अहमदनगर फोर्ट में हैं। पर वहां जाने की अनुमति नहीं मिली।

अकाल को लेकर जो गांधीजी के दिल मे दर्द था वह वायसराय क्या जाने।

फिर गांधीजी ने वायसराय को लिखा सारी बदमाशी मेरी है। आपको लगता है तो चाहे जितना लंबा मुझे जेल मे शरण दीजिए। कार्य करिणी के सदस्यों को छोड़ दें ताकि वे जाकर अकाल पीड़ितों की सेवा करे। पर ब्रिटिश शासन को भारत के भूखे लोगों की क्या चिंता? लाखो लोग मर गए।

इधर अहमदनगर किले में जो बंद थे नेहरू, पटेल, आजाद, आ. कृपलानी, आचार्य नरेंद्रदेव, पट्टाभी सीतारामैया, हरे कृष्णा मेहताब, आसफ अली कार्य कारिणी के 16 सदस्यों में 12 लोग यहां बंद थे। अनारोग्य के कारण राजेंद्र प्रसाद पटना में बंद थे। किला तो बहुत बड़ा लेकिन बंदी खाना एक छोटे कोने मे था। अधिक चलना फिरना भी मुश्किल | थोड़ा अखबार पढ़ते, थोड़ा सूत कातते, थोड़ा बगीचे में काम और दिनभर का क्या करे? थक जाते थे। जवाहर लाल नेहरू ने मात्र मई से नवंबर छ: महीने में Discovery of India (भारत का खोज) नाम का ग्रंथ लिख दिया। आज भी विदेशी प्रवासी भारत को समझने के लिए उसी को पढ़ते हैं। दिनभर चर्चा भारत जोड़ो आंदोलन, छेड़ने में गांधीजी ने ठीक किया या गलत? कभी-कभी चर्चा गरम भी हो जाती थी।

सितंबर 1943 में वायसराय लार्ड लिनलिथगो की अवधि पूरी होकर उनके स्थान पर अब लार्ड वेवेल आया था लिनलिथगो को गांधीजी ने एक विदाई पत्र लिखकर कहा कि मैंने जितने ब्रिटिश अधिकारियों को देखा उन सबमें मुझे आपने सबसे अधिक दुःख दिया। इसे कहते मुझे खेद है। यातना तो अलग, लेकिन इन्होंने गांधीजी पर हिंसा और नाजीवाद से समझौता जैसे झूठे आरोप लगाया था। लिनलिथगो ने उत्तर में कहा यदि यह सत्य हो तो मुझे खेद हैं लेकिन असंभावना कि शाश्वत मूल्यों के साथ कुछ प्रचालित मूल्यों को भी मानना पड़ता है।

वायसराय वेवेल भी वही राग गाते थे। पहले भारत छोड़ो प्रस्ताव को वापस लीजिए। तब अन्य बात हो सकती है। मीराबेन आगां खान पैलेस में तीव्र अस्वस्थ हो गई 9 मार्च 1944 को गांधीजी ने वेवेल को लिखा मैं बुरा आदमी हो सकता हूं लेकिन ब्रिटिश नौसेना में उच्च अधिकारी की बेटी बुरी तरह से बीमार है। उसको तो आप आकर देखें और छोड़ दें। इसका जबाब भी नही आया।

***

कस्तूरबा का अंत

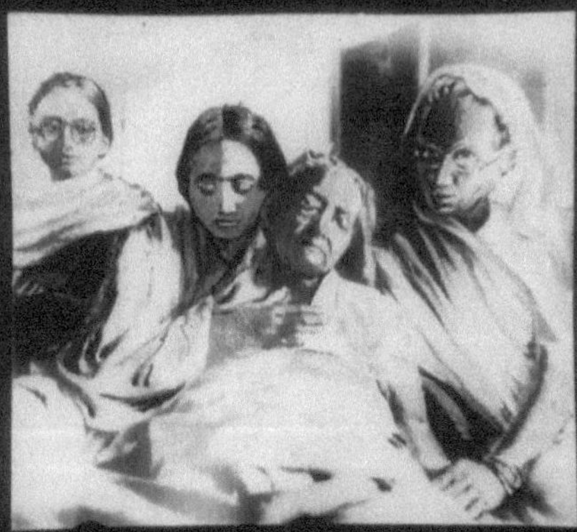

9 Kasturba Passes Away

1943 के दिसंबर में ही कस्तूरबा को दो बार दिल का दौरा पड़ गया था और उनको श्वास लेने में बहुत मुश्किल हो रही थी। दिल्ली से बेटे देवदास और नागपुर से रामदास आकर गये। डा. सुशीला नैय्यर और डा. गिल्ड दोनों बराबर सेवा में लगे थे। तो भी गांधीजी जानते थे कि कस्तूरबा की समस्या भावनात्मक है। बच्चे, पोते और सब रिश्तेदारों से मिल नही पा रही है। जेल में अकेलेपन से थक गई तो गांधीजी से कहा कितने दिन इन अंग्रेजो से लड़ते रहेगें? कुछ समझौता करके आराम से रहिए। गांधीजी बोले समझौता बराबर होकर रहने को तैयार है लेकिन यह मालिक और हम नौकर के नाते नहीं। तुम ही कराओ समझौता। कस्तूरबा जोर से हंस कर चुप हो गई।

गांधीजी दिन भर प्रार्थना, कताई, वाचन, प्यारेलाल, सुशीला नैय्यर के साथ राजनैतिक चर्चा जैसे कार्यक्रमों में व्यस्त रहते थे। "रोजाना कस्तूरबा को गुजराती और सामान्य ज्ञान पढ़ाते थे। रात को "बा" को बहुत तकलीफ होती थी। एक लकड़ी का स्टूल पकड़ के श्वास लेती थी। ऐसे समय गांधीजी रामधुन गाते थे तो "बा" सो जाती थी। सरकार ने सोचा कि "बा" को जेल से छोड़ दिया जाए। फिर गांधीजी को भी छोड़ना पड़ेगा। सोचकर उस विचार को छोड़ दिया। गांधीजी ने भी "बा" को छुड़वाने की मांग नही की।

"बा" को तीसरा दौरा पड़ा और हालत खराब होने लगी। तब उनके साथ रहने के लिये जे.पी. की पत्नी प्रभावती तथा गांधीजी की पोती मनु गांधी को "बा" के साथ जेल में रहने की अनुमति मिली। गांधीजी की मांग पर आयुर्वेद वैद्य शिव शर्मा प्राकृतिक चिकित्सा, दक्ष दीन्सा मेहता रोगी की परीक्षा की और कुछ सलाह दी। सबसे उचित चिकित्सा "बा" को चाहिए था बच्चों का दर्शन और कनू के भजन। एक बार बड़ा बेटा हरीलाल पीकर आ गया तो "बा" बैचेन हो गई थीं।

"बा" का श्वसनतंत्र बहुत कमजोर हो गया था। तभी अविष्कार हुई दवा पेन्सिलीन मिलना बहुत मुश्किल। देवदास खोजकर लाये। देवदास और सुशीला नैय्यर "बा" को पेन्सिलिन देने के लिए उत्सुक थे क्योंकि वह उस समय के लिए जादू की दवा थी। पर बापू उसके विरोधी थे। उन्होंने कहा कि बा दो दिन से दवा पानी तक नहीं ले रही है। वह अब भगवान के हाथ में है। उसको हर 3-4 घंटे पर यह सूई देकर क्यों तंग करते हो?

कस्तूरबा अगस्त 9, 1942 को आगा खान पैलेस में आयी थी। 22 फरवरी 1944 पवित्र महाशिव रात्रि का दिन था। कोई चिकित्सा से फर्क नही पड़ा। क्षीण प्रज्ञा की "बा" करीब शाम 6 बजे बापू को बुलाया। "बा" के कमरे में सबने प्रार्थना की। बापू "बा" के हाथ को उठाकर अपने छाती पर लगाया। देवदास ने गंगा जल तुलसी डालकर दिया । बापू ने गंगा जल कहकर "बा" को पिलाया।

शाम 7.35 बजे "बा" के प्राण उड़ गये। बापू पत्थर जैसे हो गए थे। देवदास तो मां के शरीर से लिपटकर बच्चे जैसे रो पड़े। उनको कोई रोकने को नहीं कह सकते थे। "बा" के शरीर को स्नान कराया गया। बापू के द्वारा काती गयी सूत वाली साड़ी को पहनाया गया। खादी माला पहनाया गया। पैलेस में एक जगह अंतिम संस्कार के लिए खोजा गया। सारे संस्कार चले। देवदास ने मुखाग्नि दी। बापू तो वहीं पर उसी पत्थर मुद्रा में बैठे रहे। साठ वर्षों का दांपत्य पोरबंदर, राजकोट, बांबे, जोहान्सबर्ग, फिनिक्स, टालस्टाय आश्रम, साबरमती आश्रम, वर्धा आदि गांधीजी के कब क्या विचार हो जाए कब। जेल खाना कुल 62 वर्षों की अनुभव की महागाथा कस्तूरबा। एक महा अध्याय पूरा हुआ।

"बा" के जाने के बाद बापू बहुत ही कमजोर होने लगे। खून की कमी से और बीमारियां होने के कारण डाक्टर लोग खतरा बताने लगे। खबर पहुंची तो वायसराय बेवल को भी चिंता हुई और उन्होंने गांधीजी को रिहा करने का सोचा और 5 मई 1944 को रिहाई का आदेश दे दिया। दूसरे दिन मई 6 की सुबह सभी लोग कस्तूरबा एवं महादेव देसाई की समाधि (दोनों समाधि एक के बगल में एक है) पर प्रार्थना करने के लिए तैयार हुए। जेल के कर्मचारी सभी ने आदर से विदाई दी। प्रधान रक्षक पारसी काटेल ने गांधीजी के पैर छू कर प्रणाम किया और गांधीजी के 75वें वर्ष के हिसाब से रूपए 75/- गांधीजी को भेंट किया। रिहाई की खबर सुन कर व्यग्र हुए चर्चिल ने बेवल को तार भेज कर "गांधी क्यों मरे नहीं?" प्रश्न पूछा।

आगा खान पैलेस से गांधी परिवार पूना के एक टेकड़ी के ऊपर बने लेडी टेकर्सी के सुंदर भवन 'पर्ण कुटी में रहने गए।

एक सप्ताह बाद समुद्र हवा के लिए बंबई के जुहू समुद्र तट पर स्थित मोरारजी देसाई के घर पर गये और एक माह तक रहे। उस समय मुक्त हो गए आर.आर. दिवाकर ने भूमिगत काम कर रहे अच्युत पटवर्धन, अरूणा आसफ अली जैसे समाजवादी कार्यकर्ताओं को लेकर गांधीजी के आशीर्वाद के लिए उनके पास गये। उन पर पुलिस के प्रहार के निशान भी दिखाया। गांधीजी ने उनकी बहादुरी की तो तारीफ की पर बताया विरोध बहिरंग होना। जिसका परिणाम लंबा समय तक रहेगा। उन्होंने

जे.पी. की पत्नी प्रभावती की प्रशांसा की कि बांबे से बचकर पटना जाकर वहां कदम कुआं में महिला चरखा संघ चलाकर गिरफ्तार हुई। सार्वजनिक संपत्तियों को तोड़-फोड़ करना तो जनता के पैसे का नुकसान है न कि सरकार के। सरकार ने भूमिगत नेताओं के नाम पर बड़े रकम का इनाम घोषित किया था। गांधीजी ने सुझाव दिया कि समर्पण करें और इनाम की रकम को गांधीजी द्वारा स्थापित हरिजन सेवक संघ को दे दें। लेकिन उन लोगों ने इस प्रस्ताव को स्वीकार नही करके अपने ही भूमिगत कार्य में लगे रहें। गांधीजी का स्वास्थ्य बिगड़ने लगा तो गांधीजी अपने मित्र दिनशां मेहता के निसर्ग सेवा केन्द्र गए। वहां स्वास्थ्य कुछ सुधरा।

मीराबेन ने पूछा कम्यूनिस्ट दल के पृथ्वी सिंह से विवाह करें। गांधीजी ने स्पष्ट कहा कि कम्युनिस्टों को अहिंसा में कोई अस्था नहीं होती है और यह सम्बन्ध बनाये तो सार्वजनिक ब्यान देना पड़ेगा कि मीराबेन और गांधी आश्रम का कोई सम्बन्ध नहीं। मीराबेन ने वह विचार छोड़ दिया और हिमालय तले एक गोशाला शुरू की। आश्रम बनाकर उसमें रहने लगी।

प्राकृतिक उपचार से गांधीजी को स्वास्थ्य लाभ हुआ और वह सेवाग्राम आश्रम लौटे। सेवाग्राम में सभी को कस्तूरबा का अभाव अखर रहा था। देशभर के लोगों ने अपनी श्रद्धा से बा के नाम पैसे भेजे थे जो रूपए 75लाख हुए। गांधीजी की अध्यक्षता में उसी पैसे से "कस्तूरबा निधि' कस्तूरबा गांधी राष्ट्रीय स्मारक निधि बनी (Kasturba Gandhi National Memorial Trust)। जिससे ग्रामीण महिला और बच्चों के स्वास्थ्य, स्वच्छता, शिक्षण, उद्योग शिक्षण के लिए काम करने का अधिकार दिया था।

जब सब लोगो ने निधि का स्वागत किया, हिंदू महासभा के सावरकर ने उसके खिलाफ प्रचार किया कि निधि तो देश के लिये जिन्होंने प्राण त्यागे, गोली से मरे, फांसी पर चढ़े, काला पानी गये, ऐसे हुतात्माओं के नाम होना ठीक। कस्तूरबा ने एक आदर्श पत्नी रहकर पति की सेवा की। ऐसी कस्तूरबा के नाम लड़कियों की शाला खोलना अनुचित है। कोई भी इस कस्तूरबा निधि को पैसा न दें।

***

गांधी-जिन्ना वार्ता

9 सितंबर 1944 को राजाजी की योजना की भूमिका पर गांधी-जिन्ना वार्तालाप शुरू हुआ। इसी समय अम्बेडकर ने मद्रास में अपने अनुयायियों को सम्बोधित करके कहा कि व्यवस्था में हिंदू मुसलमानों के अलावा अस्पृश्य, इसाई आदि अल्प संख्यकों के बारे में भी सोचना जरूरी है। और गांधीजी से जिन्ना को जरूरत से अधिक स्थान न देने की बात की थी। साथ ही यह संकेत भी दिया था कि गांधी दृष्टिहीन, प्रज्ञाहीन और सभी तरफ से हारे हुए व्यक्ति हैं।

जिन्ना के साथ गांधीजी की बात लंबी चली थी। पर अटकाव यह था कि जिन्ना का यह दावा कि मुसलमानों का एक मात्र वे ही प्रतिनिधि हैं और मुसलमान बाहुल्य क्षेत्रों को अलग सार्वभौम राष्ट्र पाकिस्तान का निर्माण किया जाय। गांधीजी मुस्लिम बाहुल्य के क्षेत्रों को अलग प्रदेश बनाने को राजी हुए पर विदेश सपर्क, रक्षण जैसे विभागों को साथ ही रखें और चुनाव सभी धर्मों के लोग मिलकर भाग लेगें। ऐसे दोनों अपने-अपने दृष्टिकोण को लेकर दृढ़ संकल्प के थे तो बातचीत स्थगित हुई।

विश्व युद्ध में ब्रिटिश और उसके मित्र देश विजेता होते दिख रहे थे। जीत के बाद साम्राज्य शाही व्यवस्था भी ढ़ीली होते दिखाई पड़ी। चर्चिल की इच्छा न होते हुए भी भारतीय वायसराय बेवल ने भारत के अलग-अलग पक्षों का सम्मेलन शिमला में बुलाया। देश के सर्वमान्य नेता गांधीजी को तो बुलाया था लेकिन देश के सबसे बड़ा पक्ष कांग्रेस के अध्यक्ष अब्दुल कलाम आजाद को नही बुलाया था। गांधीजी ने तुरंत आजाद के नाम निमंत्रण मंगवाया। वायसराय को लगा युद्ध के बाद

की व्यवस्था में भारत में ब्रिटिश प्रतिष्ठा सुरक्षित रहना चाहिए। इसीलिए भारत के सभी क्षेत्रों के प्रतिनिधियों को बुलाया था। लेकिन सबसे बड़ा अड़चन पैदा हुआ कि जिन्ना का यह हठ कि वायसराय मंडली में जो भी मुसलमान हो वह मात्र मुस्लिम लीग का चुना हुआ ही होना चाहिए।

गांधीजी शिमला के नजदीक राजकुमारी अमृत कौर की कुटीर में रूकें थे। अभी जेल से रिहा हुए तीन वर्षों के बाद बाहर आयें नेहरू, पटेल, आजाद यह कैसे मानते कि सभी मुसलमान प्रतिनिधि मुस्लिम लीग के ही होगें। कांग्रेस की स्थापना अंग्रेज ए.ओ.हूम ने की। सभी धर्मों के लोग आये। हिंदू, मुस्लिम, इसाई, पारसी सभी धर्मों के लोग न सिर्फ उसके सदस्य बने बल्कि अध्यक्ष बने। वे कैसे जिन्ना की इस बात को कि कांग्रेस हिंदुओं की है और मुस्लिम लीग एक मात्र सारे मुसलमानों की संस्था है। ऐसी परिस्थिति में सम्मेलन 1945 के जून 14 को असफल समाप्त हुआ। सम्मेलन की अवधि में जिन्ना इतने कठिन थे कि वे आजाद और पूर्वोत्तर राज्यों के प्रधानमंत्री बने खान से हाथ मिलाने को भी इन्कार किया था। गांधीजी के अनुसार सम्मेलन के कारण जिन्ना के हठ से अधिक ब्रिटिश शासन की भारत को शासन हस्तांतर करने की रूचि की कमी रही।

***

युद्ध के बाद

दूसरे विश्व युद्ध की शुरूआत हुई थी। जर्मनी के आस-पास। फिर ब्रिटेन को छू गया और ब्रिटेन से सारी दुनिया में आस्ट्रेलिया से कनाडा तक पहुंचा। युद्ध का परिणाम भी विश्व भर में फैल गया। अमेरिका भूखंड तो यूरोप से काफी दूर है। युद्ध से करीब अछूता ही रहा। लेकिन 7 दिसंबर 1941 को जापानी हवाई जहाज ने अमेरिका के पर्ल हारबर पर बम्ब से हमला कर दिया। तब से अमेरिका भी लड़ाई में जापान के खिलाफ भागीदार बन गया तो इंग्लैंड के साथ हो गया।

इस समय जुलाई 1945 में ब्रिटेन मे एक 'राजकीय विस्फोट' हुआ था। युद्ध लड़ने के समर्थ माने जाने वालों का दल कन्जर्वेटिव पार्टी ब्रिटिश चुनाव में हार गयी और उदारवादी दृष्टि वाली लेबर पार्टी बहुत वोटों से विजयी हो गई थी। अब लड़ाई समाप्त हुई तो ब्रिटेन के लोगो ने कल्याण कारी सरकार को बहुमत से चुना था। क्लेमेंट एटली प्रधान मंत्री बनें। वे भारत को सकारात्मक आंखों से देखते थे। ब्रिटिश लोग स्वतंत्र, प्रजातंत्र को अपने लिए पसंद करते हैं तो 30 करोड़ भारत के लोग क्यों स्वतंत्र नहीं होने चाहिए?

***

गांधी की कल्पना

गांधीजी ने स्वतंत्र भारत की कल्पना की थी। उसे अपनी किताब 'हिन्द स्वराज' मे 1909 में जहाज में बैठे चर्चा किया था। कल्पना यह है कि स्वराज सबसे निम्न स्तर पर गांव से शुरू होता है। आस-पास के कुछ गांव मिलकर एक समुदाय बनता है। ऐसे नीचे से अधिकार बंटते हुए सबसे ऊपर के बंदे के लिए बहुत कम अधिकार बचेगा। प्रत्येक गांव एक सार्वभौम प्रभुत्व होता है। गांधी कल्पना का भारत होगा 7 लाख सार्वभौम प्रभुत्वों का संघ Federation of 7 hundred thousand soveign Republises (पाकिस्तान के पहले के भारत में 7 लाख गांव थे अब भारत में रह गए 5.76 हजार गांव) तुलना कर सकते हैं कार्ल मार्क्स के विचार से जहां वे कहते हैं कि "अंत में सरकार बिखर जाएगा। Ultimately the State with Whither Away.

दोनों गांधी और मार्क्स की एक जैसी दृष्टि। लेकिन सोवियत रूस में न मार्क्स की बात कृति में उतरी न भारत में गांधी की। गांधी की रचना में केन्द्र बिन्दु व्यक्ति को यह महत्व मिले तो वह चरित्रवान, जिम्मेदार नागरिक बनेगा।

मध्य प्रदेश के नरसिंहपुर जिले का छोटा सा गांव वधवार में ऐसे विकेंद्रीकृत व्यवस्था से गांव की सुंदरता प्रकट होती है। अमेरिका एक दो गांव को सुंदर बनाकर रखा है जहां मोटरगाड़ी की जगह घोड़ा गाड़ी और बिजली बत्तियों की जगह मोमबती जलती है। यह सब आज मात्र नमूना बने हैं। उसकी खूबी लोगों को प्रभावित कर रही है।

जवाहर लाल नेहरू अवश्य गांधी जी के प्रशंसक थे और उनसे प्रभावित थे। लेकिन कई यूरोप के देशों में प्रवास किये थे और क्रांति के कुछ ही वर्षों में सोवियत रशिया कितनी प्रगति की है देख

आयें थे। वहां बड़े यंत्रों का उपयोग हुआ था। पर गांधी जी उन यंत्रों के विरोधी थे। जमना लाल बजाज के दामाद श्रीमन नारायण ने गांधीजी से पूछा था "क्या आपका चरखा यंत्र नहीं।" सूत कात रहे गांधीजी हाथ उठाकर श्रीमन नारायण जी को दिखाते कहा "मेरे पॉच उंगलियां भी यंत्र है। फिर कहां लकीरें खीचेगें? गांधीजी बोले "ऐसे जो भी मशीन हैं, स्वागत है जो प्रत्येक बालिग व्यक्ति को रोजाना 8 घंटे का उद्योग दे सके।"

एक कसौटी से गांधीजी की मन की दिशा का पता पड़ता है। आज सेवाग्राम के चारों ओर बिजली आ गई है। पर बापू कुटी में एक ही केरोसिन बत्ती है और दो चार हाथ के पंखे पड़े है। बजाज जैसे उदार उद्योगपति बापू कुटी में बिजली लाने के लिए करोड़ रूपए लगाने को तैयार थे। पर बापू की शर्त कौन पूरा करें? बापू कुटी में तब बिजली आयेगी जब भारत के सबसे गरीब के घर बिजली पहुंच जाए। यह धारणा पूरी गलत है कि बापू बिजली या विज्ञान के विरोधी थे।

जवाहर लाल नेहरू दुनिया घूमे थे। पश्चिम के ग्रामों से प्रभावित थे जो स्वच्छ थे। सोवियत रूस में तभी (1917) मजदूर कांति हुई थी। जो लेनिन जेल में बंद थे वे देश के मुखिया बन गए थे। 1924 में उनकी मृत्यु हो गई थी लेकिन उनके हिसाब से कम्यूनिस्ट व्यवस्था काम कर रही थी। ज़ार राजाओं के महलों को बच्चों का महल बनाकर बच्चों के मनोरंजन एवं शिक्षण के लिए उपयोग कर रहे थे। सामूहिक खेती होती थी। इन सबसे नेहरू प्रभावित थे। स्वतंत्र भारत के लिए उनकी कई कल्पनाएं थीं लेकिन गांधीजी की कल्पनाओं से भिन्न। बीच में फरवरी 1946 में भारत की नौसेना में एक दंगा हो गया था। हिंदू-मुस्लिम-सिख सभी नौसैनिक मिलकर शासन के विरोध में सत्याग्रह किया था और "भारत छोड़ो" आंदोलन से ही उनको प्रेरणा मिली थी। उसकी कौमी एकता से गांधीजी प्रसन्न हुए थे। सरदार पटेल ने उनको शरणागत होने को कहा। देश आजाद होने के बाद न्याय मिलेगा।

जेल मे रहते समय डा. जे.सी. कुमारप्पा ने गांधी अर्थशास्त्र को समझाती किताब "शाश्वत अर्थ शास्त्र" लिखा था। उसमे प्रकृति के साथ जुड़कर जीने से मनुष्य कुल कैसे सुखी रह सके और प्रकृति का शोषण करके मनुष्य अपने आपको मालिक समझने से कितना नुकसान पाएगा। इस सिद्वांत को जे.सी. कुमारप्पा ने सुंदर रूप से विवेचन किया है। मनुष्य अपने वास स्थान के मूल रूप को नाश न कर अपना खाना, पहनना और रहना सभी व्यवस्था करना ही यह शाश्वत अर्थ शास्त्र का आधार था। याने जीवन का आधार. ग्राम का स्वरूप लेगा शहर कम बनेगा। इसी विचार के अनुरूप गांधीजी का महावाक्य था-"पृथ्वी माता के पास प्रत्येक मनुष्य की आवश्यकता पूर्ण करने के लिए पर्याप्त साधन है, लेकिन मनुष्य के स्वार्थ साधने को नहीं।"

यही व्यवस्था ग्राम स्वराज्य है। ध्यान देना जरूरी है कि पंचायत ग्राम के लोगों के चुने हुए कुछ प्रतिनिधियों की है। ग्राम सभा उस ग्राम में जन्में सभी अठारह वर्ष के उपर के स्त्री-पुरूष को मिलाकर बनती है। ग्राम सभा प्रत्येक मास में एक बार मिलकर ग्राम की योजना बनाती है। सब मिलकर चर्चा करते है उसके अभाव में ग्राम स्वराज्य अधूरा रह जाता है।

सुभाष बोस का निधन

18 अगस्त 1945 को सुभाष चन्द्र बोस जापान के हार जाने के बाद ताइवान से रूस जा रहे थे। उस हवाई जहाज के आकस्मिक रूप से जल कर गिरने से नेता जी सुभाष चन्द्र बोस की मूत्यु हो गई। खबर विमान चालक कर्नल हबीबुर रहमान ने ऐलान किया। यद्यपि सुभाष बोस बराबर गांधी जी के अहिंसा सिद्वान्त का विरोध करते रहे लेकिन सुभाष बोस ने ही 1944 की जुलाई में अपने स्वतंत्र भारत सरकार की घोषणा सिंगापुर से करते हुये सर्वप्रथम गांधीजी को "राष्ट्रपिता" नाम से संबोधित किया था। उस जमाने की यह विशेषता थी कि मतभेद होते हुए भी एक-दूसरे का सम्मान, आदर करते थे। एक आदर्श स्थिति थी।

एक बात का उल्लेख करना प्रसांगिक होगा। कुछ लोग कहते रहे सुभाष बाबू तब मरे नही। लंबे समय तक भेष बदलकर (मौनी बाबा बनकर) जीवित रहे। यह कैसे हो सकता? सुभाष बाबू तो जीवित शेर थे। देश में आपसी झगड़े, धोखेबाजी आदि इतने बड़े पैमाने मे हो रहे थे। तब वह शेर कैसे चुप बैठा रह सकता? यदि वह चुप बैंठा तो वह सुभाष नही।

अस्वस्थता के कारण गांधीजी अकाल पीड़ित बंगाल नही जा पाए थे। अब गांधीजी बंगाल गए और बहुत पुराने साथी सतीश चन्द्र दास गुप्ता द्वारा स्थापित सोहपुर आश्रम में रूकें और घूम कर अकाल की स्थिति को देखा। सत्याग्रह के समय स्वतंत्रता घोषित करने वाले मेदनीपुर गये और वहां के लोगों की बहादुरी की प्रशंसा की और साथ ही हिंसा न करने की चेतावनी भी दी।

बंगाल रहते हुए गांधीजी कई बार गवर्नर के.सी से मिले । बंगाल की समस्याओं के बारे में विस्तृत चर्चाएं की। केसी की ग्रामोद्योग में रूचि थी और गांधीजी में आदर भावना। उन्हें एक दृश्य बराबर याद रहता है। बोले कि जब बात करके गांधीजी लौटते थे तब उनके यहां काम करने वाले करीब

150 हिन्दू-मुसलमान कर्मचारी दोनों तरफ खड़े होकर उनको सम्मान देते थे।

जनवरी 1946 में गांधीजी दक्षिण भारत में हिन्दुस्तानी का प्रचार करने के लिये मद्रास पहुंचे। उस समय बीमारी के कारण अस्पताल में भर्ती हुए एस.वी. श्रीनिवास शास्त्री से मिलने के लिए गांधीजी अस्तपताल गये। यद्यपि दोनों में कुछ बातों में मतभेद थे तो भी गांधीजी अस्तपताल में गये। श्रीनिवास शास्त्री ने उठकर गांधीजी का स्वागत करना चाहा पर कमजोरी से उठ नही पाये। वे बोले 'आज मैं जीवन्त राम का दर्शन कर रहा हूं। गांधीजी ने कहा इतनी उत्प्रेक्षा न करे तब शास्त्री बोले मात्र 'क्योंकि आप मेरे मित्र है यह कैसे अपवाद हो जाएगा कि आज की दुनिया में आप सर्वश्रेष्ठ व्यक्ति है?'

मद्रास से गांधीजी मदुरै गए जहां सबसे बड़ा मीनाक्षी मंदिर हरिजनों के लिए खुल गया था।

***

चुनाव फलितांश

अबकी बार चुनाव में मात्र पढ़े-लिखे और पैसे वाले लोगों को चुनाव में वोट देना था। कुल मात्र चार करोड़ साठ लाख महिलाओं ने मत दिया था। गांधीजी ने चुनाव प्रचार में भाग नहीं लिया और कांग्रेस के हजारों कार्यकर्ता जेल से देरी से छूट कर आये थे। बंगाल, पंजाब, सिंध प्रांत छोड़कर सभी राज्यों में कांग्रेस का बहुमत आया था। जब कांग्रेस कार्यकर्ता जेल में थे और मुस्लिम लीग ने ब्रिटिश सरकार को लड़ाई में खूब मदद की तो मुस्लिम लीग काफी मजबूत हुआ था और अच्छे मत भी प्राप्त किया। पाकिस्तान के नाम से ही मुस्लिम लीग ने मत मांगा था तो पाकिस्तान के पक्ष में यह मत गये थे यह स्वीकार करना पड़ा था। अम्बेडकर के निम्न वर्गों के समूह के लिए आरक्षित 151 स्थानों में से मात्र दो स्थान मिले जबकि 142 स्थानों से जनता ने कांग्रेस को ही जिताया था। पश्चिमोत्तर प्रांत से खान अब्दुल गफ्फार खान की खुदाई खिदमतगार और मुस्लिम लीग करीब-करीब दोनों बराबर जीते थे।

गुजरात समाचार की पत्रिका के उत्तर में गांधीजी बोले थे "यदि ईश्वर कृपा से मैं 125 वर्ष जीवित रह गया तो भारत मे नया नैतिक समाज लाने का प्रयास करूंगा। जेल जाओ आंदोलन से नया राष्ट्र प्रेम जगा था। पत्रिकाओं के छापने की फिर से अनुमति मिली थी तो अब हरिजन की 60 हजार प्रति, हरिजन सेवक 40 हजार प्रति छपने लगी। इस समय सेवाग्राम आश्रम की महिला कार्यकर्ता के साथ पंजाब की अमतुस्सलाम, गांधीजी की पोती मनु गांधी, आभा गांधी भी आ गई थी।

अब निसर्ग चिकित्सा की ओर ध्यान देने के लिये फिर पूना के पास उरूली कांचन गए और रोगियों की मिट्टी पट्टी, कटिस्नान, सूर्य स्नान आदि चिकित्सा सिखाएं।

अपने रामनाम की महिमा इस तरह समझाया "राम नाम टूटी हड्डियों को शायद जोड़ नही सकता लेकिन मन को शांति देता है। उससे मृत्यु भय को भी टाल सकते हैं। दिल्ली हरिजन आश्रम वालों की प्रार्थना सभा में बोले थे "मेरा राम दशरथ का पुत्र राम नहीं। न ही वह इतिहास का राम है।" वह स्वयंभू, अजान, कालातीत, शास्वत राम है। मैं उस राम का स्मरण करता हूँ। मुसलमान जिसे अल्लाह खुदा कहते हैं। वह भी वो ही हैं। उसकी कृपा के लिये किसी धर्म के व्यक्ति उससे प्रार्थना कर सकते हैं। हरिजनों के लिए विशेष मंदिर और कुआं तैयार हुआ। तब उन्होंने कहा वे जब अलग-अलग शहर जाएंगे तब हरिजन कालोनी में ही ठहरेगें।

***

एटली के आश्रम

ब्रिटेन में एटली के प्रधान मंत्री बनने पर वे सोचने लगे कि भारत को स्वतंत्रता देने का समय आ गया है और उस ऐतिहासिक घटना से एशिया में नया सूरज उगेगा। उसी दृष्टि से तीन सचिव जो गांधी के परिचित थे फ्रेडरिक पेथिक लारेन्स, स्टफोर्ड क्रिप्स और मजदूर नेता ए.वी. अलेक्जेंडर के नेतृत्व में एक आयोग 1946 के मार्च में भारत पहुंचा। आयोग से मिलने के लिए गांधीजी दिल्ली चले। तब उद्योगपति जी.डी. बिरल ने गांधीजी को अपने घर रहने को आमंत्रित किया पर गांधीजी बोले वे पुरानी दिल्ली के किंग्सवें कालोनी की हरिजन कालोनी में रूकेंगे। तब बिरला ने कहा वहां के पानी, बिजली की व्यवस्था वे करेंगे। गांधीजी ने शर्त रखी कि वह व्यवस्था आगे भी रहेगी।

अप्रैल 1946 को गांधी जी किंग्सवें कैंप के हरिजन आश्रम पहुंचे। अगले दिन ता.2 को ही गांधीजी ने आयोग को पत्र लिखकर बताया कि बातचीत का वायु मंडल बने। उसके लिए 1. सभी राजनैतिक कैदियों को जेल से छुड़वा दें 2. नमक पर लगा कर वापस कर दें। आयोग ने उत्तर दिया राजकीय कैदियों को तुरंत छोड़ देंगे पर नमक कर के बारे में थोड़ी चर्चा करना बाकी है और उसमें देर लगेगी।

दूसरे दिन आयोग के तीनों सदस्यों ने हरिजन कालोनी आकर गांधीजी से चर्चा की। आयोग को गांधीजी ने स्पष्ट किया कि वे कांग्रेस के प्रतिनिधि नहीं है। अधिकृत चर्चा तो कांग्रेस के चुने प्रतिनिधियों से करना चाहिए। आयोग ने आशा व्यक्त की कि वे भारत छोड़ने से पहले कांग्रेस और मुस्लिम लीग दोनों से मिलकर स्वंतत्र भारत के लिए एक स्वरूप प्रस्तुत कर दें तो वे संतुष्ट होकर ब्रिटेन लौट सकेंगे। गांधीजी बोले कि उसकी संभावना कम ही दिखती है। उसी के लिए वे ईश्वर से प्रार्थना करते हैं।

गांधीजी के पहुंचते ही हरिजन कालोनी में प्रति शाम प्रार्थना होने लगी। बड़ी संख्या में लोग आने लगे। 6 अप्रैल 1946 की शाम प्रार्थना के बाद गांधीजी ने लोगों को याद दिलाया कि 27 वर्ष पूर्व इसी 6 अप्रैल को देश भर में हिन्दू, मुसलमान, सिख सभी ने एकत्रित होकर सत्याग्रह किया था। ऐसी एकता की आज जरूरत है।

कांग्रेस की ओर से नेहरू, पटेल, आजाद, गफ्फार खान आयोग से बात करने आए और मुस्लिम लीग की ओर से मोहम्मद अली जिन्ना और साथी। प्रस्ताव आया कि रक्षा, विदेश नीति तथा संपर्क विभाग केन्द्र सरकार के पास रहकर अवशेष बचे सभी विभाग राज्यों के साथ होंगे। उस आधार पर दोनों पक्षों के बराबर संख्या आयोग के साथ बैठकर संविधान आदि विषयों की चर्चा कर सकेंगे। यह सूचना जब गांधीजी के पास गया तब उन्होंने आपत्ति उठाई कि मुस्लिम प्रदेशो की बहुसंख्या के राज्यों की कुल आबादी से हिंदू बहुसंख्या वाले राज्यों की आबादी दुगुना से भी अधिक होगी तो बराबर संख्या के प्रतिनिधि कैसे बैंठे? जिन्ना के प्रस्ताव कि 5 वर्ष बाद देसी राज्य के राजा स्वंत्रत भी रह सकेंगे को नेहरू ने मान लिया लेकिन पटेल ने विरोध किया कि उससे झगड़े खड़े होंगे। लेकिन मुस्लिम लीग की एक ही मांग कि पाकिस्तान एक सार्वभौम, स्वतंत्र राष्ट्र बने।

जब कांग्रेस ने यह बताया कि मुस्लिम बाहुल्य राज्य बंगाल, आसाम, पश्चिमोत्तर राज्यों में बड़ी संख्या के हिन्दू रहने के कारण उन क्षेत्रों को अलग करना पड़ेगा। आयोग ने कहा इससे और अधिक समस्याएं बनेगी। कहकर छोड़ दिया था। अब बातचीत के लिए ब्रिटिश भारतीय सरकार की ग्रीष्म ऋतु की राजधानी शिमला का चयन किया। गांधीजी शिमला के पास राजकुमारी अमृत कौर की कुटिया में रूकें। अप्रैल 29 को गांधीजी ने पत्र क्रिप्स को लिखा कि बातचीत से कोई फायदे के बदले हिंदू मुसलमान के बीच कटुता ही अधिक होते दिखती है। निराशा व्यक्त की थी।

आयोग को भी आशा नहीं बनी। उसने अपने ही प्रस्ताव सबके सामने रखकर वापस जाने की तैयारी शुरू की थी। उसके प्रस्ताव में था:- भारत को

1. हिंदू मताधिकार राज्य
2. मुस्लिम मताधिकार राज्य
3. सम समान मताधिकार मत के राज्य ऐसे तीन झुंड बना के, 10 वर्ष के बाद राज्यों को पक्ष बदलने का हक था।

गांधीजी को चिंता भी थी कि देश अखंड बना रहे। उन्होंने सुझाया। यदि मुस्लिम साथ रहे तो वही देश का अधिकार सम्हाले पर भारत एक बने रहे। ब्रिटिश सरकार के भारत के विदेश विभाग के सचिव ने दो ही बात का उत्तर दिया कि यह गांधीजी का प्रस्ताव स्वीकार नही कहकर अध्याय समाप्त कर दिया था।

क्योंकि आयोग का उद्देश्य भारत की आजादी की तरफ कदम बढ़ाना था तो उसने प्रस्ताव लाया कि वायसराय कौन्सिल में सभी भारतीय सदस्य रहेंगे। ऐसा एक अंतरिम सरकार बने। जून 16 को वायसराय बेवल ने सुझाया कि कांग्रेस से नेहरू, पटेल, राजाजी, राजेन्द्र प्रसाद, हरेकृष्ण महताब के सुझाव के अनुसार नेहरू उसके उपाध्यक्ष बने क्योंकि वायसराय पदेन अध्यक्ष रहेंगे। मुस्लिम लीग की ओर से जिन्ना और 4 सदस्य होगे। सिखों के प्रतिनिधि सरदार बलदेवसिंह । एक पारसी प्रतिनिधि।

कांग्रेस के नए अध्यक्ष

'भारत छोड़ो' अधिवेशन से छ: वर्ष मौलाना आजाद ही कांग्रेस के अध्यक्ष रहे तो अब नए अध्यक्ष चुनना था और आचार्य जे.बी. कृपलानी को अध्यक्ष बनाने का विचार था। लेकिन 15 कांग्रेस समितियों में से 12 समितियों ने सरदार पटेल का नाम सुझाया था। पर गांधीजी ने देखा कि स्वतंत्रता आने वाला है और कांग्रेस अध्यक्ष को ही प्रधान मंत्री बनने की संभावना है तो नेहरू का अध्यक्ष बनना उचित होगा। देश की व्यवस्था भी सम्हालना और विदेशों के राजकाज नेहरू समझते हैं। हिंदू-मुस्लिम राजनीति भी नाजुक है और पटेल से अधिक स्वीकार्य है। कार्यकारी के सभी सदस्यों को यह मंजूर था। पटेल की अपेक्षा नेहरू भारत के सभी क्षेत्रों को जानते हैं।

जून 28 को गांधीजी पंचगनी से बांबे जाते हुए रेल गाड़ी के चालक की सतर्कता के कारण रेलगाड़ी दुर्घटना से बच गई। बांबे पहुंचने से पहले रेल की पटरी पर बड़े-बड़े पत्थर जमाकर रेल गिराकर गांधीजी की हत्या का प्रयास हुआ था। पर वे तो आराम से सो रहे थे। चालक ने जागरूकता से रेल रोक दिया था। पत्थर हटाने से रेल 2 घंटे देरी से बांबे पहुंची।

वायसराय के सुझाव से जिन्ना संतुष्ट नहीं थे। विशेषकर इसीलिए कि उसमें नेहरू को सरकार का मुखिया बनाने का संकेत था। सरकार बनाने का प्रस्ताव गिर गया। आयोग जून अंत तक वापस चला गया।

कांग्रेस कार्य समिति के निर्णय का अनुमोदन करने के लिये कांग्रेस की ए.आई.सी.सी अधिवेशन

जुलाई को बैठक की। अभी जेल से छूट कर आये युवा समाज वादी सदस्य जे.पी., लोहिया आदि प्रस्ताव से नराज थे। पैसे और शिक्षा के आधार पर चुनकर आयें लोगों से जन प्रतिनिधित्व नहीं होगा और उनके द्वारा बना संविधान स्वंतत्र भारत के अनुकूल नही होगा।

वायसराय के मन से चुने मंत्रियों के काम से कांग्रेस असंतुष्ठ थी और जिन्ना ने भी असहमति प्रकट की थी। सरकार बनाने की सलाह असफल हो गई।

***

सीधा संघर्ष (Direct Action)

जिन्ना निराश हुए थे। वे कभी निष्ठावान मुसलमान नहीं थे। पूरा पाश्चात्य संस्कार अपनाया। जिन्ना के ऊपर "पाकिस्तान (पवित्र स्थान) का हठ सवार था। पर यह कार्य रूप में कैसे आये? चुनाव मे यह तो देखा था कि अब बड़ी मुस्लिम जमात उनको सुनती थी और पाकिस्तान के नारे से आर्कषित होती थी। वैसे जिन्ना तो सड़क राजनीति को पसंद नही करते थे। 1920 का गांधीजी के सत्याग्रह को उसी कारण उन्होंने विरोध किया था। उनको संविधानिक मार्ग ही ठीक लगता था। गांधीजीं-कांग्रेस से दूर भी हो गए थे। पर अब इंग्लैंड से आये आयोग ने भी जिन्ना को निराश कर दिया। कोई और मार्ग खोजने लगे। अब बंगाल में मुस्लिम लीग का ही राज्य चल रहा है। अन्य राज्यों में भी लीग के अनुयाई काफी हो गए हैं। इस बड़ी संख्या की शक्ति का कैसे उपयोग हो सकता है? लोग सड़क पर आएंगे तब तो शक्ति दिखाई पड़ेगी। इसलिए जिन्ना को कार्यक्रम सूझा, "सीधा संघर्ष' (Direct Action) माने लोग सीधा सड़कों पर उतर के शक्ति प्रदर्शन करे। आदेश गया कि 16 अगस्त 1946 के दिन देशभर में यह कार्यक्रम हो।

पत्रकारों ने जिन्ना से पूछा 'क्या यह संघर्ष अहिंसक रहेगा? तो जिन्ना बोले, "नीति शास्त्र" बोलने का मुझे अब फुरसत नही।"

आदेश सारे देश के लिए था। लेकिन आंखे लगी थी बंगाल पर जहां मुस्लिम लीग की ही सरकार थी। और खासकर उनकी राजधानी कलकत्ते पर। मुख्य मंत्री और लीग के नेताओं के भाषण सुनने के लिए जाते हुए काफी हिंसा हुई। हड़ताल की बात न मानने पर खुली हुई दुकानों पर आग के गोले फैंके गए। पत्थरबाजी चारों ओर और उत्तेजित भाषण सुनकर छुरी, तलवार और औजारों के साथ शहर भर में हिंसा हुई। कई लोग मरे। ता 16 की शाम और रातभर हिंसा चली। कलकत्ता हिंदू

बाहुल्य शहर था और हिंदू महासभा का भी प्रभाव था तो बाद के दो दिन बदले की हत्याएं हुई। शहर भर में छूरी, तलवार और बम्ब तक चले। पूरा शहर श्मशान हो गया तब चौथे दिन सेना ने आकर व्यवस्था संभाली। लेकिन तब तक बहुत नुकसान हो गया था और हिंसा शहर को पार कर के गांवों में भी फैल गई थी।

गांधीजी सेवाग्राम में हिंसा की खबर सुनकर बैचेन हो गए। वायसराय बेवेल भी चिंतित हुए। और एक बार अधिकार बदलने के प्रयास से गांधीजी के माध्यम से व्यवस्था संबंधी अगस्त 28 को दिल्ली में सभा बुलाई और 2 सितंबर 1946 को एक अंतरिम मिश्रित सरकार घटित हो गई। नेहरू इसके प्रधान बने और पटेल, राजाजी, राजेन्द्र प्रसाद, शरत चन्द्र बोस, (सुभाष चन्द्र बोस के भाई), जगजीवन राम, बलदेव सिंह मंत्री बने। अधिकार स्वीकार से पहले कुछ मंत्री गांधीजी के आर्शीवाद के लिए सेवाग्राम गए। उस दिन उनका मौन का दिन था। इसीलिए राजकुमारी अमृत कौर अतिथियों को खादी की मालाएं पहनाकर स्वागत किया। गांधीजीं ने एक कागज पर लिखकर उनको दिया। उसमें लिखा था, "दांडी यात्रा याद रहे, नमक कर रद्द करें।", हिन्दू मुस्लिम एकता, अस्पृश्यता निवारण और खादी प्रथम कार्यक्रम हो"

नेहरू ने सरकार में जाने के बाद कांग्रेस के अध्यक्ष पद से त्याग पत्र दे दिया। आचार्य जे.बी. कृपलानी कांग्रेस अध्यक्ष बने। मंत्री मंडल में मुस्लिम लीग शरीक हुई तो देश में हिंसा रूक सकती है। यह समझ कर वायसराय बेवेल ने इस कार्य मे गांधीजी की मदद चाही। गांधीजीं भोपाल नबाब के साथ मिलकर एक बयान तैयार किया। "मुस्लिम लीग देश के अत्यधिक मुसलमानों का प्रतिनिधित्व करता है। इस बात को कांग्रेस स्वीकार करती है। उस नाते लीग को सरकार में भाग लेना जरूरी है। लेकिन कांग्रेस के कौन मंत्रीमंडल में रहेगें इसको कांग्रेस ही चुनेगी। जिन्ना को स्वीकार नहीं था और लीग की तरफ से 5 नाम दिया गया जिसमें बंगाल के एक हरिजन जोगेंद्र नाथ मंडल भी थे।

1946 के अक्टूबर 2 को गांधीजी के 77वें जन्मदिन पर देश-विदेशों से कई शुभकामनाएं आये थे। यह खुश खबरी की बातें सरकार ने कानून बनाया है कि हरिजन को कोई सार्वजनिक स्थान, कुआं, तालाब, मंदिर, शाला, श्मशान आदि स्थानों का प्रवेश रोका या किसी रूप से अपमानित किया तो वह दंडनीय अपराध होगा। लेकिन गांधीजी का एक ही बात से मन भरा था कि देश मे फैले हुए हिंसा कैसे रोकी जाए और हिंदू मुस्लिम एकता कैसे पुनर्स्थापित हो। लेकिन नई सरकार नया रूप लेते समय गांधीजी को वायसराय और कांग्रेस दोनों तरफ से आग्रह था कि वे दिल्ली ही रहें।

लेकिन देश में हिंसाचार बढ़ रहा था। मारपीट, लूट, महिलाओं पर अत्याचार, धर्म परिवर्तन जैसी खबर देश के विभिन्न भागों से रोज-रोज आ रही थी तो गांधीजी विचलित हो गए। क्या अपने सत्य, अहिंसा आचरण में कोई कमी रह गई? क्या 1931 के कानपुर हिन्दू मुसलमान झगड़े में शहीद गणेश शंकर विद्यार्थी की बलिदान से या अहमदाबाद हिंसा रजन-वसंत के बलिदान से शांत हुआ। ऐसे ही पूर्व बंगाल की हिंसा बलिदान मांग रही है? तो गांधीजी तैयार होने लगे कि स्वयं बलिदान देना पड़ेगा।

29 अक्टूबर 1946 को गांधीजी रेल से नोआखाली के लिये कलकत्ता रवाना हो गये। प्यारेलाल और लोगों ने बहुत मना किया कि 77वें साल में इस कार्य के लिये उनका शरीर योग्य नही है। पर गांधीजी ने एक न सुनी। चल पड़े। उनके साथ प्यारे लाल, उनकी बहन डा. सुशीला नैय्यर, बीबी अमतुस्सलाम। आचार्य कृपलानी की बंगाली पत्नी सुचेता कृपलानी को भी बुलाया। गाड़ी उत्तर प्रदेश, बिहार होकर जा रही थी तो रास्ते में हजारों लोग गांधीजी के दर्शन के लिये जुट जाते थे। उनके बुलंद नारा "महात्मा गांधी जी की जय' गांधीजी को अखरने लगा था। कलकत्ता पहुंचने पर प्रधानमंत्री मुस्लिम लीग के सुहरावर्दी और अन्य मंत्री और सहयोगियों ने स्वागत किया। गांधीजीं से अनुरोध किया गया कि नोआखाली में हिंसा है लेकिन राजधानी कलकत्ते में भी हिंसा बंद नही हुई है। गांधीजी दो दिन कलकत्ता में रूक गये।

इस बीच बिहार में हिंसा बढ़ रही है। खबर आई तो गांधीजी ने बिहार के लोगों के नाम बहिरंग पत्र लिखकर बताया कि क्रोध प्रतिरोध से अपनी और देश की अवनति होगी। यह भी बताया कि बिहार हिंसा के कारण उन्होंने अपने आहार की मात्रा कम किया है और स्थिति बिगड़ी तो उसे उपवास में बदल सकते हैं।

कलकत्ता का दृश्य भयावह था। टूटे हुए जले हुए, दुकान, मकान और कई मंदिर, मस्जिद भयंकर। नोआखाली जाने के लिये गांधीजी के लिये सरकार ने विशेष गाड़ी चलाई। गाड़ी से गांधी परिवार गोलेंडो पर नवबंर 6 को उतर कर वहां से 120 किलोमीटर गांव में जाना था। टेढ़े मेढ़े गांव के रास्ते में चलते दोनों बगल में फैले हरियाली खेत और पशुओं को देखकर गांधीजीं प्रफुल्लित हो उठे। लंदन, दिल्ली, मेरठ (कांग्रेस अधिवेशन) मे देश की आजादी और आगे की गंभीर चर्चाएं चल रही हैं। उस समय सबके कारण गांधी सबसे दूर बंगाल के गांव में समय बिता रहे है। पहला गांव चन्दापुर। एक दिन गांधी परिवार चन्दापुर में रूका।

नोआखाली मुस्लिम बाहुल्य जिला। हिंदू अल्प संख्यक लेकिन जमींदार और धनवान। अधिकांश मुसलमान उनके ही काम कर रहे थे। गांव मे ही गांधीजी को हिन्दुओं पर अत्याचार की खबर मिली। गांधीजी बोले थे कि ऐसे समय हिम्मत से काम लेना चाहिए। उसी तरह जब मुसलमानों ने कहा कि थोड़े ही मुसलमान तोड़-फोड़ में लगे और सबको बदनाम किया जा रहा है तो गांधीजी बोले कि यदि कुछ लोग गलत काम करे और बहुत उनको नहीं रोके तो वे भी गलत काम में शरीक हुये माने जायेंगे।

प्रत्येक गांव में प्रार्थना सभाओं मे जमकर लोगों की भीड़ रहती थी और मुसलमान ही अधिक रहते थे। गांधीजी समझाते थे कि इस्लाम का मतलब वही शांति, अमन। गांव में यात्रा के समय सुभाष बोस की आजाद हिन्द फौज के निवृत निरजन सिंह और जीवन सिंह ने अपने निष्ठावान सहयोगियों की एक टोली बनायी, जो स्वच्छता, सामान उठाना, तत्कालिक शिविर बनाकर सभा के लिए मंच, छप्पर और व्यवस्था तथा जरूरत पड़े तो वाहन चलाना आदि सभी काम खुशी से करते थे।

सतीश चन्द्र गुप्ता के सोदपुर आश्रम का नोआखाली रक्षण, परिहार एवं पुनर्वास समिति पुनर्निर्माण का काम कर रही थी। तो गांधी के काम मे और आयाम जुड़ा। अब गांधी परिवार में शामिल हुए आभा, कनू गांधी, सुशीला नैय्यर, ठक्कर बापा केरला के शीघ्र लिपिकार परशुराम, कलकत्ता विश्व विद्यालय में मानव शास्त्र के अध्यापक निर्मल कुमार बोस द्विभाषी का काम करते थे और गांधीजी को बंगाली पढ़ाते भी थे।

नोआखाली में अपनी स्थाई निवास मुसलमानों की अधिक संख्या वाले शहर श्रीरामपुर को चुना। कार्यकर्ताओं को लोगों में निर्भय लाना, स्वस्थानों को वापस भेजने, निराश्रितों के भोजन और वस्त्र की व्यवस्था करने के लिए अलग-अलग शहरों को भेजा। प्रथम दिन ही एक पत्रिका वयान में गांधीजी ने बताया कि पूर्व बंगाल में हिंदू व मुसलमान पूर्ववत शांति से रह रहे है ऐसा विश्वास आने तक वे वहां से नही हटेंगे।

गांधीजी प्रतिदिन श्रीरामपुर के अड़ोस-पड़ोस के गांवों में नंगे पैर सुगमता से चलते थे। पैर में छाले आ गए। यह देखकर लोग चप्पल पहनने को कहते थे तो गांधीजी कहते थे मैं पवित्र तीर्थ यात्रा में आया हूं। लोगों का खून यहां गिरा है। चप्पल कैसे पहनूं?

गांधीजी चलने लगते थे तो 100 गज आगे, गांधीजी के मना करने पर भी एक पुलिस टोली चलती थी। सड़क के दोनों ओर लोगों की भीड़ से लगता था कि शांति का संदेश गांधीजी के साथ-साथ चल रहा है। बंगाल में गांधीजी के साथ ही साथ इतिहास बनते चला जा रहा था। पदयात्रा एक उत्सव बनते जा रहा था। लोग अलग-अलग वाद्यों के साथ आकर बजाते थे। कहीं दूर पुल पर गांधीजीं गिरने का संकेत करते थे तो लोग खूब हंसते थे।

रास्ते में गंदगी देखते तो स्वयं गांधीजी और सहयोगी साफ करते थे। गांधीजी दुःखी महिलाओं से बात करके सलाह देते थे। गांधीजी नोआखाली के प्यारा संकेत बन गए थे। गांधीजी ने प्रधानमंत्री सुहरावर्दी को पत्र लिखा कि वायु मंडल बहुत कुछ सुधरा है लेकिन कई अपहृत महिलाएं घर पहुंची नहीं। सरकार के लिए बहुत काम हैं। सुहरावर्दी गुस्सा होकर उत्तर दिया "आपको लगे कि अपना काम हुआ है तो तुरंत बिहार जा सकते हैं। वहां बहुत काम है।"

वहां भी गांधीजी एकता का संदेश देते गए और अस्पृश्यता निवारण करें। सवर्ण हिंदू लोग हरिजनों को आदर करें। साथ बैठकर खाना खाएं तो एकता की शक्ति बनेगी।

1947 के जनवरी में प्रार्थना के अंत में मनू गांधी ने धुन गाया

'रघुपति राघव राजाराम

पतित पावन सीता राम

ईश्वर अल्लाह तेरे नाम

सबको सन्मति दे भगवान'

एकत्रित हिंदू-मुस्लिम सभी रोमांचित हो उठे। तब से यह धुन देश भक्तों में जनप्रिय हो गया। एक दिन की बैठक में एक आदमी गांधी टोपी पहनकर आ गया तो दूसरे दिन से प्रार्थना में कई सफेद गांधी टोपी दिखने लगी। सारा जिल्हा सौहार्दपूर्ण वायुमंडल से भर गया।

43 दिन लगातार श्रीरामपुर में रहने के बाद 2 जनवरी 1947 को बापू परिवार के लोगों के काम देखने चल पड़े। गांधी परिवार ने जिले के स्वरूप को ही बदल दिया था। दंगे मे भाग गए हिंदू लोग वापस आने लगे थे और जिन लोगों ने भगाया था वे स्वयं उनको प्यार से स्वागत किया और भरोसा दिया। भटियालपुर में तोड़ी हुई हिंदू मूर्ति की पुर्नस्थापना गांधी जी के हाथों से करवाया। उपस्थित मुस्लिम लोगों ने उस मूर्ति और हिंदूओं का रक्षण उनकी जिम्मेदारी बताया। पानगिरि गांव में डा. सुशीला नैय्यर दवा दारू से लोकप्रिय हुई और लूटे हूए सामान बाहर आए और सही मालिकों को मिल गए। बाजू मे करपारा गांव में सुशीला ने स्कूलों को चालू कराया और साप्ताहिक बाजार को फिर से चालू कराया जिसमे हिंदू व मुसलमान सब मिलकर व्यापार करने लगे। समदेव पुर और हैमाचर गांवों में कन्नू-आभा गांधी युवजनों में कला और छायाचित्र के माध्यम से सक्रियता फैलाई। हैमाचर में एक हरिजन घर पर रूके हुए ठक्कर बापा गांवों में शौचालय बनाए। कलकत्ते के अशोक गुप्ता, रेणुका राय, स्नेहाराणा सब लोगों ने अच्छा वायु मंडल बनाया।

20 जनवरी 1947 को गांधीजी सिरडिया गांव पहुंचे। वहां भी अमतुस्सलाम 25 दिन से उपवास कर रही थी। उपवास का कारण था दंगे के समय मंदिर से 3 तलवार की चोरी हो गई थी। गांधीजी के कितने ही कहने पर भी उपवास तोड़ने को तैयार नहीं हुई। फिर गांधीजी ने आस-पास के गांवों से लोगों की सभा कर के अमतुस्सलाम को कई ग्रामीणों के सही अथवा अंगूठा छाप से ज्ञापन दिया कि हिंदू-मुस्लिम मिलकर रहेंगे। दूसरे धर्म का अपने धर्म जैसे आदर करेंगे। अब तुरंत अमतुस्सलाम ने उपवास तोड़ा। यह हम सब की इच्छा है तब उनका उपवास टूटा।

***

मनू गांधी और पत्थर

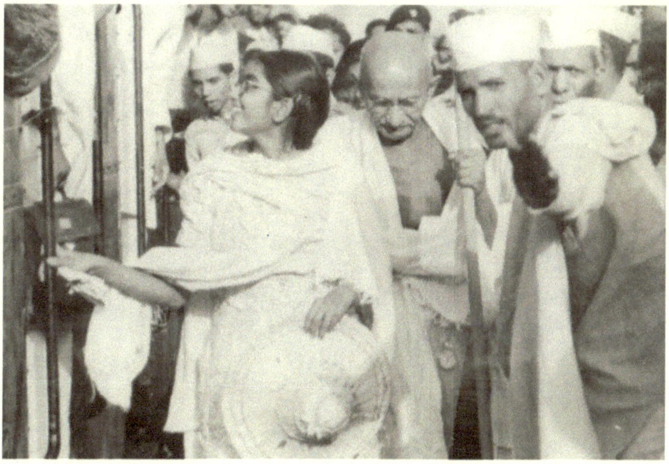

भाटियाल पुर से श्रीरामपुर लौटते हुए जल्दी में गांधीजी नहाते समय उपयोग में आने वाले उस पत्थर को मनू बहन भूलकर आ गई थी। गांधीजी नहाने चले तो पत्थर नही। गांधीजी ने मनू को कहा वह अभी उस पत्थर को खोज लाएं। अंधेरा हो रहा है, जंगल का रास्ता। किसी को साथ लेने को भी मना किया । ईश्वर का नाम लेकर मनू जाकर पत्थर को खोज लाई। इतनी थक गई थी और दुःखी भी। लौंटकर उस पत्थर को गांधीजी के पास फेंक कर कहा 'लीजिए आपका पत्थर।' गांधीजी बोले "मनू तुम 'एकला चलो' गाकर सबसे प्रशंसा लेती हो। मुझे परीक्षा लेना था कि वह भावना तुम्हारे अंदर है या नही। परीक्षा में तुम सफल हो गई, मुझे खुशी हैं।"

अब बिहार की हिंसा बापू को वहां बुला रही थी। मीराबहन को नोआखाली से गांधीजी ने लिखा कि सत्य के पथ पर लगता है पूरा अस्थि-पिंजरों से भरा है। लेकिन हमें हिम्मत से चलना है।

***

आजादी की तरफ

गांधीजी नोआखाली के जिलों का दौरा कर रहे थे तभी दिसंबर 1946 में इंग्लैंड में नेहरू, जिन्ना, बेवेल, क्रिप्स आयोग के सदस्यों की बैठक हुई थी। नेहरू और कृपालानी ने सलाह के लिए गांधीजी को दिल्ली बुलाया था पर गांधीजी तो नोआखाली के काम में डूबे हुए थे। लंदन सभा के बाद एक आज्ञा निकली थी कि आसाम और पश्चिमोत्तर राज्यों में ज्यादा मुसलमान होने के कारण उन दोनों राज्यों को मुस्लिम क्षेत्र में जोड़ा जाए। कांग्रेस और मुस्लिम लीग की सम्मिलित सरकार चलाते समय गृहमंत्री सरदार पटेल को बहुत समास्याएं झेलनी पड़ती थीं। उनको लगने लगा कि मुस्लिम लीग से छुटकारा पाना ही समस्या का समाधान है। इसका अंदाज मिलते ही गांधीजी चिड़चिड़ाने लगे। इसी समय जिन्ना ने वायसराय को बताया कि छोटा हो या बड़ा पर एक स्वतंत्र, सार्वभौम पाकिस्तान बन जाए तो वे संतुष्ट होंगे। अभी गांधीजी नोआखाली में ही थे। तब 20 फरवरी 1947 को ब्रिटिश प्रधान मंत्री एटली ने एक वक्तव्य दिया कि ब्रिटिश राज्य जून 1948 तक भारत को राज्य सौंपने का विचार कर रही है और अब इस प्रक्रिया को शांति व सुगमता से कैसे करें। यह कार्य शुरू हो गया है। सत्ता हस्तांतरण की ओर। युद्ध के समय पूर्व एशिया के मित्र देश के दंड नायक थे लार्ड माउंटबेटन को वेवेल के स्थान पर वायसराय बनाया जा रहा है और वे 1947 फरवरी के तीसरे सप्ताह में अधिकार स्वीकार करने वाले थे।

अंग्रेजी शासन भारत के दो भाग करके छोड़ जाएगा, ऐसी हवा देश में चलने लगी तो सभी लोग अपने-अपने हिसाब करने लगे। गांधीजी बंगाल के हैमाचर गांव में थे तो हिंदू महासभा के नायक श्यामा प्रसाद मुखर्जी उनसे वही मिले। गांधीजी ने कहा कि किसी को भी अपने विचार के विरूद्ध घसीटना नही। और बताया कि वे अखंड बंगाल के पक्ष में है। गांधीजी ने कहा कि हिंदू-मुसलमान

आपस में भाईचारे से ही रहने का अंतिम समय आया है।

मार्च प्रथम सप्ताह में गांधीजी बंगाल से बिहार गए और शांति के लिए भ्रमण करने लगे। जयप्रकाश नारायण (जे.पी.) शांति कार्य में लगे थे और गांधीजी को बताया कि बिहार में हिंदू अधिक संख्या में थे तो मुसलमान अधिक मरे थे। और कांग्रेस की श्रीकृष्ण सिन्हा सरकार हिंदुओं का पक्ष लेती थी तो शांति लाना मुश्किल था। अपने भ्रमण में भी यही देखा था तो गांधीजी ने "कांग्रेस के लोग विश्वास योग्य नहीं और प्रामाणिक नहीं" कह कर कांग्रेस सरकार की आलोचना की थी।

उसी समय मुस्लिम लीग ने देखा कि पंजाब व पशिमोत्तर राज्यों में मुस्लिम बहुमत है लेकिन मुस्लिम राज्य नहीं। उनको अपने हाथ में लेने के उपाय देखने लगे। उन दोनों राज्यों के गवर्नरों को कहा कि वहां मिली-जुली सरकार अस्थिर है। इसीलिए उनको बरखास्त करके गवर्नर शासन चलाए। कांग्रेस और अकाली दल के साथ मिलकर सरकार चला रहे कम्यूनिस्ट पक्ष के प्रधानमंत्री खिजार को 'इस्लाम द्रोही' कहकर त्यागपत्र देने को मजबूर कर दिया। गवर्नर विरोधी पक्ष मुस्लिम लीग को सरकार बनाने के लिए आह्वान भेजा। मार्च 4 को लीग सरकार बनाने का आमंत्रण गया। ता 4 को शासन सभा बैठी तो उसके विरोध में नारे लगाने बड़ी भीड़ इक्कठे हो गई थी। अकाली नायक मास्टर तारा सिंह तलवार उठाकर सिखों की एकता का प्रदर्शन किया। कांग्रेस और अकाली दल मिलकर पाकिस्तान विरोधी दिन की घोषणा की। दूसरे ही दिन राज्य भर में दंगे शुरू हो गए। महायुद्ध से लौटे सिख पंजाबी लोग अपने हथियार के साथ दंगे में कूद गए तो बड़ी संख्या में हत्याएं हुई। लीग सरकार ने त्यागपत्र दिया और मार्च 5 को ही गवर्नर शासन लागू हो गया। सरदार पटेल ने अपने मित्र कान्जी द्वारका नाथ को लिखा कि भारत का विभाजन हुआ तो पंजाब व बंगाल का भी विभाजन होना अनिवार्य होगा।

प्रधानमंत्री जवाहर लाल नेहरू ने एक एरिया के नेताओं का सम्मेलन दिल्ली में 1947 के अप्रैल 1 व 2 को बुलाया था। गांधीजी को सम्मेलन का उद्धाटन करना था। गांधीजी अप्रैल 1 को दिल्ली पहुंचे और सरदार पटेल ने उनका स्वागत करके परिस्थिति का रिपोर्ट दिया था। गांधीजी उसी दिन लार्ड माउंट बेटन से मिले और भारत को अखंड बनाये रखने के लिये इतने दृढ़ थे कि नये वायसराय के सामने प्रस्ताव रखा कि जिन्ना की ही पाकिस्तान की मांग है, उसके बदले जिन्ना को ही देश का प्रधान मंत्री बनाने का प्रस्ताव रखें। और वो चाहें तो उनके साथ मंत्री मंडल बनाये क्योंकि केन्द्र सरकार में कांग्रेस का बहुमत है। कांग्रेस जिन्ना को सरकार चलाने में साथ देगी। माउंट बेटन इस प्रस्ताव से आश्चर्य चकित हो गये।

दूसरे दिन भी गांधीजी माउंट बेटन से मिलकर अपने सलाह को दोहराया और बोले कि वे कांग्रेस के नेताओं को समझायेंगे और देश भर में घूम कर जनता को भी समझायेंगे। वायसराय ने जवाहर लाल नेहरू को भोज पर बुलाकर गांधी जी के प्रस्ताव के बारे में चर्चा की। कांग्रेस कार्य समिति के सामने भी गांधीजी ने अपना प्रस्ताव रखा। गांधीजी का प्रयास था कि किसी भी तरह देश का विभाजन रूके। लेकिन कार्य समिति में गफ्फार खान के सिवाय सभी लोग प्रस्ताव के विरोधी थे। गांधीजी के प्रस्ताव के विरोध में कांग्रेस कार्य समिति ने निर्णय कर लिया। अखंड भारत का गांधीजी

का प्रयास विफल हो गया। एक बार फिर कांग्रेस ने गांधीजी को पूरा निराश किया।

एशिया के नेताओं को गांधीजी का प्यार और भाईचारा का संदेश था। पश्चिम का तो संदेश आया था एटम बम्ब के द्वारा। उस संस्कार से दूर एशिया से आध्यात्मिक व भाईचारा का संदेश एशिया से सारे जगत में जाना चाहिए। गांधीजी फिर से शांति कार्य के लिए बिहार गए। उससे पहले सुभाष बाबू की आजाद हिंद फौज के जनरल शाह नवाज खान के साथ उनके सिपाहियों को भेजा था। सरकार ने उनका पहले साथ नहीं दिया था पर गांधीजी के आने के बाद रूख बदला। गांधीजी की सभाओं में जो हजारों लोग आते थे वे सभी प्रभावित होते। गांधी जी के साथ चल रही अंबालाल सारा भाई की बेटी मृदुला साराभाई बताती है कि गांधीजी के सेवाग्राम आश्रम में जापानी भिक्षु फ्यूजी गुरू जी ने सिखाया था कि बौद्ध मंत्र तीन बार दोहराया जाता था तो सभा में एक आध्यात्यिक वायुमंडल बन जाता था। फिर गीता, कुरान, बाइबिल, जेडावस्ता, गुरूग्रंथ सभी धर्म ग्रंथो का अंश पढ़ाई जाती थी। अंत में ईश्वर-अल्लाह सहित रामधुन से एक सुंदर वायु मंडल बनता था। बाद में आने वाले गांधीजी की बातों को शांति से सुनते थे।

***

विभाजित भारत

1969-70 में दुनिया भर में गांधी शताब्दि मनायी गयी। उस समय गांधी निधि व शांति प्रतिष्ठान के अध्यक्ष आर.आर. दिवाकर भारत में गांधी शताब्दी समिति के अध्यक्ष बने थे तो ब्रिटेन के गांधी शांति शताब्दी समिति के लार्ड माउंट बेटन अध्यक्ष बने थे। तब दोनों अध्यक्षों की भेंट हुई तो दिवाकर जी ने माउंट बेटन से पूछा, "भारत के विभाजन के लिए और लोगों को आपने तैयार किया तो मुझे आश्चर्य नही। लेकिन गांधीजी को कैसे तैयार किया?" माउंट बेटन दिवाकर जी को बोले, "गांधीजी ही मेरे लिए समस्या थे। गांधीजी नोआखाली-बिहार चले गए तब मुझे मौका मिला। एक-एक को मैंने समझाया कि विभाजन को न माने तो शायद भारत स्वतंत्र ही नही हो सकेगा।' माउंट बेटन दूसरे युद्ध के बाद बर्मा में रह गए थे। जब एटली सरकार ने भारत को आजादी देने का निर्णय कर ही लिया तो उनको लग रहा था कि जरूरी प्रकिया पूरा करके, वापस अपने परिवार के साथ आराम करें। लेकिन एक तरफ गांधीजी भारत को अखंड ही बनाए रखने का मन बनाया था तो दूसरी तरफ जिन्ना पाकिस्तान बनाने पर अड़े हुए थे।

नेहरू, पटेल सम्मिलित सरकार के कुछ महीनों के मुस्लिम लीग मंत्रियों के साथ काम करने के कडुवे अनुभवों के कारण सोचने लगे थे कि विभाजन हो जाना ही अच्छा है। राष्ट्रवादी विचारकों में अब समाजवादी लोग रह गए थे जो अभी भी विभाजन के विरोधी थे। जे. पी., लोहिया, अरूणा असफ अली, अच्युत पटवर्धन आदि समाजवादी गांधीजी को पुराने कांग्रेसियों को छोड़कर समाजवादियों को नेतृत्व प्रदान करें। स्वराज्य को दो वर्ष आगे बढ़ाएं। और देश भर में घूमकर गांधीजी लोगों को सही स्वराज्य, प्रजातंत्र आदि की बात समझाएं। गांधीजी ने समाजवादियों के धैर्य, पराक्रम की प्रशंसा की लेकिन भारत छोड़ो आंदोलन के समय उन लोगों ने हिंसा को अपनाएं तो नुकसान हुआ यह कहकर उनके आह्वान को अस्वीकार किया।

उनको समझाया कि पढ़े लिखे समाजवादियों के नाते वे सब लोग मोटर गाड़ी की कल्पना रखते हैं। पर मैं जन्म से गीता आधारित समाजवादी हूं जिसकी कल्पना गांव में हाथ पिसा आटा और गांव में पैदा हुआ कपास से कता, बुना कपड़ा वाला स्वावलंबी गांव की है। शुद्ध वक्तव्यों को पसंद करने वाले जे.पी. को 1948 में कांग्रेस अध्यक्ष बनाना चाहा लेकिन सरदार पटेल के मन मे समाज वादी लोगों के लिए बराबर विरोध था, तो वे नहीं बना सके।

प्यारे लाल बंगाल में रह गए थे तो मनू गांधी गांधीजी की सहायक बनी थी। उन्होंने 1 जून 1947 की डायरी में लिखा है:

मैं अकेला हो गया हूं। नेहरू, पटेल भी मेरे विचार को गलत मानने लगे हैं। वे सोचते हैं कि विभाजन हो जाए तो हिंसा कम हो जाएगी। कुछ लोग मुझे बोलते है कि मैं काशी या हिमालय जाकर विश्राम करूं। मेरे प्रायश्चित् की यात्रा तो दीन, असहाय लोगों के आसुओं में हैं। इस देश की महिलाएं, बच्चे और दीन दलितों सबको इज्जत का जीवन मिले तब तक मुझे फुरसत नही।

गांधीजी को नोआखाली, बिहार, पंजाब और अन्य भागों से पीड़ित लोगों के बराबर मदद के लिए बुलावा आता रहा। पंजाब में ही जन्मी सुशीला नैय्यर को पंजाब भेज कर एक बार कलकत्ता हो आए। बंगाल के प्रधान मंत्री गांधीजी से मदद मांगे कि एक भाषा, एक ही संस्कृति के लोगों से भरे बंगाल को बगैर टूटे रखें। लेकिन कांग्रेस, हिंदू महासभा और मुस्लिम लीग सभी ने वायसराय को विभाजन का वादा दे रखा था। तो असंभव था।

पंजाब में भी हिंसा जोर पकड़ रही थी तो नेहरू चाहते थे कि गांधीजी एक बार पंजाब और कश्मीर हो आए। जुलाई 31 को गांधीजी रावल पिंडी पहुंचे। रस्ते में पंजाब के स्टेशनों पर काले झंडे देखकर साथ रहे ब्रज किशन चांदावाला बोले 28 वर्ष पीछे जलियांवाला कांड के समय इसी पंजाब के गांव-गांव में कितने उत्साह से लोग मिलकर गांधीजी को कितना साथ दिया था। इतने कम समय में कैसे इतना बड़ा परिवर्तन हो गया है।

रावल पिंडी से श्रीनगर पहुंचने तक रास्ते भर में हजारों लोग महात्मा गांधी के जयघोष से स्वागत कर रहे थे। जम्मू कश्मीर के राजा थे हरिसिंह। उस समय भारत में करीब 650 छोटे, बड़े राजा थे जिनको ब्रिटिश सरकार ने तीनों विकल्प दिए थे। वे चाहे तो भारत या पाकिस्तान में विलय हो

सकते हैं या स्वतंत्र रह सकते हैं। सबसे बड़े राज्य थे कश्मीर व हैदराबाद । दोनों के राजा कश्मीर के हरिसिंह व हैदराबाद के निज़ाम स्वतंत्र रहने की योजना कर रहे थे। पर कश्मीर की नेशनल कान्फरेन्स दल के जनप्रिय नेता शेख अब्दुल्ला कश्मीर में प्रजातंत्र के लिए लड़ रहे थे और तब जेल मे थे। मूलतः जवाहर लाल नेहरू कश्मीर के थे और उनका विचार शेख अब्दुल्ला के साथ था और चाहते थे कि शेख अब्दुल्ला के साथ मिलकर कश्मीर को भारत में ला सकेंगे।

कश्मीर में गांधीजी जहां-जहां गए जोरदार स्वागत हुआ और श्रीनगर में तो पुल पर इतनी भीड़ रही कि गांधीजी को सड़क छोड़कर झेलम नदी में नांव पर जाना हुआ। पूरा कश्मीर 'महात्मा गांधी की जय' के नारों से गूंजा।

गांधीजी महाराजा हरी सिंह, नेशनल कान्फरेन्स के उपाध्यक्ष बख्सी गुलाम मोहम्मद से मिले। बख्सी ने गांधीजी को कहा कि यदि शेख अब्दुल्ला को रिहाई करके जनमत गणना हो तो कश्मीर के लोग निश्चित ही भारत में जाना चुनेंगे।

***

विभाजन का विरोध

1 जून 1947 की सुबह गांधीजी जल्दी जाग गए तो सोचने लगे। मेरे प्रयास की परिशुद्धता की अब परीक्षा होगी। आज मैं अकेलापन महसूस करता हूं। सरदार और जवाहर लाल भी सोचते हैं कि राजकीय स्थिति की मेरी समझ गलत है। वे सोचते हैं कि विभाजन से हिंसा समाप्त हो जाएगी। वे सोचते हैं कि मेरे उम्र के कारण मेरा चिंतन कमजोर हो गया है। फिर भी मैं जो सोचता हूं कि मैं कांग्रेस और ब्रिटिश दोनों का हित चिंतक हूं तो मेरे मन की बात बोलना होगा। मुझे स्पष्ट दिखता है कि हम इस मामले में गलत जा रहें हैं। मुझे लगता है कि यदि इस कीमत पर स्वराज्य कमाएंगे तो भविष्य अंधेरा है। ईश्वर से मेरी प्रार्थना कि उस दिन देखने के लिए जीवित न रहूं। उस समय को देखने के लिए मेरी संपूर्ण परिशुद्धता की आवश्यकता है।

थोड़ी देर बाद गांधीजी ने सोचा। क्या पता शायद वे ही लोग ठीक और मैं गलत हूं। मैं जिसका भविष्य देखता हूं वह भारत की आजादी के उपर हावी हो जाएं। भविष्य को यह समझ में आये कि यह बूढ़ा जीवित घटना से कितना दुःखी था। यह नही सोचा जाये कि गांधी इस विभाजन का भागीदार था। लेकिन स्वतंत्रता के लिए सभी जल्दीबाजी में है। कोई विकल्प नही दिखता।

उसके दो ही दिन बाद 3 जून 1947 को ब्रिटिश सरकार ने भारत के विभाजन का निर्णय घोषित कर दिया। स्वतंत्र भारत और पाकिस्तान की स्थापना के लिए लार्ड माउंटबेटन ने फिर क्रमशः नेहरू, जिन्ना और बलदेव सिंह ने रेडियो पर ऐलान करके लोगों से समर्थन मांगा। क्या विधि की लीला की कांग्रेस के समर्थन के बाद गांधी जी को भी इस व्यवस्था के समर्थन की बात करनी पड़ी।

***

स्वतंत्र भारत

क्योंकि भारत ने आजादी के बाद भी माउंट बेटन को ही गवर्नर जनरल बनाया था और पाकिस्तान भी उनको अपने उद्घाटन में उनकी उपस्थिति चाहता था तो 1947 के अगस्त 14 को पाकिस्तान और अगस्त 15 को भारत की स्वतंत्रता का कार्यक्रम रखें। अंग्रेजों ने भारत का संसद भवन बनाये रखा था। सेन्ट्रल हाल में 14 अगस्त 1947 की रात 12 बजे राज्य हस्तांतरण का कार्यक्रम लार्ड माउंट बेटन उनकी पत्नी लेडी माउंट बेटन, जवाहर लाल नेहरू, सरदार पटेल, डा. राजेन्द्र प्रसाद, मौलाना अब्दुल कलाम आजाद, आदि सभी संसद के केन्द्रीय हाल में उपस्थित रहें। सुचेता कृपलानी, हन्सा मेहता ने राष्ट्र प्रेम के गीत गाये। रोमांचकारी वायु मंडल में राष्ट्रपति भवन (वायसराय हाउस) पर फहर रहा ब्रिटिश ध्वज यूनियन जैक नीचे उतरा और भारत का तिरंगा ध्वज ऊपर । फिर पं. जवाहर लाल नेहरू का ऐतिहासिक, प्रेरक भाषण। फिर अधिकार का हस्तांतरण हुआ।

अगले दिन सुबह लाल किले पर तिरंगा झंडा प्रधानमंत्री नेहरू ने लहराया। भाषण के बाद जनता से कई बार "जय हिन्द" नारा लगवाया। देश के सभी नेता पटेल, आजाद, राजेन्द्र प्रसाद, राजकुमारी अमृत कौर, आदि सभी थे। पर गांधीजी कहां थे? स्वतंत्र उत्सव पर गांधीजी कहां थे? 3 दिन जम्मू में रहकर गांधीजी फिर से नोआखाली की जनता की आवाज के जबाब में शीघ्र वहां पहुंचने के लिए रावल पिंडी में डा. सुशीला नैय्यर से मिलकर वहां पंजाब के दुःखियों की व्यवस्था में लगे रहने के काम को सौंप कर आगे बढ़ गए। कलकत्ता के रास्ते में साथ रहने के लिए राम मनोहर लोहिया को बुलाया था।

9 अगस्त 1947 को कलकत्ता पहुंचते समय कलकत्ता फिर से जल रहा था। पूर्व मुख्यमंत्री सुहरावर्दी के साथ कलकत्ता शहर की गलियों में गांधीजी घूमे, लोगों से मिले।

15 अगस्त 1947 स्वराज का दिन आ गया। नया राज्य बना था। पश्चिम बंगाल के मुख्य मंत्री पी.सी. घोष गांधीजी से पूछे कि आजादी का उत्सव कैसे मनाएं? दुःखी गांधीजी बोले कि जहां हजारों लोग मारे गए, हजारों स्त्रियों का अपहरण हुआ है ऐसी स्थिति में उत्सव क्या मनाएंगे? बस गांधीजी ने 72 घंटे का उपवास किया। प्रार्थना की और दिन भर सूत कातते रहे।

सभी को आश्चर्य हुआ कि जिस कलकत्ते के गली-गली में आग जल रही थी, उस कलकत्ते में 4 दिन में संपूर्ण शांति हो गई। शांति के कार्य में लगे रहे वरिष्ठ क्यूकर (quaker) होरेज अलेक्सेंडर ने कहा कि महात्मा के निश्कलंक हृद्वय की भावना लोगों तक छूने का यह परिणाम है। राज्यपाल बने राजाजी का उदगार था "महात्मा जी ने एक और करिश्मा करके दिखाया है। जैसे ही गांधीजी की करिश्मा कलकत्ते में हो रहा था इधर दिल्ली में भी एक-एक आश्चर्य की बात हुई थी कि डा. बी.आर अम्बेडकर नेहरू के मंत्रिमंडल में भारत के पहले कानून मंत्री के नाते शपथ लेना स्वीकार किया था। डा. अम्बेडकर 1946 के चुनाव में बुरी तरह से हारे थे। उस समय बंगाल के मुस्लिम लीग मंत्रिमंडल मे हरिजन नायक जोगेंन्द्र मंडल को बंगाल की शासन सभा में चुनकर भेजे थे। अम्बेडकर ने संविधान सभा में अपने पांडित्य का प्रदर्शन दिखाया था जिसे राजकुमारी अमृत कौर और अन्य लोगों को प्रभावित किया था। कुछ लोगों के पास सावरकर ने अपने आपको राष्ट्रवादी और उनको जिन्ना के रास्ते में विश्वास नहीं, कहा था। अब कांग्रेस के साथ मिलकर देश सेवा करने का इशारा भी प्रकट किया था। कांग्रेस के अस्पृश्य सदस्य जगजीवन राम भी गांधीजी को सुझाया कि अम्बेडकर को साथ लेने से अस्पृश्यता निवारण कार्य में मदद मिलेगी। लेकिन अम्बेडकर पू. बंगाल माने पूर्व पाकिस्तान से चुनकर आए थे तो उनका संविधान सभा में स्थान रद्द हो गया था। गांधीजी ने पटेल को कहकर महाराष्ट्र के एक सदस्य से त्याग पत्र दिलाकर वहां से अम्बेडकर को जिता कर अम्बेडकर को मंत्रिमंडल में प्रवेश दिलाया। देश की विविध धाराओं का प्रतिनिधित्व करने के हिसाब से वित्त क्षेत्र के अनुभवी मद्रास के जस्टिस पार्टी के आर.के. शनमुखम चेट्टी को वित्त मंत्रालय, हिंदू महासभा के श्यामा प्रसाद मुखर्जी, अकाली दल के बलदेव सिंह, इसाईयों के प्रतिनिधि जान मथाई, पारसी धर्म के सी.एच. भाभा के साथ राष्ट्रीय सरकार बनी थी। मंत्रिमंडल में कांग्रेस की ओर से थे प्रधानी नेहरू, उपप्रधान सरदार पटेल, राजेन्द्र प्रसाद, अबुल कलाम आजाद, रफी अहमद किदवई और जगजीवन राम ।

कलकत्ते में शांति स्थापना के बाद मुस्लिम प्रतिनिधियों के आवाहन पर मुस्लिम क्षेत्रों में गांधी जी घूमे और जगह-जगह पर अनेक महिलाओं सहित कृतज्ञता पूर्वक फूल बरसाए गए। कलकत्ता पुर सभा ने गांधीजी का पौर सम्मान किया। हिंदू-मुस्लिम दोनों नेताओं में कौम समाधान के संबंध में बाते की। खुलना जिला पाकिस्तान में गया था तो वहां के हिंदुओं ने आपत्ति थी। पर गांधीजी ने उनको समझाया कि उनको पाकिस्तान के झंडे को सलाम करना चाहिए। सरकारी कर्मचारियों को समझाया कि उनको पक्षपात नही करना है।

वायसराय लार्ड माउंटबेटन ने गांधीजी को लिखा "पंजाब में हमारे 55,000 सैनिक कार्यरत् है फिर भी दंगे चालू है। बंगाल मे हमारी सेना एक सैनिक की है पर वहां दंगा नही। सेना के एक अफसर

और एक अनुभवी प्रशासक के नाते (administrator) मैं एक व्यक्ति सीमा रक्षक सेना को सराहना अर्पित करूं।"

30 दिन बंगाल में, उसमें 24 दिन कलकत्ते के गरीब क्षेत्र वेलिया घाटा में। दिल्ली के लिए रवाना होते ही पत्रकारों ने संदेश मांगा। तब गांधीजी बंगाली में बोले, "अमार जीवन अमार बानी"

- मेरा जीवन मेरा संदेश-

शिवराव हिंडू और मंचिस्टर गर्डियन के दिल्ली में प्रतिनिधि वरिष्ट पत्रकार ने गांधीजी से भंगी कालोनी में मिले और कहा, "कांग्रेस जन जेल में गए और त्याग किया। लेकिन संविधान बनाने में वे अनुभवी नही है। देश में संविधान के बारे में कुछ अनुभवी लोग हैं। उनको संविधान सभा मे रहना चाहिए। गांधीजी ने पूछा, "आपने उनकी सूची बनाई है?" शिवराव ने सूची दिखाई सर तेज बहादुर सप्रू, एन. गोपाल स्वामी ऐंयगार, डा.एम.आर. जयकर, सर अल्लाडी कृष्ण स्वामी ऐयर आदि"

गांधीजी : ये अच्छे नाम है। इनको नेहरू और आजाद को दिखाओ और कहो मेरी सहमति है।

कांग्रेस कार्य समिति ने एक दो परिवर्तन करके सारे लोगों को संविधान सभा में ले लिए। एक बार गांधी जी नोआखाली के लिए चले लेकिन कलकत्ता की हिंसा ने उनको वही रोक दिया। सितंबर 4 तक अब कलकत्ते में शांति बनी, नागरिक, पुलिस, पत्रिकाएं सभी ने कहा कलकत्ते में शांति आई है। अब हिंसा नही होगी तब गांधी परिवार 8 सितम्बर 1947 को पंजाब की ओर चला। पंजाब से वहां भयंकर हिंसा की खबर आ रही थी। पूरा पंजाब हिंसाग्रस्त था और भारत-पाकिस्तान सीमा रेखा के दोनों तरफ हिंसा भयंकर थी। एक तरफ मुसलमान पाकिस्तान की ओर दौड़ रहे थे तो दूसरी तरफ हिंदू, सिख भारत की तरफ। दोनों तरफ हत्याएं, महिलाओं का अपहरण जैसी घटनायें भयंकर मात्रा में हो रहीं थीं। गांधीजी पहुंचे भी नही थे जमुना नदी की दक्षिण में शाहदरा स्टेशन मे ही उनको उतारा और मालूम पड़ा कि पंजाब से हिंसा फैलकर दिल्ली पहुंच गई है। अंदाज किया गया है कि करीब एक करोड़ लोगों ने घर बार खोकर अदला बदला हुए तो करीब 5 लाख लोगों की हत्याएं हुई।

सरदार पटेल ने गांधीजी को बताया कि उनकी हरिजन कॉलोनी निराश्रितों से भर गयी है। उनको नेहरू, पटेल दोनों के घरो के पास वाले बिरला भवन मे ले जा रहे है।।

दोनों तरफ बूढ़े, महिलाएं, बच्चों को छूरा, तलवार, बंदूक आदि हथियार से मारा गया था। कांग्रेस के दिवंगत नेता अंसारी की बेटी को दिल्ली छोड़कर भागना पड़ा था। जामिया मिलिया के कुलपति (भविष्य में भारत राष्ट्रपति) डा. जाकिर हुसैन एक हिम्मत वाले हिंदू मित्र के मदद से बच गए थे।

1947 के मार्च महिने मे ही दिल्ली में एक लाख आर.एस.एस. स्वयं सेवकों के लाठी युक्त रैली के बाद हुआ सघ संचालक एम.एस. गोलवलकर के भाषण से ही हिंदू संघटन प्रकिया शुरू हो गई थी। शहर के धनवान हिंदू घरों में धनसंग्रह भी हो रहा था।

2 अक्टूबर 1947 : अंतिम जन्मदिन

गांधीजी बिरला भवन में थे। हिमालय के गोद में स्थापित अपने आश्रम से आई मीराबहन के नेतृत्व में सरल तरीके से कार्यक्रम था। लेडी माउंट बेटन सहित कई राजदूत आये। फूलों का ढेर पड़ा सैकड़ों बधाई के तार आये। गांधीजी को लगा आज तो शोक संदेश आना था। ब्रिटिश संसद में विरोध पक्ष के नेता चर्चिल ने गर्व से कहा मेरी बात सही निकली। भारत के लोग अपने आपको स्वतंत्रता के लिए अयोग्य और अनागरिक साबित हुए हैं। प्रार्थना सभा में गांधीजी ने उत्तर दिया अंग्रेजों को आत्मावलोकन करके देखना चाहिए कि उनकी "बांटों और राज करो नीति" ने कितना नुकसान किया। अंत में भारत को विभाजित छोड़ गये। लोगों को आवाहन किया कि चर्चिल की बात को झूठी साबित करें।

कांग्रेस जनों को आवाहन किया कि सब मिलकर कांग्रेस सिद्वांत को बतायें कि भारत मात्र हिंदू का नहीं और न ही पाकिस्तान मात्र मुसलमानों का : इसी बीच जो चालीस हजार महिलाओं पर बर्बर कृत्य हुआ है उनको अपने घर वापस पहुंचाने का पवित्र काम मुदुला सारा भाई, कमलादेवी चट्टोपाध्याय, रामेश्वारी नेहरू, कर रही है। उसमें कांग्रेस जनों को साथ देने को कहा।

कांग्रेस सरकार में भी मतभेद देखकर गांधीजी नेहरू, पटेल को भी एक साथ बैठकर बातचीत की। परिस्थिति ऐसे नाजुक होने लगा कि गांधीजी बोले अब कांग्रेस को बैसाखी के सहारे चलाने के बदले उसको गौरवपूर्ण विदाई कर देना चाहिए। उसके एवज में राजनीति से अलग रचनात्मक कार्यकर्ता संघटन बनाकर ग्राम सेवा मे लगना चाहिए। कांग्रेस जन रचनात्मक कार्य में कम रूचि

लेने लगे हैं। राजनीतिक आकांक्षा उनके गुणों पर जंग लगाने का काम कर रही है। लेकिन आज मेरी बात लोगों की समझ में नहीं आ रही है।

1948 शुरू हुआ था परिस्थिति तो यथावत्। मेवात के मुसलमानों को पाकिस्तान भगाने का प्रयास चल रहा था पर गांधीजी ने उनको डटे रहने को कहा था। आज 2020 में भी मुसलमान मेवात में ही बने हैं। जूनागढ़ की जनता ने भारत में रहने का मत दिया तो वहां का नवाब पाकिस्तान भाग गया था। पश्चिमोत्तर में खान बांधुओं को स्थानबद्धता में रखा था।

कश्मीर पर पाकिस्तान के दल ने हमला किया था। गांधीजी की सलाह से कश्मीर के जनप्रिय नेता शेख अब्दुल्ला के साथ मिलकर कश्मीर को भारत के साथ जुड़ने का प्रयास जारी था।

बंटवारे के समय खजाने से 55 करोड़ रूपए पाकिस्तान को देना था पर पटेल ने उसको नहीं देना चाहा। पर गांधीजी ने हठ किया कि जो देने का है वह देना ही चाहिए। गांधीजी की तीव्र इच्छा थी कि पंजाब और पाकिस्तान जाऊं। दिल्ली की भयंकर ठंड में गांधीजी जमीन पर चटाई पर सो रहे थे तो बीमार हो गए थे।

दिल्ली में थोड़ी शांति का आसार लगते ही कहीं अशांति विस्फोट हो जाता था। सड़कों में चलने को मुसलमान डरता था। एकता की आशा समाप्त होती दिखायी पड़ रही थी।

12 जनवरी 1948 की सुबह की प्रार्थना के बाद 78 वर्ष के गांधीजी बोले। कल जनवरी 13 तारीख से आमरण उपवास शुरू करूंगा। हिन्दू, मुसलमान, सिखों का प्राण, घर, संपत्ति रक्षा न कर सकूं। भारत की अवनति, हिंदू, मुस्लिम, सिख महाधर्मों की अवनति को देखते बैठे रहूं। इससे अच्छा मर जाना बेहतर लगता है। पाकिस्तान अपने सभी नागरिकों को संभाल न सके तो वह नाश हो जाएगा और भारत पाकिस्तान का नकल करे तो वह भी नाश होगा। पर ख्याल रहे हिंदू व सिख धर्म मात्र भारत में है तो इस्लाम और देशों में भी है।

कृपया कोई आकर मेरा मन बदलने का प्रयास न करें। कम से कम तीनों धर्मों में एकता का दर्शन होने लगे तो उपवास छूट सकता है।

देवदास गांधीजी से तरह-तरह से प्रार्थना की। नेहरू ने घंटो तक बात की। सरदार तो टूट ही गए थे। गवर्नर जनरल माउंट बेटन बोले यदि देश का कल्याण हो तो उपवास ठीक है।

13 जनवरी की सुबह 11.30 बजे उबली सब्जी खाकर, बकरी का दूध पीकर उपवास शुरू कर दिया। पानी और कभी नमक और नींबू लेने का निर्णय बताया। बाहर का दबाब न होकर अंतः प्रेरणा से ही सभी धर्मों के हार्दिक संबंध बनने की स्थिति आने के बाद उपवास बंद होगा।

उपवास का प्रभाव भारत के अलावा पाकिस्तान में भी दिखने लगा। सर्वधर्म प्रार्थना सभाएं होने लगी। कुछ हिन्दू और सिख निराश्रित शिविरों में गांधी जी के उपवास समर्थन में उपवास शुरू हुए। पाकिस्तान गवर्नर जनरल जिन्ना ने संदेश भेजा कि दोनों देशों की भलाई के लिए गांधीजी को बहुत काल तक जीवित रहना जरूरी है। पंजाब विधान सभा ने गांधीजी को धन्यावाद प्रस्ताव पास करके

भेजा। पटियाला महाराजा ने सिखों से अपील की कि सिख समुदाय ऐसे बर्ताव करें कि शांति कायम हो।

ता. 14 की शाम 4-6 लोग सायंकाल यात्री भवन के पास गांधी विरोधी नारे लगाते आए और चिल्लाए 'गांधी को मरने दो।' उद्विग्न नेहरू सबसे पहले मुझे मारो कहते हुए उनकी तरफ बढ़े तो वे भाग गए। मेवाती मुस्लिम संगठनों ने जिन्ना को संदेश भेजा कि जैसे गांधीजी भारत में मुस्लिम समुदायों की रक्षा के लिए प्रयास कर रहें हैं उसी तरह वे भी पाकिस्तान में हिन्दू-सिखों के लिए अग्रसर हों। दिल्ली के व्यापार संघ ने पाकिस्तान चले गये उन मुसलमानों को संदेश भेजा कि वे वापस दिल्ली आ जाए। उनकी सुरक्षा व पुनर्वास होगा।

जनवरी 17 को गांधीजी बहुत कमजोर हो गये थे। 'मौलाना आजाद मिलने आए तो गांधीजी ने किस स्थिति में उपवास रोक सकते हैं, बताया। मैहरोली में हर वर्ष जैसा उत्सव होना चाहिए। हिन्दू और सिखों ने जो 100 से अधिक मस्जिदों को मंदिर बनाए हैं उन्हें वापस अपने मालिकों को सौंपना, मुसलमान सड़को में भयमुक्त होकर चल सके।

गांधी जी की इन शर्तों की खबर चारों ओर फैल गई। जगह-जगह पर शांति सभाएं होने लगी। दिल्ली में सभी धर्मों के 2 लाख लोगों ने जिसमें मुसलमान भी मिलकर देश की तरक्की के लिए काम करेंगे, लिखकर अपने हस्ताक्षर करके गांधीजी को सौंपा।

18 जनवरी को डा. राजेन्द्र प्रसाद के नेतृत्व में 100 लोगों का आयोग गांधीजी को आपने सही किया, का पत्र देकर आश्वासन दिया कि पुलिस-सेना की सहायता न लेकर स्वयं प्रेरणा से हम लोग शांति बनाए रखेंगे। उक्त संदेश देकर उपवास बंद करने का आग्रह किया। आयोग में अपने आपको हिन्दू महासभा के बताने वाले गणेश दत्त, दिल्ली सरकार के प्रतिनिधि, पाकिस्तान के राजदूत शामिल थे। आजाद के हाथ से संतरा मिश्रित पानी पीकर गांधी जी ने उपवास तोड़ा। 'महात्मा गांधी की जय' नारों से गगन गूंजा। नेहरू के चेहरे पर मंदहास था। पटेल राज्यों को भारत में विलीन करने के प्रयत्न में गुजरात गए थे।

शाम को चली वृहद सभा में नेहरू बोले, एक ही महात्मा गांधी है जो हमेशा ही सही रास्ता पकड़ते हैं और डट जाते हैं। हम लोग कभी गलतियां कर लेते हैं। सरदार पटेल बोले गांधीजी की दूर दृष्टि है। हम राजनीति के लोग अल्प दृष्टि के होते हैं। शाम की प्रार्थना के बाद गांधीजी बोले अब सबको मिलकर ईश्वर की ओर सत्य मार्ग से चलना है। दूसरे दिन हिन्दू महासभा का वक्तव्य आया। गांधीजी का जीवन बच गया तो खुशी है। पर गांधीजी की सोच कि पाकिस्तान में जो भी हो, हमें भारत में शांति बनाए रखना है, इससे हम सहमत नही हैं।

20 जनवरी को शाम प्रार्थना सभा में गांधीजी पाकिस्तान जाने की अपनी योजना की चर्चा कर रहे थे। तब बिरला भवन की एक तरफ से बड़े विस्फोट की आवाज आई। थोड़ी खलबली मची। लेकिन तुरंत गांधीजी ने अपनी बात आगे बढ़ायी। जैसे कुछ हुआ ही नहीं। आवाज थी, एक बम्ब विस्फोट की, जिसे मदन मोहन पाहवा ने फेंका था, जो पाकिस्तान से आया था, एक मस्जिद में रूका हुआ

था। अब गांधीजी के मांग पर उसे भी छोड़ना पड़ा है। अपना सब कुछ पाकिस्तान में छोड़कर कर आया था।

ता 20 की शाम लार्ड व लेडी माउंट बेटन दोनों बिरला भवन आये और गांधीजी को बोले "हम आपको बधाई देने आए हैं।"

गांधीजी : अरे बधाई किस बात की? मैं प्रार्थना में था। दूर में बम्ब फटा था। गांधी तो तब बधाई का पात्र होगा यदि कोई व्यक्ति उसके सामने से गोली मारे, तब भी गांधी ईश्वर नाम लेकर मर जाते। 'माउंट बेटन ने कहा क्या भविष्य जानते थे वह व्यक्ति की ठीक 10 दिन बाद वही घटना घटी और राम का नाम लेकर गांधीजी का अंत हो गया।

वैद्यों ने कहा गांधीजी को 15 दिनों की विश्रांति चाहिए। गांधीजी सेवाग्राम जाना चाहते थे। फिर पाकिस्तान। पर जाना जरूरी था। पाकिस्तान ने दो शर्त लगाया था : (1) उस देश में गांधीजी दोनों देशों की एकीकरण की बात नहीं उठाएंगे। (2) वहां के पुलिस रक्षा में ही घूमेगें। दूसरी शर्त गांधी जी को मान्य नही थी।

गांधी जी नेहरू-पटेल मतभेद के कारण भी चिंतित थे और कांग्रेस को विसर्जित करके ग्रामोद्योगाभिमुख लोक सेवा संघ की शुरूआत करने का भी सोच रहे थे। जनवरी 28 को राजकुमारी अमृत कौर गांधीजी से मिलने आई थी। पूछा, "बापू क्या प्रार्थना सभा में आवाज था?" बापू ने कहा "नहीं। लेकिन आपका प्रश्न सुझाता है कि आप मेरे बारे में चिंतित हैं? यदि कोई पागल आदमी मुझे गोली मार दे तो मुझे गुस्सा नहीं करना और हंसते हुए ईश्वर का नाम लेते चले जाना। और आप सब से अपेक्षा की आप एक बूंद आंसू भी नहीं बहाएंगे"।

दो दिन बाद हुआ भी यही। गांधीजी हे राम् करके गए लेकिन शायद ही कोई आंख रही हो जिसने आंसू नहीं बहाया।

***

सेनाधिपति ज. करियाप्पा

स्वतंत्र भारत के प्रथम सेनाधिपति-कमांडर, बाद में फील्ड मार्शल – ज. कारियाप्पा। गांधीजी से मिलने आए तब उनके लिए एक कुर्सी दी गई। गांधीजी जमीन पर बैठे थे तो जनरल भी जमीन पर ही बैठे। जनरल गांधीजी को बोले उनसे आर्शीवाद लेने आए हैं। मैं अपने आपको गौरवशाली महसूस करता हूं कि आप मुझे पहचानते हैं। और कहा कि सिपाही सबसे पहले युद्ध से घृणा करता है। उसमें जो खतरे व आतंक युद्ध भूमि में हैं इसीलिए नही, बल्कि इसीलिए कि प्रत्येक युद्ध अगले युद्ध का बीज ही बोता हैं। इतिहास का ये ही पाठ है।

गांधीजी को ऐसी बात सुनने की अपेक्षा नही थी। दोनों मिलकर युद्ध के विकल्प की चर्चा करते रहे। ज. करियाप्पा बोले कि सिपाही आपके सिद्धांतो को अपनाता है। प्यार, मानवीयता, अनुशासन, मातृ भूमि के लिए त्याग, श्रम निष्ठा, और अहिंसा उसके लिए मूल्य हैं। कृपया बताइए कि सिपाही अपने कर्तव्य का पालन करते हुए कैसे अहिंसा का पालन करे? गांधीजी आंख बंद कर दहिना हाथ लंबा करके बोले "मैं भी इस सवाल का हल खोज रहा हूं। मिलने पर आपको बताउंगा।' कारियाप्पा, मैं दो दिन में कश्मीर जा रहा हूं। लौट कर मिलूंगा।

गांधीजी : "आपको शुभकामना कि कश्मीर प्रश्न को अहिंसा मार्ग से सुलझाइए। लौटकर मिलना।" ज. कारियाप्पा जनवरी 30 को कश्मीर से लौटे। ता0 31 को वे गांधीजी का मृत शरीर देख पाए।

***

हे राम !

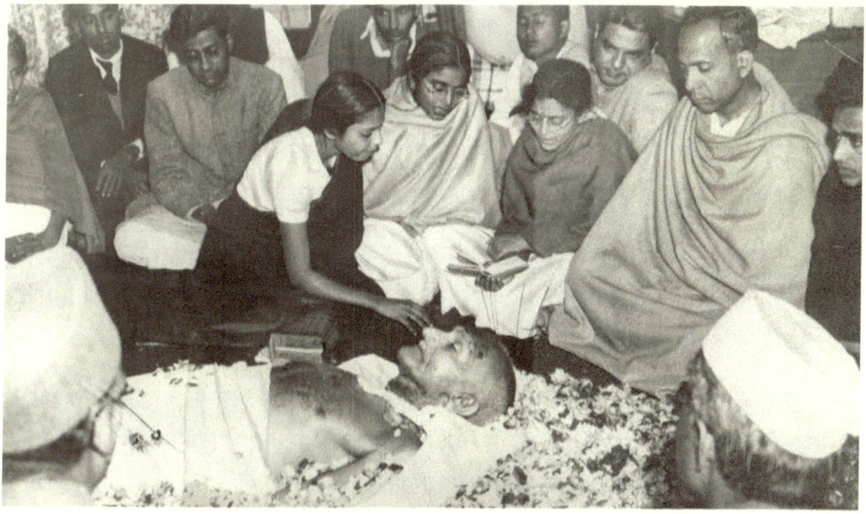

30 जनवरी 1948 की सुबह रोज की तरह गांधीजी सुबह 3.30बजे जागकर अपने बंगाली पाठ आगे बढ़ाए। थोड़ी विश्रांति के बाद बकरी का दूध, उबली सब्जी और फलों का खाना खाए। आए हुए लोगों से चर्चा की। जनवरी ठंड में बिरला भवन की घास पर धूप मे बैंठे काम निभाया।

फरवरी 2 को सेवाग्राम जाकर फिर पाकिस्तान जाने की योजना की चर्चा हुई। कांग्रेस विसर्जन का एक टिप्पणी लिखकर चर्चा करने के लिए प्यारे लाल को दिया।

दोपहर 4.30 बजे पटेल सरकारी बातों की चर्चा करने आने वाले थे। प्रार्थना के बाद चर्चा के लिए नेहरू आने वाले थे।

पटेल के साथ चर्चा चलती रही। 5 बजे प्रार्थना होना है। देरी हो रही थी। बापू को कंधा देने वाली आभा गांधी बैचेन हो रही थी। इनकी बात को कैसे रोकूँ। उनकी स्थिति देखकर सरदार की बेटी मणि बहन ने बात समाप्त कराया। गांधीजी "अब मुझे जाना है' कहकर खड़े हुए। चलने लगे तब संदेश आया कि काठियावाड़ से दो कार्यकर्ता मिलने आए हैं तो गांधीजी बोले प्रार्थना के बाद बुलाओ। जीवित रहूं तो मिलूं'। जीवित रहूं तो? क्या उनको कुछ भविष्य का ख्याल था?

आभा गांधी, मनु गांधी के कंधो पर हाथ रखकर गांधीजी प्रार्थना स्थल की तरफ चलने लगे। दोपहर खाने में आभा ने गांधीजी को गाजर दिया था। गांधीजी बोले "आभा मुझे गाय बैल का खाना खिलाती है। "बा" घोड़े का खाना बोलती थी। सब कोई नफरत करते हैं उसी खाने को मैं पसंद करता हूं। अजब की बात है कि नही?" यह कहकर खूब हंसे।

आभा : "आपकी घड़ी आज दुःखी होगी। आपने उसकी ओर देखा भी नहीं।

गांधीजी : मैं क्यों देखूं? मेरी समय सारिणी तो तुम हो? ।

आभा : आपने मेरी ओर भी नहीं देखा।

गांधीजी हंसकर चलने लगे। प्रार्थना वेदिका के पास के दो सीढ़ी गांधीजी के चढ़ते ही एक खाकी पेन्ट पहना हुआ व्यक्ति गांधीजी को नमस्कार करता चला आया। प्रार्थना के लिए लोग लबालब भरे थे। वैसे ही प्रार्थना को देरी हो रही थी तो आभा गांधी उसको रोकने गई। उस व्यक्ति ने आभा को बाजू धकेल कर गांधीजी के सीधे सामने आकर छिपा रखा बंदूक से तीन गोली चला दिया।

'हे राम' कहते हुए गांधीजी गिर पड़े। आभा गांधीजी के सर को पकड़ कर जोर से रोने लगी। लोगों ने गोली चलाने वाले गोड़से को पुलिस को दिया। बंदूक के आवाज से लोगों में खलबली मची। ब्रज किशोर चांडी वाला गांधी जी के शरीर को पकड़ कर जोर से रोने लगे।

गांधी हत्या की खबर मिनटों में नगर भर, देशभर, विश्व भर में आग जैसे फैल गई। नेहरू, पटेल, आजाद दौड़कर आए। दिग्भ्रांत होकर बैठ गए। गांधीजी के छोटे पुत्र देवदास पिता के शरीर को आलिंगन करके "बापू बोलो, क्यों नहीं बोलते" कहते हुए खूब रोए।

रक्त लगे कपड़े बदलकर शुभ खादी का वस्त्र पहनाकर बांस की बनी बिस्तर पर लेटा कर जन दर्शन के लिए पार्थिव शरीर को बिरला भवन के उपर रखा। गले को खादी माला और उनके रामनाम मणि माला पहना के माथे पर तिलक लगाकर सजाया। रात 2 बजे लोगों के दर्शन के लिए रखा।

***

बकरी भी मर गई

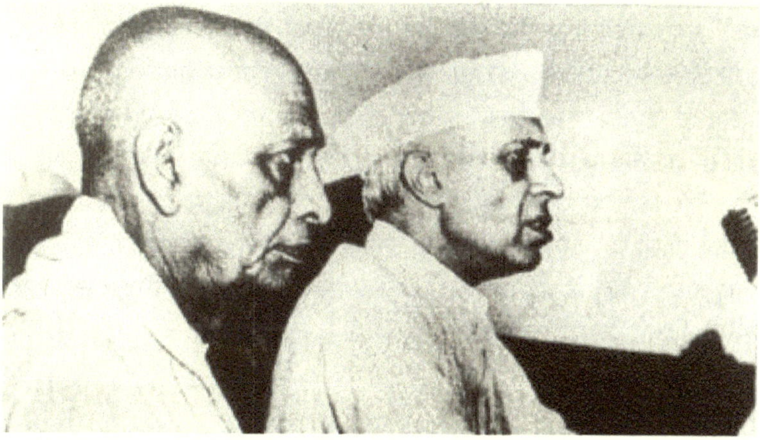

बिरला भवन के झाड़माली की पत्नी मन्नों देवी खलबली मे अपने पोते को खोजकर घर आई। रोटी के लिए आटा गूंदा रखा था पर उस दिन कौन रोटी खाये? गांधीजी को दूध दे रही बकरी मन्नो देवी की रसोई में जाकर आई। सब खा लिया और रात को मरी पड़ी मिली। उसने सोचा होगा कि अब मेरे दूध की जरूरत नहीं तो मैं क्यों बनी रहूं?

रात 2 बजे से लोग आकर कतार में दर्शनार्थ जुटने लगे। गवर्नर जनरल लार्ड माउंट बेटन, कई देशो के राजदूत सब जुड़े। जनवरी 31 की करीब 11.30 बजे शव यात्रा बिरला भवन से निकली। सजा हुआ मिलिट्री वाहन पर ऊंचे मंच में गांधीजी के पार्थिव शरीर के सर की तरफ नेहरू, पैर की तरफ पटेल सर झुकाकर बैठे हैं। कृपलानी, राजकुमारी अमृत कौर तभी रावलपिंडी से लौटी डा. सुशीला नैय्यर सभी वाहन पर बैठे। 31 जनवरी 1948 की सुबह 11.45 बजे शवयात्रा निकली। पीछे महात्मा गांधी जय महात्मा गांधी अमर रहे घोष करते हजारों लोग। एक मिलिट्री अधिकारी के हिसाब से इंडिया गेट को यात्रा पार किया तब तक 10 लाख लोग जुड़े थे।

यमुना नदी के किनारे समाधि स्थल पहुंचे तब शाम 4.30 बज गया था। यमुना किनारे उंचे चबूतरे पर चंदन की लकड़ियों पर शव को रखा गया। गांधीजी के बड़े बेटे का पता नही। दूसरे मणिलाल अफ्रीका से नही लौट पाए थे। तो तीसरे बेटे रामदास ने गांधी जी को मुखाग्नि दी। सूर्य अस्त हो रहा था। गांधीजी के लिए जयकारे से आसमान गूंज रहा था। कुछ गांधी जनों को आपत्ति रही कि गांधी शव को मिलिट्री वाहन पर नहीं ले जाना था।

31 की रात नेहरू व पटेल दोनों आकाश वाणी से संदेश दिया। नेहरू बोले। "हमारे बीच का दीप बुझ गया। फिर बोले, "मैंने कहा दीप बुझ गया। फिर भी मैं गलत हूं। क्योंकि जो दीप भारत में प्रकाश

दिया वह साधारण दीप नही था। हमारे देश को प्रकाश देता रहेगा। जो दीप हमारे देश में प्रकाश दीप वर्ष के बाद वह दीप भारत को रोशनी देगा। और देशों को भी रोशनी देता रहेगा।

पाकिस्तान के गवर्नर जनरल जिन्ना ने कहा गांधी हिन्दू धर्म मे जन्में उन्नत नायक और पाकिस्तान प्रधान मंत्री लियाकत अली खान ने गांधी हमारे जमाने के अत्युन्नत नायक थे। ब्रिटेन के प्रधानमंत्री क्लेमेन्ट एटली ने कहा गांधी एक जनसमुदाय के दूसरे जनसमुदाय पर शासन करने के तीव्र विरोधी थे जो पश्चिम की नागरिकता के आलोचक व सरल जीवन के प्रतिनिधि थे। दक्षिण अफ्रीका में वर्षों तक लड़ते रहे जनरल स्मटस ने कहा हमारे बीच कई विचारों में मतभेद रहा है लेकिन मेरे ख्याल में अपने गौरव को बढ़ाते जाते हमारे जमाने के मानवधिकार के महान सिपाही और मानवता के चिर आदर्श व्यक्ति गांधी थे। "अमेरिका के ख्यात लेखक एडगर स्नो ने कहा कि गांधी एक संत और समाजवादी दोनों थे जो एक जनसमुदाय का दूसरे जनसमुदाय के ऊपर अधिकार करना नहीं सहन कर सकते थे। विचार के क्रांतिकारी शेर।"

***

हत्या के बाद

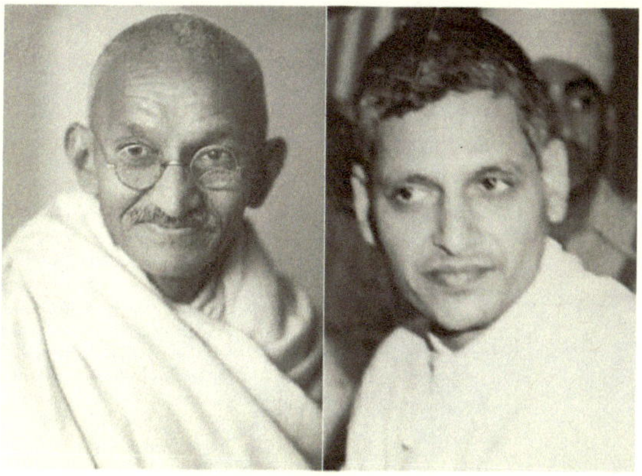

गांधीजी की हत्या करने वाले का नाम था नाथूराम विनायक गोड़से। सावरकर को मिलाकर सात लोगों के खिलाफ कत्ल के षड़यंत्र करने का आरोप था। पहले सावरकर बाद में और दो लोगों को अपराध मुक्त कर दिया था। नाथूराम गोडसे व दूसरा आरोपी नारायण दत्तात्रेय आपटे को फांसी दे दी गई। विष्णु रामकृष्ण करकरे, मदन लाल पाहवा, गोपाल गोडसे (गोडसे का भाई) इनको आजीवन कारावास हुआ। दिगंबर बागे माफी मांगकर साक्षी बन कर रिहा हो गए। गांधी परिवार ने उनको क्षमा किया और गांधीजी के बेटे मणिलाल व रामदास ने सरकार से उन सबके लिए क्षमा याचना की थी पर सरकार ने उसे अमान्य करके सजा लागू कर दिया था।

गोड़से का परिवार मानता था कि हिन्दू धर्म का रक्षण उसका दूसरे धर्मों से और विशेषकर इस्लाम से। पहले आर.एस.एस में रहकर बाद में यह कहकर कि आर.एस.एस हिन्दू धर्म रक्षा कार्य के लिए पर्याप्त शक्तिशाली नहीं तो एक अपना ही संगठन बनाकर 'हिन्दू राष्ट्र नाम की एक पत्रिका शुरू किया था। उसको सावरकर का आर्शीवाद और आर्थिक समर्थन था। मुख्य उद्देश्य था लोगों को गांधी हिन्दू विरोधी, मुस्लिम समर्थक हैं, यह कहकर आलोचना करना।

गोपाल गोडसे ने जेल से मुक्त होने के बाद गोडसे के पक्ष में पुस्तक/नाटक तैयार करके गांधीजी के विरोध में वातावरण बनाने के प्रयास को चालू रखा है। देखा जाए तो गांधी हत्या से बड़ा नुकसान हुआ है। जो कुछ लोग, विशेषकर युवजनों के मन में यह विचार कि गांधी जी के जाने से भारत का लाभ हुआ। 31 जनवरी 1948 को मेरे छोटा ममेरा भाई ने मुझे खुश होकर कहा कि हमारे संघ में कल शाम खुशी मनाते मिठाई बांटी गयी कि गांधी की हत्या हो गई।

***

अयोग्य हूं

हरीलाल गांधीजी के बड़े बेटे कई बार अपने पिता से लड़े थे। पिता जैसे वह भी पढ़ाई के लिए लंदन जाना चाहते थे। पर गांधीजी ने समर्थन नही किया। गांधीजी के चिता भस्म के दिन 31 जनवरी 1948 को हरीलाल दुःखी थे। आज सारा भारत तो क्या सारी दुनिया गांधीजी के लिए दुःख मना रही थी। दिल्ली और अड़ोस-पड़ोस के सारे ग्रामीण शव यात्रा में गए थे।

हरीलाल, अपने छोटे भाई देवदास के घर कनाट प्लेस गए। घर के सब बालिग लोग दाह संस्कार के लिए गए थे। देवदास की बेटी तारा और कुछ बच्चे घर मे थे। हरीलाल बच्चों के लिए प्यारे थे।

तारा ने पूछा "हरीलाल काका, आप दहन क्रिया में नहीं जाएंगे?" हरीलाल ने कहा, 'नहीं बेटी मैं पिताजी के शव को मुखाग्नि देने के लिए अयोग्य हूं। पर मैं आज उपवास करूंगा।" फिर क्या सूझा। हरीलाल ने तारा से घर के सभी मैले कपड़े मंगवाये और सबको धो डाला।

***

हत्या

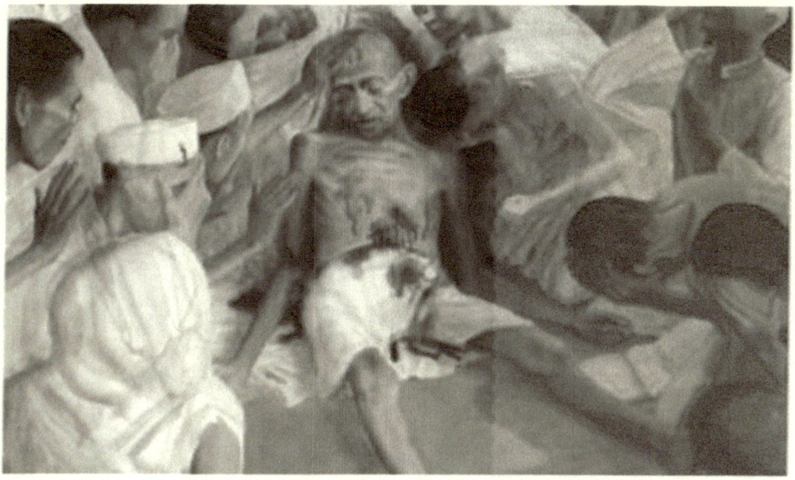

2,000 साल पूर्व ईसामसीह की हत्या हुई थी, सात दशक पूर्व महात्मा गांधी की। क्यों उनके विचारों को पसंद नही किया। दुनिया में विचार भेद को लेकर और भी हत्याएं हुई है, हो रहे हैं। ईसा या गांधीजी के शरीर की तो हत्या हो गई। पर उनके विचारों को? उनके बोए बीज तो वट वृक्ष होकर बड़े हो रहे हैं। समय जाते-जाते अधिक लोगों को लगने लगा है कि सुखी और शांत दुनिया के लिए गांधीजी के विचारों की जरूरत है।

दुनिया में चल रहे अनेक अहिंसक प्रयोगों में मात्र उदाहरण के नाते एक, दो का यहां उल्लेख है।

***

भूदान यज्ञ

1916 में गांधीजी के आश्रम से जुड़े आचार्य विनोबा भावे स्वभाव से एक आध्यात्मिक और अध्ययनशील व्यक्ति थे। परमधाम नदी तट के पवनार के ब्रह्मविद्या आश्रम में व्यस्त रहते थे।

तेलंगना के कुछ क्षेत्रों में हिंसा फैली तो चिंतित हुए । गांधीजी नही थे। विनोबाजी को लगा। हिंसा रूकनी चाहिए। उसी तेलंगना के गांव शिवराम पल्ली में मार्च 1951 में सर्वोदय सम्मेलन का आयोजन हुआ। वर्धा से हैदराबाद रेल से मात्र एक रात का प्रवास। लेकिन विनोबा जी पैदल चल कर गए। सम्मेलन के बाद विनोबा जी क्षेत्र में घूमकर स्थिति का अध्ययन करने लगे। कम्यूनिस्ट पक्ष गरीबों की ओर से लड़ाई छेड़ा तो सरकार ने विशेष पुलिस बल भेजा था। कम्यूनिस्ट लोगों को मार रहे यह गलत पर उनका उद्देश्य गरीबों को जीने का हक मिलना चाहिए तो ठीक था। विनोबा जी पोचमपल्ली गांव पहुंचे। गांव के हरिजन बोले हमारे पास जमीन नहीं तो हमारे बच्चे कम्यूनिस्ट बन रहे हैं।

18 अप्रैल 1951 को विनोबा गरीबों से चर्चा ही कर रहे थे तब तक गांव के रामचंद्र रेड्डी ने कहा "बाबा हमारे पिता ने उनके स्वर्गवास के बाद 100 एकड़ जमीन किसी ब्राहमण को देने को कहा था। हम 6 भाई उस जमीन को आपको देते हैं।' जमीन बंट गई। भूमिहीन संतुष्ट हो गए। विनोबाजी ने कहा, "यह तो भगवान का कार्य है और मार्गदर्शन है। बाबा को रस्ता मिल गया। देश भर में घूमे। पदयात्रा की। भूमि के मालिकों से एक हिस्सा मांगे। उसे भूमिहीनों को बांटा। एक महान अहिंसक कांति हुई जो पदयात्रा तेलंगाना से अप्रैल 1951 से शुरू हुआ वह चलते ही रहा। प्रत्येक दिन सुबह एक गांव और शाम को दूसरा। कुल कोई 80,000 किलोमीटर पदयात्रा का भूदान यज्ञ सम्पादित हुआ। दुनिया में अद्वितीय । कुल करीब 40,00,000 एकड़ जमीन मिल गई।

***

बागी आत्म-समर्पण

पदयात्रा के ही मार्ग में एक और अहिंसक कांति हुई। यात्रा के रास्ते में चंबलघाटी भी आयी। चंबल नदी मध्य प्रदेश में उदगम होकर राजस्थान से होते हुए उत्तर प्रदेश में यमुना नदी में मिलती है। रास्ते में करीब 100 किलोमीटर मिट्टी को बहाकर ले जाती हुई चंबल क्षेत्र को घाटी बना रखी है। याने जमीन गहरा टीले बना दिए हैं जो डाकुओं के छिपने के स्थल बन गए। पुलिस को जीप या कार से पहुंचना पड़ता है, डाकू घाटी में भाग जाते हैं। बहुत सारे डाकू तो धनवान सेठों को लूटते थे। पर गरीबों की मदद करते। हाल के इतिहास में डोगर-भहरी दो भाई बाद में मानसिंह के नाम ऐतिहासिक हो गए।

बताया जाता है कि 600-700 वर्ष पूर्व ठग और पिंडारी विदेशी लोगों से रोज लड़ते थे। वे ही बाद में डाका डालने लग गए। तो आज भी उस क्षेत्र में उनको डाकू न बोलकर बागी बोलते हैं। तो सैकड़ों साल से पुलिस बागियों को खत्म करने का प्रयास कर रही है। हर साल कुछ पुलिस वाले मरते है, कुछ बागी मरते हैं। पर समस्या ज्यों कि त्यों। क्योंकि उस क्षेत्र में बदला लेने की प्रथा बनी है। पुलिस बागियों को मारती तो बागी उसके रिश्तेदार पुलिस और पुलिस के मुखबिर (Informer) को मारते थे। इसीलिए समस्या चलती ही रही सरकार के करोड़ों रूपए खर्च होते थे।

मानसिंह 1954 में मारे गए। उनके एक ही बेटे तहसीलदार सिंह इसीलिए बच गए कि उनके पैर में गोली लग गई। कोर्ट ने उनको 6 मुकदमों में फांसी की सजा सुनाई।

जेल की तन्हाई में तहसीलदार सिंह की एक इच्छा हुई : मरने से पहले एक संत का दर्शन करना।

एक संदेश उन्होंने विनोबाजी के नाम भेज दिया। संदेश मिला तब विनोबाजी की यात्रा कश्मीर में चल रही थी। यात्रा में शामिल थे मिलिट्री से अवकाश प्राप्त जनरल यदुनाथ सिंह। विनोबाजी तो यात्रा से बंधे थे। जनरल यदुनाथ सिंह उनकी ओर से नैनी जेल में तहसीलदार सिंह से मिलने आए। संदेश था कि जब विनोबाजी की यात्रा चंबल घाटी में गुजरेगी तब मानसिंह के गिरोह के बागी उनको समर्पण करेंगे। जनरल सिंह राष्ट्रपति डा. राजेन्द्र प्रसाद के मिलिट्री सचिव रह चुके थे तो कश्मीर जाते रास्ते में राष्ट्रपति को विनोबा जी की यात्रा और तहसीलदार सिंह का समाचार सुनाया। डा. प्रसाद स्वयं आध्यात्मिक व्यक्ति थे और विनोबा जी को भी जानते थे। परिणाम हुआ : तहसीलदार सिंह फांसी से बचे लेकिन सजा काटने का आदेश हुआ 246 साल का।

1960 के मई 5 को प्रार्थना सभागृह में थी। 30,000 लोग उपस्थित थे। बिनोवा जी ने चंबल समस्या की चर्चा की थी और बोले थे कि ऐसी सब समस्याओं को भगवान हल करेगा। मई 10 को यात्रा उत्तर प्रदेश के फतेहपुर पहुंची थी। करीब 30 साल का एक युवक विनोबाजी के समक्ष समर्पण किया और कहा मैंने जीवन में गलतियां की है अब नही करूंगा। नाम था राम अवतार सिंह। शाम की प्रार्थना में एक कोने में बैठा था। सब लोग उसी को देख रहे थे, अहिंसा के जादू को देख रहे थे।

यात्रा मई 17 को मध्य प्रदेश मुरैना जिला के नगरा पहुंची। विनोबाजी प्राथमिक शाला में रूके थे। एक युवक बंदूक लेकर आया तो लोग 'बागी, बागी' (डाकू) चिल्लाते उसे देखने आ गये। थोड़ी देर में एक जीप से दो युवक कूदे। वे भी बागी। ऐसे ही 22 मई 1960 तक कुल 20 नामी बागी भूदान परिवार के साथ हो गए। शाम को एक-एक बागी विनोबाजी को प्रणाम करके चले। यात्रा में चल रही बहनों ने प्रत्येक बागी को तिलक किया और राखी बांधी। सभी पुलिस वैन में बैठे जेल की ओर चले। साथ में ज. यदुनाथ सिंह और दो बहनें भी जेल तक गई।

लुक्का (अब लोकमन दीक्षित) उनका नेता। नेता की बात सब पालन करते। वे रोज रामायण पढ़ते। मांस मदिरा नही। महिलाओं का आदर करते।

राष्ट्रपति से लेकर सैकड़ों लोगों ने विनोबाजी को मनुष्य के अंतःकरण को जगाने के लिए बधाई और धन्यवाद दिए और भविष्य के लिए आशा व्यक्त किए।

20 बागी 10 वर्ष में सब छूट गए। भूदान की जमीन मिली। अच्छे काश्तकार बन गए। पर चंबल में नए गिरोह बढ़ गए। बागी मुखिया मांधो सिंह ठेकेदार रामसिंह बनकर विनोबाजी के पास गए। बाद में जयप्रकाश नारायण के घर आए। विनोबाजी बीज बो गए थे। अब केन्द्र और मध्य प्रदेश, उत्तर प्रदेश व राजस्थान सरकारों को सर्वोदय कार्यकर्ताओं ने सहयोग दिया। गांधी आश्रम जौरा, म.प्र., बटेश्वर उत्तर प्रदेश और तालाब शाही राजस्थान तीनों जगह समर्पण हुआ। कुल 654 बागियों ने समर्पण किया। चंबल घाटी हिंसा मुक्त हुई। भारत में आजादी के बाद भूदान यज्ञ और बागी आत्म समर्पण दो और अहिंसा के प्रयोग दुनिया ने देखे।

भारत के बाहर भी अनेक देशों में अहिंसा के अनेक कार्यक्रम हुए और हो रहे है। उनमे प्रायः सबसे बड़ा आंदोलन रहा अमेरिका का मानव अधिकार आंदोलन। अमेरिकी लोग श्रम कार्यों के लिए

अफ्रीका से (नीग्रो) काले लोगों को लाए और जानवर जैसे उपयोग करते थे। नीलाम करते थे।

धीरे-धीरे काले लोग पढ़े-लिखे। मानव की उपाधि मिलने लगी। हक के लिए लड़ाई शुरू हुई। वहां भी अहिंसा का प्रयोग होने लगा। सबसे बड़ा कार्यक्रम था डा. मार्टिन लूथर किंग का जो अमेरिकी राष्ट्रपति भवन (White House) के सामने 700,000 काले गोरे लोगों की सहभागिता थी जिसमें किंग का ऐतिहासिक भाषण "मैं एक स्वप्न देखता हूं।" (I h**ave a Dream)** हुआ। किंग भारत भी घूम गए। अब अमेरिका में काले लोग समान होकर रहते हैं। कई देशों में अहिंसा मार्ग से राजनीति में परिवर्तन तक आए हैं।

फिर भी दुनिया में अहिंसा का शिक्षण, प्रयोग होना है। युद्ध की तैयारी और शस्त्रास्त्र के लिए खरबों डालर खर्च होता है। अहिंसा प्रयोग के लिए?

Feedback

Dear Reader/Writer,

I am blessed to have in your hands.

Your feedback is important to inspire us to be more creative. Please share your transparent review, feedback, and rating to encourage our author or services.

I would be happy to have your feedback...☺

With Love,

Your's Word,
The Book

*****

'Prayas' for Human Being.

"Stay tuned with positive WORDS.
Now, good reads are here to give you freshness."

Our books (eBook & Paperback) are available globally.
www.nexus-stories.com **# Amazon # Flipkart**

@nexus.stories
@nexus_stories
@Nexus Stories
@nexusstories2016
@ nexus-stories

Have a Happy Reading...!!! ☺

www.ingramcontent.com/pod-product-compliance
Lightning Source LLC
LaVergne TN
LVHW100311051026
849517LV00006B/2254
9789394059504